Katarina Mazetti

Mein Leben als Pinguin

Roman

Aus dem Schwedischen
von Katrin Frey

List Taschenbuch

Besuchen Sie uns im Internet:
www.list-taschenbuch.de

MIX
Papier aus verantwortungsvollen Quellen
FSC® C083411
FSC www.fsc.org

Ungekürzte Ausgabe im List Taschenbuch
List ist ein Verlag der Ullstein Buchverlage GmbH, Berlin.
1. Auflage August 2011

Titel der schwedischen Originalausgabe: *Mit liv som Pinguin*
(Alfabeta Bokförlag, Stockholm)
Konzeption: semper smile Werbeagentur GmbH, München
Umschlaggestaltung: ZERO Werbeagentur, München
Titelabbildung: © Jan Will / iStockphoto
Satz: LVD GmbH, Berlin
Gesetzt aus der Bembo
Papier: Munkenprint von Arctic Paper Munkedals AB, Schweden
Druck und Bindearbeiten: CPI – Clausen & Bosse, Leck
Printed in Germany
ISBN 978-3-548-61026-9

Vorwort

Alle Personen in diesem Buch entstammen dem Kompost aus Beobachtungen, Erinnerungen und Tagträumen, der sich im Laufe der Zeit im Hinterkopf der Autorin gebildet hat. Im Gegensatz zu den See-Elefanten, Albatrossen, Sturmvögeln, Schwertwalen und Pinguinen hat KEINE Person ein reales Vorbild. (Meine Reisegruppe von der *Professor Multanovskij* wird sich freuen, das zu hören.)

Man kann das Buch Wort für Wort oder quer lesen. Falls Sie Abschweifungen nicht mögen, konzentrieren Sie sich einfach auf den Hauptstrang: die Kapitel von Wilma, Tomas und Alba. Ansonsten besuchen Sie auch die Kabinen 502, 311 und 412 (diese kursiv gesetzten Kapitel machen etwa ein Zehntel des Buches aus).

Wir leben nebeneinanderher und haben nur wenig Einblick in die Privatsphäre unserer Mitmenschen. Das hat mich schon immer beschäftigt. Die Rolle des allwissenden Erzählers dagegen hat mir nie behagt. Daher betrachte ich die Geschichte aus dem Blickwinkel von mehreren Personen (fünfzig – so viele Passagiere sind an Bord – wären mir allerdings auch zu viele). Wenn es Ihnen zu unruhig wird, überspringen Sie einfach die kursiven Kapitel. Ich selbst überblättere immer Landschaftsbeschreibungen und Schlägereien.

Herzlichen Dank an Olle C. für Fakten, Formulierungen und Inspiration.

Hauptfiguren:

Alba, 72 Jahre.
Hat, wie der Albatros, viel von der Welt gesehen.
Tomas, 34 Jahre.
Finsterer Feldherr, dem soeben klar wird, dass die Kavallerie ihn im Stich lässt.
Wilma, 32 Jahre.
Burschikose Optimistin mit Unterbiss.

Stimmen in verschiedenen Kabinen:

Kabine 502, Jansson, Lennart und Jansson, Brittmarie
Brittmarie ist für alles offen, Lelle dagegen hat die Nase voll von neuen Ideen.

Kabine 311, Båvén, Ulla und Knutsson, Margareta
Zwei Damen 59+ auf der Suche nach je einem gut erhaltenen Witwer mit Bedarf nach Führung.

Kabine 412, Alvenberg, Mona und Alvenberg, Göran
Göran weiß, was er will. Mona weiß auch, was er will.

Weitere Nebenfiguren:

Schiffsarzt Sven, Carola Spanderman, die ein Händchen für einzigartige Werbekampagnen hat, der Ornithologe Pelle, ihr Bewunderer, die fiese große Schwester Linda Borkmeyer, 49, und ihre schüchterne kleine Schwester Lisa, 42, die Reiseleiter Bengt, Magnus und Mirja, Kapitän Grigorij, Barkeeper Bill von den Falklandinseln, einige alleinstehende Herren mit Ferngläsern sowie unzählige Vögel, Fische, Wale, Delphine, Robben und circa eine Million verschiedenster Pinguine.

Charles de Gaulle Airport, Roissy,
Paris, 28. Oktober

Wilma

So in etwa stelle ich mir die Hölle vor.

Ich drücke mir die Nase an einer Glaswand platt. Dahinter Gate 28, wo ich mich *eigentlich* befinden sollte. Seit einer Stunde! Verzweifelt klopfe ich an die Scheibe. So weit das Auge reicht, keine Tür. Dabei kann man in diesem seltsamen Gebäude weit gucken. Endlose Gänge, dass einem ganz schwindlig wird. Soll das etwa ein Raumschiff sein? Riesige Säle aus Glas und Stahl, der Mittelteil geformt wie eine Zigarre. Bestimmt kommt gleich Sigourney Weaver um die Ecke geflitzt. Ein Alien direkt hinter ihr.

Niemand reagiert auf mein Klopfen, nicht einmal die grimmigen Männer in Uniform, die ab und zu schwerbewaffnet an mir vorbeimarschieren. Sie sprechen Französisch. Im Gegensatz zu mir. Allerdings können sie *nur* Französisch. Wenn man sie auf Englisch anspricht, werden sie sauer. Sie legen drohend die Hand ans Halfter und jagen einen die endlosen Rolltreppen rauf. Oben warten andere Männer in Uniform und scheuchen einen wieder runter. Ich bin durch Kuppelhallen galoppiert, die von Rolltreppen in Glasröhren durchschnitten werden, ich bin in den falschen Bussen an ovalen Öffnungen vorbeigerauscht, die wie Legebatterien für Außerirdische aussehen, und ab und zu habe ich vor lauter Verzweiflung auf Schwedisch vor mich hingeschluchzt. Es gibt einige wenige Schilder, alle auf Französisch und jedes auf seine Art verwirrend. Auf einem steht »bagage«, darunter ein Pfeil nach rechts und einer nach links. Auf *einem* Schild! Ich habe wirklich etwas übrig für Franzosen, aber Charles de Gaulle bringt ihre schlechtesten Seiten zum Vorschein.

Ich muss seit Stunden herumirren. Irgendwie ist es von Anfang an nicht gut gelaufen. Das Taxi von dem Flughafen, wo mein Billigflieger ankam, hierher hat ein Vermögen gekostet. Dann wusste ich nicht, an welchem Ende von Charles de Gaulle ich anfangen sollte. Ich hätte gleich einen einheimischen Guide engagieren sollen. Oder einen Pfleger.

Eine Zeitlang hüpfte ich vor einem Infoschalter von einem Bein aufs andere. Es muss nach akuter Blasenentzündung ausgesehen haben. Die anderen zogen ungerührt an mir vorüber, wie an einer Verkehrsinsel im Berufsverkehr. Ich bin einfach nicht fähig, mich auf internationale Art anzustellen, immer stehen mindestens drei Personen vor mir. Hinter dem Schalter drei wunderschöne Französinnen. Eine unterhielt sich angeregt mit einem gutgebauten amerikanischen Backpacker. Sie müssen enge Freunde gewesen sein, vielleicht hatten sie eine Liebesaffäre, was weiß ich. Jedenfalls ließen sie sich in der halben Stunde, die ich dort verbrachte, nicht eine Sekunde aus den Augen und schoben zärtlich Papiere und Tickets hin und her. Die andere Schönheit verfasste offenbar ihre Memoiren. Sie kritzelte fieberhaft, hielt plötzlich inne, stierte träumerisch ins Leere und kaute auf ihrem Stift. Die dritte betätigte sich mit schriller Stimme als Rausschmeißerin und scheuchte die Leute wild gestikulierend zu den anderen Schaltern.

Ich begriff, dass mir diese drei Frauen niemals sagen würden, was ich zu tun hatte. Mein Flug aus Schweden war mit zweistündiger Verspätung angekommen und den Anschlussflug nach Santiago würde ich aller Wahrscheinlichkeit nach verpassen. Das Flugzeug musste ziemlich genau in dieser Sekunde zur Startbahn rollen. Mit meinem Gepäck an Bord! Das hatte ich nämlich noch aufgegeben, bevor ich zum falschen Terminal gehastet war. Auf Nimmerwiedersehen!

Das Ganze war eine Nummer zu groß für mich. In meinem normalen Leben kommt manchmal der Bummelzug zu spät, und dann muss ich zum Bus rennen. Hatte ich vergeblich all diese piependen Pforten durchquert, an denen strenge Sicherheitskräfte vorwurfsvoll auf meine Wasserflasche zeigten – keine Flüssigkeiten! – und triumphierend meine Pinzette aus dem Schminktäschchen fischten? Dachten die, ich wolle damit das Flugzeug kapern?

Ein schlechtes Gewissen hatte ich trotzdem. Darin bin ich ganz groß. Ich habe von klein auf trainiert und formuliere im Geiste schon ein Geständnis, wenn ich ein Verbotsschild sehe. Warum dieses ständige Schuldgefühl, woher kommt die Angst, ich könnte jeden Moment ertappt werden? Sind das die Gene?

Ich weiß noch genau, wann ich mich zum ersten Mal geschämt habe. Ich war fünf und saß auf einer Bank vor dem Krankenhaus, in dem gerade meine Mutter starb.

Man hatte mir gesagt, ich sei noch zu klein, um mit hineinzukommen, ich solle artig dort warten. Ein paar Stockwerke höher hing eine Tagesdecke über einem Balkongeländer. Ich guckte nach oben und überlegte, hinter welchem Fenster meine Mama war. Plötzlich erfasste der Wind die Tagesdecke und fegte sie mir vor die Füße. Ich bekam einen Riesenschreck. Man würde mit mir schimpfen, weil die Tagesdecke schmutzig geworden war! Jeder würde merken, dass es meine Schuld war, schließlich war sonst niemand hier unten …

Wie kam ich auf solche Gedanken? Vor lauter Angst rannte ich weg. Als man mich bibbernd an der Bushaltestelle fand, bekam ich dann richtigen Ärger, weil man mich hatte suchen müssen, obwohl Mama schwerkrank war und überhaupt! Ich schämte mich immer mehr. Ich weiß noch, dass ich während der Schimpftirade krampfhaft lächelte. Da schrie Tante Elisabeth: »Ich fass es nicht, dieses Kind grinst auch noch!« In diesem Moment entstand bei mir wohl der Eindruck, dass ich schuld am Tod meiner Mutter war.

Manchmal lächle ich heute noch Leute an, die mir Vorwürfe machen. Irgendwie will ich mich entschuldigen.

Sollte ich mich nun zu SAS durchfragen und mich heulend auf deren Schalter werfen, damit sie mir einen Rückflug spendierten? Sollte ich die Reise meines Lebens verpassen?

Eine totale Katastrophe. Ich hatte mir das alles ganz anders vorgestellt, als ich heute Morgen um fünf zitternd vor Aufregung in ein ungeheiztes Taxi stieg, das mich zu einem Zug transportierte, der mich zu einem Bus transportierte, der mich zu einem Flughafen transportierte, von dem sonst niemand aus meiner Reisegruppe abflog. Die anderen sollte ich erst in Paris treffen.

Ob es die Leute hinter der Glasscheibe sind? Einige tragen Rucksäcke mit schwedischen Flaggen. Ich nähere mich ihnen so weit wie möglich und hämmere wie wild an die Scheibe.

In diesem Augenblick entdecke ich eine Tür! Irgendjemand brüllt etwas Französisches, aber ich stelle mich taub, senke den Kopf wie ein Stier und galoppiere mit meinem albernen kleinen Rollkoffer Richtung 28 A. Ein Pinguin auf Rädern. Wenn man auf den Schnabel drückt, piept er. Meine Lehrerkollegen haben ihn mir für die Antarktisreise geschenkt. Sie hatten ihren Spaß, als ich das Ding auspackte, aber sie müssen damit ja auch keine Reisegruppe beeindrucken. Ich lächelte gequält, aber natürlich nahm ich den Vogel mit. So bin ich.

Nun sprintete ich zum Gate, wo soeben die letzten Passagiere in Richtung Bus verschwanden. Würde ich das Flugzeug tatsächlich noch erreichen? Ich hielt einer weiteren Dame hinter einem weiteren Schalter meinen Pass und meine Bordkarte vor die Nase und hörte plötzlich eine freundliche Stimme auf Schwedisch sagen: »Hej, Wilma! Schön, dich zu sehen! Dann sind wir jetzt vollzählig. Keine Sorge, der Flug nach Santiago hat Verspätung. Tief durchatmen, du zitterst ja am ganzen Leib!«

Die junge Frau mit dem Logo des Reiseveranstalters an der sportlichen Weste mit den vielen Taschen nahm mich am Ellbogen und lenkte mich in Richtung Ausgang. Ich war so in Fahrt, dass ich einfach weiterraste. Als ich einen Fuß in den Zubringerbus setzte, stolperte ich und flog buchstäblich auf die Nase. Der Pinguinschnabel piepste freundlich, als ich mich wieder aufrappeln wollte. Unzählige Gesichter starrten mich an.

Eins von ihnen löste sich aus der Menge und beugte sich zu mir herunter. Zwei lange Arme in einem Islandpullover hievten mich auf einen Sitz und warfen den Pinguin auf die Gepäckablage. Ich tat, als hätte ich den Bus ganz bewusst mit einem Hechtsprung betreten, und lächelte. Dann erblickte ich den Mann, der zu den Armen gehörte.

Er war groß und dunkelhaarig und hatte ein ausdrucksvolles finsteres Gesicht mit buschigen Augenbrauen und Hakennase. Wie ein Raubvogel, der noch nichts gegessen hat, oder wie ein Feldherr, dem soeben klar wird, dass die Kavallerie ihn im Stich lässt. Doch was kümmerte mich sein Aussehen, er hatte mir ohne Umschweife geholfen, und das würde ich ihm nie vergessen.

Das fängt ja gut an. Eigentlich wollte ich meine Gleichgewichtsstörungen so lange wie möglich verbergen. Hoffentlich denken die Leute, ich wäre betrunken …

Das Flugzeug war riesig, aber nicht voll besetzt. Gemeinsam durchpflügten der Feldherr und ich das Meer von Sitzen. Unsere Plätze lagen nah beieinander, dazwischen war alles frei. Nachdem er meinen Pinguin zum zweiten Mal auf eine Ablage bugsiert hatte, ließ er sich auf den Sitz neben mir fallen, reichte mir majestätisch seine Pranke und sagte: »Tomas!«, als wäre das der Name der Hand, die er mir zur Ansicht überließ. Wie soll ich es ausdrücken? Seine Einzelteile passten nicht richtig zusammen, irgendwie war er nicht bei sich, sondern in Gedanken ganz woanders. War er ein Mensch mit Tiefgang? Ein Dichter, ein zerstreuter Professor oder ein Selbstmordkandidat, der überm Atlantik den Absprung plante?

Beim Essen – der Fraß wurde in Plastiknäpfen serviert – unterhielten wir uns ein bisschen. Er sagte, er sei Journalist. Exjournalist, fügte er mit gerunzelter Stirn hinzu. Was soll das heißen, Ex? Hatte man ihn aus dem Journalistenverband geworfen?

Er fragte, ob ich Familie habe.

»Nee«, antwortete ich. »Meine Familie ist im Frühjahr verstorben. Das heißt, mein Vater ist gestorben, mehr Familie habe ich schon lange nicht mehr. Und du?«

»Ich auch nicht«, sagte er. »Ich bin Exvater.«

Das klang so grauenhaft, dass ich nicht nachzufragen wagte. Waren seine Frau und die Kinder verunglückt? Offenbar merkte er selbst, wie unklar er sich ausgedrückt hatte, denn er fügte mit dem Mund voller Hähnchenpampe hinzu: »Gemieden!« Wahrscheinlich meinte er geschieden.

Ich musste mir die Beine vertreten, weil mir vom langen Stillsitzen alles weh tat. Tomas wanderte genauso rastlos auf und ab. Die anderen Passagiere standen vorm Klo oder dösten.

Nachdem wir uns tapfer durch eine süßliche Liebeskomödie gekämpft hatten, klappte Tomas die Armlehnen hoch und breitete sich zum Schlafen über mehrere Sitze aus. Ich richtete mich kerzengerade auf.

»Vielleicht hat jemand die Plätze reserviert!« Ich fahre meistens Zug.

Er machte ein Auge auf und lächelte zum ersten Mal. »Und der steigt mitten überm Atlantik zu?«

Flug von Paris nach Santiago, Chile
Zwischenlandung São Paulo, 28. – 29. Oktober

Tomas

Im ersten Moment hielt ich die Person, die mir im Flughafenbus vor die Füße fiel, für einen etwas zu lang geratenen Jugendlichen mit struppigen roten Haaren und einem albernen Rollkoffer in Pinguinform. Als ich jedoch die großen grauen und unglücklichen Augen und die zitternde Unterlippe sah, wurde mir klar, dass es sich um eine Frau handelte, und zwar um eine, die es überhaupt nicht leicht hatte. Instinktiv half ich ihr auf die Beine und setzte sie auf einen Sitz, als wäre sie eins meiner Kinder.

Werde ich von nun an öfter aus heiterem Himmel solche väterlichen Dinge tun? Werde ich meinen Mitreisenden die Schuhe zubinden oder ihnen Taschentücher unter die Rotznasen halten und sagen: »Schnaub!«?

Ich vermisse die Kinder so. An meiner Seite klafft ein Loch. Einfach weg.

Plötzlich wurde mir bewusst, dass die burschikose Frau die Erste aus meiner Reisegruppe war, die ich wirklich wahrnahm. Dabei begleiteten mich die meisten schon seit Stockholm. Außer ihr erinnerte ich mich nur an die Weißhaarige mit dem scharfen Blick, die so elegant, aber erstaunlich praktisch angezogen war. Ihr Lederrucksack schien viel herumgekommen zu sein. Sie blieb mir vor allem deshalb im Gedächtnis, weil sie auf den Marmorkacheln ungeniert Kästchenhüpfen spielte.

Die Sitze waren offenbar für kleine Südamerikaner gedacht. Meine langen Beine mit den knochigen skandinavischen Knien hatten in der Enge nichts zu lachen. Ich wanderte viel auf und ab und belauschte die Leute. Berufskrankheit. Die Schweden hatten sich in der Mitte des Flugzeugs zusammengerottet.

Eine zerzauste kleine Blondine kicherte einer farblosen Gestalt mit dünnem Haar ins Ohr. Dabei schmachtete sie dem glutäugigen Steward hinterher, der soeben die alkoholischen Getränke serviert hatte. »Hast du gesehen, wie lange mir dieser süße Steward in die Augen geguckt hat? Vielleicht mag er blonde Mädchen. Wie er wohl heißen mag …«

»Mädchen« war in diesem Fall eine arge Beschönigung. Sie musste zwischen vierzig und fünfzig sein.

»Dafür werden die bezahlt«, murmelte ihr Partner. »Männliche Stewardessen sollen übrigens oft schwul sein.« Die Zerzauste tätschelte ihm gedankenverloren die Wange, ohne ihn eines Blickes zu würdigen.

Ich wanderte weiter. Zwei sorgfältig mit Henna gefärbte Damen reckten die Nasen über die Rückenlehnen und sondierten die Lage.

»Der große Grauhaarige da«, sagte die eine. »Der Hut mit den vielen Abzeichen! Ist bestimmt allein unterwegs! Der könnte was sein!«

»Hm, glaubst du nicht, dass der sich nur für Vögel interessiert?«, wendete die andere ein. »Das sind Vogelbroschen! Außerdem sieht er selbst aus wie ein Kiebitz.«

»Man darf nicht zu wählerisch sein!«

Der Kiebitz würde sich auf dieser Reise in Acht nehmen müssen.

Hinter ihnen sah ich eine Frau und einen Mann im Partnerlook. Sie hatte sich in ihrem hellblauen Fleecepulli halb aufgerichtet und verrenkte sich hierhin und dorthin, um sich mit den anderen Passagieren zu unterhalten. Hin und wieder warf sie unglückliche Blicke auf den männlichen Pullover an ihrer Seite, der ihr in alle Richtungen den Blick versperrte. Er schlief mit einer Zeitung auf dem Gesicht oder tat zumindest so.

Vor der Toilette standen die Leute Schlange. Die Weißhaarige starrte sehnsüchtig aus dem Fenster. Wir plauderten ein Weilchen, und sie erzählte mir, dass sie schon immer davon träumte, den Pilotenschein zu machen. »Irgendwann klappt es!«

Eindeutig senil. Sie musste an die siebzig sein.

Bevor die Kinder geboren wurden, waren Sanna und ich viel gereist. Mindestens einen Monat im Jahr waren wir unterwegs und unternahmen fast nie Gruppenreisen. Wir machten Trekking in Afrika – viel zu schlechte Shoppingmöglichkeiten, fand Sanna –, Wanderungen durch Nordschottland (dito) und mieteten ein Haus in Italien. Dort gefiel es ihr. Mit einer Tasche voller Schuhe fuhr sie nach Hause. Ich schrieb Reportagen über die Länder, die wir bereisten. Sobald ich Sanna auf einem Markt oder in einem Einkaufscenter abgesetzt hatte, zog ich mit meinem Tonbandgerät los. Abends redeten wir nicht über meine Entdeckungen, sondern über ihre … Aber das störte mich nicht. Ich fand sie niedlich.

Mit alldem war Schluss, als die Kinder kamen, zuerst

Asta und dann Arvid. Nun musste ich den Ernährer spielen. Die Honorare von Freiberuflern erlauben keine monatelangen Auslandsreisen mit Familie. Es waren glückliche Jahre, aber ich war nicht oft in dem Reihenhaus, das wir uns mühsam zusammengespart hatten. Jedes Mal, wenn ich von einer längeren Recherche nach Hause kam, hatte Sanna ein Zimmer in einer anderen Farbe gestrichen, die Möbel umgestellt oder gleich neue gekauft. Wenn ich spätnachts ins Haus schlich, fand ich nur mit Mühe unser Bett. Meine Frau erkannte ich ebenfalls kaum wieder – meistens hatte sie ihre Frisur und ihren Stil vollkommen verändert.

Sanna ... Meine kleine Waldfee mit den vielen Haarfarben. Strähnchen sagte sie dazu. Als wir uns Knall auf Fall ineinander verliebten und sofort heirateten, hatte sie einen äußerst peinlichen Beruf. Nageldesignerin. Sie klebte Perlen und Vögelchen auf die Fingernägel von anderen Leuten! Gott sei Dank hatte sie das selbst langsam satt und machte eine Umschulung zur Wohnberaterin. Es war immer urgemütlich, wenn ich von meinen Reisen zurückkam. Die Kinder kletterten auf mir herum und durchsuchten meine Taschen nach Geschenken, während Sanna mir stolz die neue Einrichtung zeigte. Dann gingen die Kinder und ich eine Runde auf den Spielplatz, Sanna bereitete ein fürstliches Mahl zu, und wenn die Kleinen schliefen ...

Was sie wohl in diesem Augenblick treiben? An der amerikanischen Westküste müsste es sieben Stunden früher sein. Ob der Chauffeur die Kinder zur Schule bringt? Der Hulk hat schließlich genug Geld. Dann frühstücken er und Sanna in Ruhe und gönnen sich ein eheliches

Schäferstündchen … am Pool … Scheiße, warum suhle ich mich immer in solchen Phantasien?

Zornig nahm ich drei Sitze in Beschlag und machte mich lang. Fräulein Rotschopf wurde knallrot. Sie hatte Angst, etwas Verbotenes zu tun. Wahrscheinlich ebenfalls eine Berufskrankheit, als Lehrerin muss sie schließlich für Zucht und Ordnung sorgen. Aber das hier war ein Airbus, und wir hatten eine Mittelreihe mit sechs freien Plätzen für uns alleine! Am Ende machte sie es sich ebenfalls gemütlich. Auch sie hatte lange schwedische Beine.

Wir streckten die Füße in entgegengesetzte Richtungen und setzten die Schlafmasken auf, die der Steward verteilt hatte. Als ich aufwachte, lagen unsere Köpfe Wange an Wange auf dem mittleren Sitz. Ich blieb einen Augenblick reglos liegen und dachte darüber nach, wie sehr ich die leichten Atemzüge eines schlafenden Menschen an meiner Seite vermisst hatte.

Flug von Paris nach Santiago de Chile
Zwischenlandung São Paulo, 28. – 29. Oktober

Alba

Die beiden weiblichen Passagiere neben mir machen keinen vielversprechenden Eindruck. Ich habe an ihren Kofferanhängern gesehen, dass sie in derselben Reisegruppe sind wie ich. Die eine muss zehn Jahre älter sein und zwingt die Jüngere ständig, ihr alkoholische Getränke zu holen, die sie sich dann unverzüglich hinter die Binde kippt. Da sie dauernd über »Mutter« sprechen, nehme ich an, dass es sich um Schwestern handelt. Offenbar hat die Ältere die Jüngere zu der Reise eingeladen. Diesen Umstand erwähnt sie pausenlos. Die Ältere ist so aufgedonnert, dass sie von weitem jünger wirkt als ihre Schwester, aber der Schein trügt. Sie ist geliftet, verziert, blondiert und geföhnt. Die kleine Schwester dagegen sieht wie eine geschlauchte Pfadfinderin aus, ungeschminkt, aber mit Zöpfen. Als die Wirkung der Getränke einsetzte, wurde die Ältere immer lauter. Die Jüngere machte sie vergeblich darauf aufmerksam.

»Ich habe dich nicht eingeladen, damit du mich zurechtweist«, kläffte die Ältere.

Unangenehme Person, ich werde ihr aus dem Weg gehen. Von der Sorte gibt es auf jeder Reise ein paar.

Laut Passagierliste handelt es sich um Linda Borkmeyer und Lisa Johansson. Linda ist die Ältere.

Es wurde langsam spät, jedenfalls in unserer Zeitzone. Das Licht ging aus, das Kabinenpersonal verteilte auf Zehenspitzen Wolldecken und Schlafmasken, die Leute suchten sich die am wenigsten unbequemen Stellungen und knüllten sich Kissen unter den Kopf.

Auch ich musste gähnen. Ich zähle nie Schäfchen, sondern gehe in Zimmern und Häusern, Schiffskabinen, Ferienhäusern, Pensionen oder Wohnungen von Freunden und Liebhabern ein und aus, die ich im Laufe meines Lebens kennengelernt habe.

Ich machte die Augen zu. Welcher Ort war so neutral, dass ich trotz der zwickenden Stützstrümpfe einschlafen konnte?

Flughäfen! Auf ihnen kann man sich treiben lassen, bis man in den Schlaf sinkt.

Charles de Gaulle mit seiner bizarren Raumschiffarchitektur? Kein Favorit von mir, aber früher war es noch schlimmer. Inzwischen wird wenigstens vereinzelt versucht, die Reisenden in die richtige Richtung zu leiten.

In Stansted in England war ich 1964 zum ersten Mal. Damals war es eine kleine Baracke, die während des Krieges als Militärflugplatz gedient hatte; keine Sitzgelegenheiten, kein Getränkeautomat. Als ich letztes Jahr dort war – eine Riesenanlage! Hunderttausende von Passagieren werden dort durchgeschleust, Schalter, so weit das Auge reicht.

Manchmal wird mir schlagartig bewusst, wie lange ich schon lebe.

Der Flugplatz in Murmansk mit den grimmigen

Grenzpolizisten. Das Gepäck wurde zu Füßen des Piloten in der Schnauze des Flugzeugs verstaut, wo nicht mehr Platz war als in einem gängigen Kofferraum. Dem Gleichgewicht zuliebe packte der Pilot mehrmals um … Ob wir wohl abgestürzt wären, wenn eine Reisetasche zu weit rechts gestanden hätte?

Thiruvananthapuram in Kerala. Bei meinem letzten Besuch gesellte sich zu jedem Reisenden eine zierliche Dame im Sari und begleitete ihn mit dem Notizblock in der Hand von einer Station zur anderen. Pass vorzeigen. Ticket vorzeigen. Gepäck einchecken. Durch eine Kontrolle, wieder ans Rollband, das Gepäck suchen, vorzeigen und sich einen Stempel abholen. Das Handgepäck öffnen, das zur Sicherheit mit rotem Klebeband umwickelt wird. Wieder den Pass zeigen. Portale durchqueren. Formulare ausfüllen und so weiter. Insgesamt waren es vierzehn Stationen, und die kleine Frau im Sari notierte sorgfältig die jeweilige Uhrzeit.

Peking: unzählige Taxfree-Shops mit großen Seidenflaggen, auf denen seltsame englische Sprüche standen, mehr schlecht als recht mit Hilfe eines Wörterbuchs übersetzt – was sollte zum Beispiel »All Commodities Send Their Regards« bedeuten? Alle Bequemlichkeiten lassen herzlich grüßen? Und überall tummelten sich winzige männliche und weibliche Beamte in hellblauen Uniformen …

Der riesige, aber übersichtliche Flughafen Schiphol in Amsterdam, der chaotische Kennedy Airport in New York. Im ersten Moment erscheint einem die Ankunftshalle klein, doch dann begreift man, dass es noch acht weitere Terminals gibt.

Auf dem Nyerere-Flughafen in Dar es Salaam war ich bestimmt seit zehn Jahren nicht. Die Hitze, die Gerüche.

Dubai International strotzt vor Luxus, Marmor und Gold. Männer in langen weißen Gewändern und komplett verschleierte Frauen in Schwarz ziehen sich in einen Gebetsraum zurück.

Die kurze gefährliche Landebahn in den Bergen auf Madeira …

Irgendwo da schlief ich ein und wachte erst wieder bei der Zwischenlandung in São Paulo auf. An diese Stadt habe ich weniger angenehme Erinnerungen. Ich war als Putzfrau auf einem Bananenschiff dorthin gekommen. Ich war erst achtzehn, sah aber viel älter aus. Ein finnischer Fälscher, den ich im Stockholmer Park Humlegården kennenlernte, korrigierte freundlich und professionell das Geburtsdatum in meinem Pass. Das musste sein, weil ich schon mit fünfzehn von zu Hause weggelaufen war, man damals aber erst mit einundzwanzig volljährig wurde.

Laut dem damaligen Pass müsste ich siebenundsiebzig sein, in meinem neuen steht mein tatsächliches Alter: zweiundsiebzig.

Doch wie alle Menschen, die schon lange leben, altere ich innerlich nicht mehr. Mein gefühltes Alter beträgt sechsunddreißig. Ich bin immer verwirrt und verärgert, wenn mich die Leute wie eine alte Frau behandeln. Dazu haben sie kein Recht!

Ein alter Bekannter von mir sitzt ebenfalls im Flugzeug, und es wird mir ein Vergnügen sein, unsere Bekanntschaft wiederaufleben zu lassen. In den Siebzigern hatten wir eine äußerst erfreuliche Affäre. Er arbeitete als

Schiffsarzt auf der Hurtigruten, die die norwegische Küste hochfährt. Ich habe ihn als zärtlichen und fürsorglichen Liebhaber in Erinnerung. Wir verbrachten einige unvergessliche Nächte zwischen Verbandszeug und Sauerstoffschläuchen. Die Passagiere auf diesem Schiff waren von erstaunlich robuster Gesundheit …

Zu guter Letzt musterte er in Bergen ab und kehrte zu Frau und Kindern zurück, soweit ich weiß. Wir hatten uns darauf geeinigt, dass seine Familie mehr Anspruch auf ihn hatte. Ich weinte, aber ich wusste, dass er unglücklich geworden wäre, wenn er seine Familie im Stich gelassen hätte. Seitdem haben wir uns nicht mehr gesehen. Wenn ich es mir genau überlege, muss ich damals sechsunddreißig Jahre alt gewesen sein. Er war acht Jahre jünger und bereits Vater. Er heißt Sven und ist vor kurzem in Frühpension gegangen, um seine letzten Arbeitsjahre auf See zu verbringen. Er wird unser Schiffsarzt sein. All das erzählte er mir, nachdem wir uns auf dem Flughafen Arlanda überrascht in die Arme gefallen waren.

Im Moment sehe ich einige Reihen vor mir seinen Hinterkopf. Seine Haare sind schneeweiß, und in der Mitte, wo einst ein störrischer rotblonder Wirbel hochstand, ist er vollkommen kahl. Sven …

Wilma

Ich habe nie kapiert, warum manche Menschen einen anziehen und andere nicht.

Wieso ist mir der Feldherr jetzt schon so vertraut? Wir sind doch völlig verschieden, und keiner meiner Bekannten hat Ähnlichkeit mit ihm.

Ich selbst habe ein Temperament wie ein junger Hund. Ich hechle fröhlich und munter und will von allen gemocht, gelobt und gestreichelt werden. Jedenfalls hat mir das eine Klassenkameradin einmal im Suff auf einer Schulfete gesagt. Ich werfe mich sozusagen auf den Rücken, damit man mir den Bauch krault, also nicht im wörtlichen Sinne, das ist nicht so mein Ding – aber wenn mir jemand ein Stöckchen hinwirft, bringe ich es schwanzwedelnd zurück und will gleich Freundschaft schließen.

Tomas ist finster, verschlossen und schwer zu verstehen. Nein, verschlossen ist eigentlich nicht der richtige Ausdruck, schließlich hat er über zwei Kontinente und ein Meer hinweg mit mir geredet, obwohl ich ihn doch gar nicht kenne. Aber immer wenn man ihm eine persönliche Frage stellt, stößt man gegen eine gläserne Wand und muss zurück auf Los oder besser gesagt

Charles de Gaulle. Er steckt voller Wände, verwinkelter Sackgassen und Schilder, die in zwei verschiedene Richtungen zeigen.

Ein heißes Eisen sind zum Beispiel seine Kinder. Wir haben uns zusammen die Spielsachen in der Werbebroschüre der Fluggesellschaft angesehen. Eine Weile erzählte Tomas gutgelaunt von den vielen Dingen, die er seiner achtjährigen Tochter schon von seinen Reisen mitgebracht hat, doch plötzlich verfinsterte sich sein Gesicht. Er murmelte, er müsse ein bisschen schlafen, und wendete mir, soweit das in einem Flugzeug möglich ist, den Rücken zu.

Kurz darauf war er wieder munter. Das Frühstück wurde serviert, und Wilma, der Tollpatsch, kleckerte sich wieder einmal von oben bis unten voll. Das mache ich im Flugzeug immer. Er wischte mir mit seiner Serviette den Joghurt von der Vorderseite und schnalzte dabei vorwurfsvoll mit der Zunge. Dann steckte er mir meine eigene Serviette in den Ausschnitt und faltete sie auseinander wie ein Lätzchen … Ich starrte ihn fassungslos an, und dann mussten wir beide lachen. Er schob es auf den Jetlag. Er sei in alte Gewohnheiten zurückgefallen, weil seine Birne so matschig sei.

Wenn wir diskutieren, verhalten wir uns wie zwei Komiker aus der Stummfilmära, ich bin der Optimist, und er ist der Pessimist.

»Sieh mal, der wunderbare Sonnenaufgang!«, sage ich und drücke meine Nase an die nächste Luke.

»In der Tat, und durch die enorme Luftverschmutzung wird er noch schöner«, erwidert er finster. »Sie soll erstaunliche Farbschattierungen erzeugen.«

»Einfach toll, die Antarktis sehen zu dürfen«, versuche ich es ein wenig später. »Den weißen Kontinent!« Ich rede wie ein Urlaubskatalog.

»… ja, bevor er gänzlich wegtaut. Das kann ganz schnell gehen!«

Es ist so anstrengend, als müsse man gegen den Wind einen Berg hinaufsteigen. Ab und zu vergisst er seine negative Stimmung. Dann ist er richtig nett und erzählt verrückte Geschichten aus seiner Zeit als investigativer Journalist. Doch als wir uns gerade über eine irre Story kaputtlachen, die ihm ein türkischer Taxifahrer weismachen wollte, erlischt von einem Moment zum andern das Blitzen in seinen Augen. Er reißt die Sicherheitsvorschriften aus dem Netz am Vordersitz und studiert sie mit gerunzelter Stirn.

Eine Weile sagt keiner von uns ein Wort. Er starrt die Abbildungen von baumelnden Sauerstoffmasken, grünen Linien auf dem Boden und Rettungswesten an, die sich von selbst aufpusten, wenn man an einer kleinen Schnur zieht, was man aber auf keinen Fall tun darf, solange man sich noch im Flugzeug befindet. Ich habe mir den Kram auch durchgelesen und wahrscheinlich als Einzige die Vorführung der Stewardess verfolgt.

Irgendwann wird mir das Schweigen unangenehm. Der junge Hund will, dass man ihm ein Stöckchen hinwirft! Ich zeige auf eine Abbildung.

»Der Platz neben mir ist übrigens lebensgefährlich. Wenn der Pilot mit ruhiger Stimme sagt, wir sollen die Sicherheitsposition einnehmen, werde ich kreischend aufspringen und panisch auf den Knopf drücken, mit dem man die Stewardess ruft, und aus Versehen schalte ich dabei auch das Licht und das Radio ein und versetze alle anderen in Angst und Schrecken. Später werde ich so lange an unseren Sauerstoffmasken zerren, bis ich sie aus der Verankerung gerissen habe, und wenn dann alle richtig angeschnallt sind und die Stirn auf die Knie gelegt haben, springe ich vom Sitz und marschiere mit aufgepumpter Schwimmweste zum Notausgang, wo ich natürlich allen den Weg versperre, und blase wie eine Verrückte in die Trillerpfeife. Nur dass du Bescheid weißt!«

Ich plappere drauflos und freue mich wie eine Schneekönigin, als sich ein winziges Zucken in seinem Mundwinkel allmählich übers ganze Gesicht ausbreitet und zu einem richtigen Lächeln entfaltet, obwohl er mit aller Kraft dagegen ankämpft. Am Ende lacht er.

»Keine Sorge, ich werde dir mit der Sauerstoffmaske den Schnabel zuhalten. Im Übrigen sollte man solche Anweisungen auf keinen Fall lesen. Damit werden die Leute nur in Sicherheit gewiegt, damit sie einigermaßen Ruhe bewahren. Einen Absturz über dem Atlantik überlebt man sowieso nicht.«

Dieser Gedanke munterte ihn so weit auf, dass er anfing, die winzigen Whiskyfläschchen vom Wagen der Stewardess zu stibitzen. Dann kicherten und tranken wir heimlich unter der Decke, bis ihm irgendetwas die Laune verhagelte und er wieder in schwermütiges Schweigen verfiel.

Es ist eine emotionale Achterbahnfahrt mit ihm.

Gemeinsam steigen wir aus dem Flugzeug. Er zieht meinen Pinguin und sucht einen Gepäckkarren für uns. In Santiago schlägt uns die Hitze entgegen. Unsere Reiseleiter Bengt und Mirja treiben uns in den Bus zum Hotel, indem sie wie Hirtenhunde um die Herde herumhüpfen und bellen. Tomas steuert wie selbstverständlich zwei Plätze nebeneinander an.

Vielleicht liegt es daran, dass er so lange eine Partnerin hatte. Dem Alter seiner Tochter nach zu urteilen, muss er mindestens neun Jahre mit ihr zusammen gewesen sein. Da wird man wahrscheinlich nervös, wenn man niemanden an seiner Seite hat. Meine geschiedenen Freunde haben so etwas angedeutet. Ich persönlich habe keine Ahnung davon, meine längste Beziehung hat nur acht Monate gedauert.

Aber das kann nicht der einzige Grund sein, denn irgendwie habe ich auch das Gefühl, dass wir zusammengehören. Dabei empfinde ich so etwas nie, jedenfalls bis jetzt nicht. Nicht einmal bei meinem Kollegen Stefan, der dauernd etwas mit mir unternehmen und unbedingt ein Paar aus uns machen will. Ich bin immer ein wenig überrascht, wenn ich ihn im Kinosessel neben mir bemerke.

Manchmal glaube ich, dass wir genetisch betrachtet Affen sind, die Beziehungen über Gerüche und körperliche Nähe knüpfen. So wie Tomas und ich, als wir im Flugzeug Wange an Wange auf einem Sitz aufwachten. Wahrscheinlich werde ich ihm bald den Kopf kraulen und sein Fell nach Flöhen absuchen. Armer Kerl.

Tomas

Irgendwie freut es mich diebisch, dass ich die detaillierte und äußerst umfangreiche Ausrüstungsliste des Reiseveranstalters komplett ignoriert habe. Ich habe einige Jeans und Pullover und eine einzige wasserdichte Hose eingepackt. Eine Mütze. Jacke und Stiefel bekommt man an Bord. Kein Fernglas, keine Vogel- oder Geschichtsbücher. Keine Sonnencreme, keine Sonnenbrille. Keine Kamera. Ich hatte nur Handgepäck.

Ich fahre nicht in die Antarktis, um Vögel zu beobachten. Ich will mich auch nicht sonnen oder irgendetwas lernen. Und wozu soll ich Fotos machen? Mir genügt der Anblick meiner Mitreisenden, die unter Objektiven ächzen, die so schwer wie Panzerfäuste sind, und meterlange Stative im Handgepäck mitschleppen. Eine Frau aus der Gruppe machte in Santiago einen Aufstand, weil ihr Bügelbrett verlorengegangen ist. *Ein Bügelbrett?* Mit was für Schwachköpfen bin ich eigentlich unterwegs?

Natürlich waren auch einige Stative und Taschen verschwunden. Die Besitzer werden sie nie wiedersehen, weil wir morgen weiter zu den Falklandinseln fliegen und dort das Schiff besteigen werden, das uns in die Antarktis bringt. Dorthin wird uns nicht einmal die kundenfreundlichste Fluggesellschaft ein Bügelbrett hinterherschicken.

In Santiago hatte ich ein kleines Problem, weil ich auf Frühlingshitze und starke Sonne nicht vorbereitet war. Es musste auch so gehen. Jeans und Turnschuhe. Der spillerige junge Kerl, mit dem ich das Zimmer teile, muss damit leben, dass ich in der Unterhose schlafe und außer meiner Zahnbürste keine Waschutensilien dabeihabe. Sein eigenes Necessaire ist so groß wie eine Sporttasche, Gott weiß, was sich darin befindet. Bis jetzt habe ich neben Ginseng und Vitamintabletten und einer Vorratspackung Zahnseide nur einen Rasierapparat, eine elektrische Zahnbürste, Bodylotion und Schuppenshampoo zu Gesicht bekommen. Das ist vermutlich nicht einmal die Hälfte, und ich bin gespannt, was er im Verlauf der Reise noch daraus hervorzaubern wird. Einen Föhn? Hanteln? Eine Tauchausrüstung? Er spricht voll Sehnsucht vom arktischen Gewässer und will mir dauernd Farbfotos von Wasserpflanzen zeigen.

Ich überlegte, ob ich ihm eine so kaltschnäuzige Abfuhr erteilen sollte, dass er mich in Ruhe lässt – nach dem Motto: »Da ich allmählich das Augenlicht verliere, werde ich dorthin nie vordringen« –, brachte es aber nicht übers Herz. Natürlich hat er eine unglaubliche Fotoausrüstung mit Unterwasserkamera und allem Drum und Dran. Er heißt Pelle und ist Ornithologe. Sogar während der Mahlzeiten blättert er in seinem zerfledderten Vogelbuch. Wer weiß, vielleicht sind darin Brathähnchen abgebildet?

Auf dem Weg zum Hotel fiel mir auf, dass ich mich

inzwischen an Wilmas Seite bewege, als wären wir ein Paar. Ich hatte es eigentlich nicht beabsichtigt, aber es war ein vertrautes Gefühl, eine Frau an meiner Seite zu haben, der ich mich hin und wieder kurz zuwende, um mich dann wieder meinen eigenen Gedanken zu widmen.

Allerdings sitzt man neben Wilma viel entspannter als neben Sanna, die mir permanent ein Ohr abgekaut und mich durch Geschäfte geschleift hätte. Und als wäre das nicht schlimm genug, hätte ich zu allem, was sie zu kaufen erwog, meine Meinung sagen sollen.

Ansichtskarten wären geschrieben worden, unter die ich zumindest meinen Namen hätte setzen müssen. Sie hätte gefragt, wo meine Cousinen und Cousins wohnen, ob wir nicht Geld umtauschen sollten und was ich von der Frau im Paillettenbikini hielte … Eine ruhige Minute hatte man selten.

Natürlich ist Wilmas gute Laune etwas übertrieben und ihr Weltbild geradezu nervtötend optimistisch, aber sie ist wenigstens nicht sentimental und bestimmt nicht die schlechteste Reisebekanntschaft.

Jedenfalls dachte ich mir, dass nun bald Schluss sein müsse mit dem Paarverhalten und in Santiago jeder glücklich seiner eigenen Wege gehen könne.

Nachdem wir also in einem Restaurant mit Aussicht über die ganze Stadt zu Mittag gegessen hatten – ich gebe zu, die schneebedeckten Berge ringsumher waren wunderschön –, machte ich mich zu Fuß auf den Weg in die Stadt, während der Rest der Gruppe die Rundfahrt im Bus fortsetzte. Man ließ mich in der Nähe des Hotels raus, von wo aus ich ein paar Stunden planlos und in Gedanken versunken durch die Gegend trottete. Hatte ich alle Luken geschlossen? Hinterließ ich viele Baustellen? Natürlich hätte ich mich vor der Abreise bei manchen Leuten melden sollen, um noch ein paar Weisheiten von mir zu geben, die sie ewig in Erinnerung behalten würden, aber dann hätte ich die Katze aus dem Sack lassen müssen oder jemand hätte möglicherweise den Braten gerochen. Nein. Ich glaube, die meisten Dinge habe ich erledigt.

Ich bin ohnehin nicht gerade von meiner Anziehungskraft auf Frauen überzeugt, und mein letztes bisschen Selbstvertrauen hat Sanna mitgenommen, als sie ging, aber ich werde trotzdem dafür sorgen, dass Wilma sich nicht in mich verknallt. Sie hat etwas Besseres verdient. Übrigens scheint sie unheimlich offen zu sein. Sie quatscht mit den anderen aus der Gruppe, als wären es alte Klassenkameraden, und knüpft Kontakte, als hätte sie nichts zu verlieren. Meine Güte, da kann man ja gleich seine Haustür offen stehen lassen! Früher oder später kommt jemand rein und bringt alles durcheinander oder beklaut einen. Es ist allerdings nicht mein Problem, wenn sie so vertrauensselig ist.

Allmählich ärgerte ich mich, dass ich nicht an der Rundfahrt teilnahm, der Journalist in mir war offenbar noch nicht ganz tot, und manches weckte gegen meinen Willen meine Neugier.

Plötzlich führte mich mein zielloser Spaziergang vor die Tür des Kolonialmuseums. Ich beschloss, ein paar Stunden darin zu verbringen und mich anschließend in ein Café zu setzen und zu lesen. Bevor ich mich besann, würde es Abend und wieder Morgen werden, und dann würden wir zu den Falklandinseln fliegen und das Schiff besteigen, das uns in die Antarktis bringen würde. Und dann war mein Ziel zum Greifen nah.

Ich betrat das Museum, ging an weißen Mauern, braungebeiztem Holz und blühenden Akazien vorbei und durchquerte kunstvoll verzierte Tore. Ich kaufte mir eine Eintrittskarte und wanderte durch die Säle. Diese Kolonialherren haben wahnsinnig schöne Häuser und Kirchen gebaut und mit Möbeln und Kunst gefüllt – von allem, was das Land zu bieten hatte, nahmen sie reichlich. Lange blieb ich vor einer ganzen Wand voller feingeschmiedeter Eisenschlüssel und -schlösser stehen.

Neben mir hustete jemand. Es war Wilma. Sie lächelte mich an.

Wie groß ist die Wahrscheinlichkeit, dass man in einer Stadt mit fast fünf Millionen Einwohnern den einzigen Menschen trifft, den man zu kennen glaubt?

Nun wurde der Nachmittag richtig nett. Wir gingen in ein anderes Museum, wo die Kunst der Ureinwohner und zierliche Gefäße in Form von Menschen und Tieren ausgestellt wurden. Ein pinkelnder Hund, ein Frosch mit Handgriff. Wir machten uns einen Spaß daraus, das Design für *schwedische* Tonkrüge zu erfinden – zum Beispiel einen kotzenden Hooligan –, und lachten viel. Aber ich bin nicht zum Vergnügen hier. Das darf ich nicht vergessen.

LAN CHILE, FLUG 27 VON PUNTA ARENAS ZUM MOUNT PLEASANT, FALKLANDINSELN, 1. NOVEMBER

Alba

Nächster Flug. Der Flieger ist um einiges kleiner. Das Meer sah im diesigen Sonnenlicht wie gehämmertes Blech aus. Man erkennt zwei verschiedene Wellenmuster. Die Dünung wirft lange Falten, und der Wind bildet kleine Querstriche.

Hätte ich den Pilotenschein machen dürfen, hätte ich den Erdboden nur noch im Ausnahmefall betreten.

Wir wurden mit dem Bus vom Flugplatz in die Hauptstadt Port Stanley transportiert und sind dort den ganzen Tag vornübergebeugt durch den ständig scharfen Wind gestapft. Die Türen gehen hier alle nach innen auf, Cafétüren und Kneipentüren, die Tür zum Souvenirladen und sogar die schwere Kirchentür. Andernfalls würden sie aus der Verankerung gerissen und aufs Meer gefegt.

Straßen mit idyllischen kleinen Häusern schlängeln sich zum Meer hinunter. Im Hafen liegen rostige Wracks aus verschiedenen Epochen. An die Hafeneinfahrt haben Seemänner mit riesigen Buchstaben aus weißen Steinen die Namen ihrer Schiffe geschrieben. Einer davon lautet »Beagle«, so hieß das Schiff, mit dem Darwin auch hier herumkreuzte. Charles »Über die Entstehung der Arten« Darwin, mein Idol! Ich glaube, ich werde ihm mein neues Notizbuch widmen. Es soll ein Handbuch über verschiedene Arten der Menschenfauna werden – vielleicht sollte ich es »Über die Entstehung der Unarten« nennen? Wir Menschen sind Neulinge unter den Arten, verglichen mit Kellerasseln geradezu blutige Anfänger. In Anbetracht des Tempos, mit dem wir die anderen Arten ausrotten, hätten die uns lieber gleich auffressen sollen, als wir von den Bäumen kletterten.

Trotzdem sind wir Menschen natürlich interessant, genau wie die großen Raubtiere. Und es gibt so viele verschiedene Sorten. Ich nehme an, dass ich auf dieser Arche eine ganze Reihe von neuen Beobachtungen machen werde. Oder besser gesagt »Observationen«, wie all die begeisterten Hobbyornithologen es nennen, die längst damit begonnen haben, die armen Viecher auszuspionieren. Sie stehen wie die Ölgötzen am Kai und schrauben an ihren Ferngläsern herum. Das Beobachten von Vögeln scheint eine starke Abhängigkeit zu erzeugen.

Die Inselzeitung, »The Penguin News«, hat ihren Sitz in einem kleinen weißgeschlämmten Gebäude mit grünem Blechdach. Sie berichtet über alles, was die dreitausend Bewohner der Inseln so treiben. »Seine Exzellenz der Gouverneur erwägt, das Rauchen auf öffentlichen Plätzen zu verbieten.« – »Little Sheila dressed for Halloween.« – »John Harper hütet die Schafe vom Mofa aus.« Basare, Geburtstage, musikalische Darbietungen und Viehversteigerungen. Ein Dorf, das fünfhundert Kilometer vom Festland entfernt mitten im Meer liegt, hält sich selbst und einige hier stationierte Soldaten bei Laune.

Jeder weiß über jeden Bescheid, und alle kümmern sich und tratschen übereinander. Vor genau diesem Leben bin ich in meiner Jugend geflohen. Manchmal habe ich mich danach zurückgesehnt, obwohl ich weiß, wie viel Schmerz und Verzweiflung es kostet, anders zu sein. Ich bin zum Beispiel ohne Flügel auf die Welt gekommen. Den anderen in meinem Dorf ging es zwar genauso, aber im Gegensatz zu ihnen konnte ich mich nicht damit abfinden.

Im Globe sind die Gitter an der Innenseite der Fenster befestigt. Sie sollen nicht vor Einbrechern schützen, sondern verhindern, dass die Kneipengäste die Scheiben zerschlagen, wenn sie sich prügeln oder versuchen, sich gegenseitig aus dem Fenster zu werfen.

In der Abenddämmerung legt unsere Arche am Kai an. Wir gehen an Bord des ehemaligen russischen Forschungsschiffs MS Orlowskij. Es ist sechsundfünfzig Meter lang, hat zwei Dieselmotoren mit je dreitausend Pferdestärken, erreicht auf offenem Wasser eine Geschwindigkeit von zehn Knoten und kann es mit jeder Art von Eis aufnehmen. Mit fünfzig Passagieren und einer dreißigköpfigen Besatzung haben wir Noahs altem Bretterhaufen natürlich einiges voraus. Tatsächlich betreten meine Mitreisenden die Arche immer zu zweit. Die meisten sind echte Paare, aber es gibt auch einige unechte darunter.

An der Gangway steht ein attraktiver junger Reiseleiter in teuren Outdoor-Klamotten und lächelt professionell. Mir tätschelt er besonders aufmerksam den Arm, wahrscheinlich sieht er eine harmlose alte Witwe in mir, die sich von dem Geld ihres verstorbenen Mannes noch ein kleines Abenteuer gönnt.

Der hat ja keine Ahnung! Wenn der mich noch einmal begrapscht, beiße ich ihn!

Vor mir geht eines der unechten Paare. Er ist um die dreißig, groß, mit zotteligen dunklen Haaren und tiefen Furchen im Gesicht. Wenn er nicht immer aus der Wäsche gucken würde, als erwarte er drei Tage Regenwetter, könnte er richtig gut aussehen. Sie ist etwas jünger, ebenfalls groß und seltsam burschikos – von weitem könnte man sie für einen Jungen in der Pubertät halten, aber sie hat die Körpersprache eines Zinnsoldaten. Störrisches hellrotes Haar, Unterbiss und große Vorderzähne. Dünn, flach wie ein Brett und mit ungelenken Storchenbeinen. Sie bewegt sich so langsam und steif, als hätte sie Muskelkater. Trotzdem sehe ich bei ihr keine Regenwolken – sie strahlt und zwitschert und ist von allem so hemmungslos begeistert, dass man sich leichte Sorgen macht: Hoffentlich wird sie nicht enttäuscht.

Gestern, bevor wir Santiago verließen, saß ich mit ihnen am Tisch. Er ist Journalist, *investigativer* Journalist, betonte er mit schiefem Grinsen, als verdiene er sich nebenbei etwas als Totengräber dazu – und sie unterrichtet an einer christlichen Heimvolkshochschule. Die beiden heißen Tomas und Wilma und reisen nicht zusammen. Da sie sich nicht einmal von früher kennen, bezeichne ich sie als unechtes Paar. Trotzdem scheinen sie sich nie mehr als ein paar Meter voneinander zu entfernen und haben bereits eine Art Zusammengehörigkeit entwickelt. Verliebt sind sie meines Erachtens nicht. Dafür schaut er zu finster drein und sie ist zu – tja, irgendwie asexuell begeisterungsfähig. Wenn sich jemand anschliche und zärtlich den Arm um sie legte, würde sie wahrscheinlich johlen: »Mensch, hast du schöne Aaarme!«

Das war gemein, Alba. Du weißt genau, dass du davon seelisches Sodbrennen bekommst.

Endlich hatte ich die Kabine gefunden, die Wilma und ich teilen, weil wir beide allein reisen. Blankes Mahagoni, ein Bullauge aus Messing und festgeschraubte Möbel. Die Schreibtischplatte hat eine Kante, damit bei Seegang nichts hinunterfällt, und die weißen Laken sind gestärkt. Ich fühlte mich sofort zu Hause. So müssen Schiffe aussehen.

Wilma und ich teilten durch höfliches Nicken die Einrichtung unter uns auf. Ich nehme diesen Schrank und du den da. Darf ich diesen Kleiderhaken benutzen?

Eins hat mich überrascht. Ohne mich vorher zu fragen, belegte sie die untere Koje mit Beschlag. Man sollte doch meinen, dass eine Frau in meinem Alter das Vorrecht darauf hat. Wieso hat sie sie nicht zuerst mir angeboten? Sie kann doch nicht wissen, dass ich fast so gern in der oberen Koje schlafe wie in einer Holzhütte. Ich kletterte hinauf, zog den dunkelblauen Vorhang zu und fiel aufgrund des Jetlags und der Reisetabletten sofort in Tiefschlaf. Der brüllende Lautsprecher über dem Schreibtisch riss mich aus meinen Träumen. Rettungsübung an Deck fünf! Warm anziehen und Schwimmwesten nicht vergessen.

Ich seufzte. Als ich in den vierziger Jahren zur Schule ging, bedeuteten Lautsprecherdurchsagen, dass man irgendetwas Ödes machen musste: einer Rede des Rektors lauschen, Kirchenlieder singen oder in Reih und Glied marschieren. Und nun hing hier so ein Ding an der Wand, Big Brother is watching you … Wilma und ich wälzten uns aus den Kojen und zogen alles über, was man uns im Versammlungsraum auf dem Unterdeck ausgehändigt hatte: Stiefel, die orangefarbene Jacke und eine scheußliche Schwimmweste. Im Abendlicht raus an Deck. Die Dieselmotoren brummten los, und es roch nach Essen.

Rettungsboote mag ich nicht, weil sie mich daran erinnern, dass wir sie eventuell brauchen werden. Dass wir womöglich in Seenot geraten und uns entscheiden müssen, ob wir in drei Grad kaltem Wasser ertrinken oder in einer Falle aus glasfaserverstärktem Kunststoff verhungern möchten. Die Seenotrettung kommt in diesen Gewässern nicht oft vorbei.

Ich habe wirklich keine Angst vorm Tod, aber ich mag ihn nicht. Lieber bin ich der erste Mensch, der hundertfünfundzwanzig Jahre alt wird.

Als wir nach einem ausgezeichneten Dreigängemenü wieder in unsere Kabine kommen, nehme ich das Notizbuch zur Hand, das ich in einem kleinen Tabakladen in Santiago gekauft habe. Ein altmodischer marmorierter Umschlag mit weißem Etikett auf der Vorderseite und gelbliche linierte Blätter. Es wird Zeit, mit meiner Abhandlung zu beginnen:

Über die Entstehung der Unarten

Einleitung

Ich bin seit langem überzeugt, dass wir Menschen es vollkommen falsch angehen, wenn wir Vergleiche zwischen uns und den Tieren anstellen. Sieh mal! So verhalten sich Tiere, das ist ein Naturgesetz! Also sollen

Frauen zu Hause bleiben, Homosexualität verboten werden, starke Männer das Rudel anführen und so weiter. Natürlich sucht sich jeder seine Vergleiche so aus, wie sie am besten zu seiner Theorie passen. Zum Beispiel behauptet niemand, dass man Jungs vorsichtshalber anketten sollte, weil sie sich öfter prügeln als Mädchen, dass Frauen lieber mehrere Partner ausprobieren sollten oder dass das Verspeisen des Gatten nach der Paarung Frauen eine Extraportion Eiweiß verschafft …

Dagegen wird behauptet, das stärkste Löwenmännchen würde die meisten Weibchen »abkriegen«. Man könnte es auch anders sehen: Da Löwinnen zur Versorgung kein eigenes Männchen brauchen (das Essen bringen sie nämlich selbst nach Hause), teilen sie sich mit den anderen Weibchen ein Männchen und laden es nur zu sich ein, wenn sie Lust haben, sich zu paaren. Und da suchen sie sich natürlich den Stärksten aus, damit der Nachwuchs auch stark wird. Aber wenn die Paarung abgeschlossen ist, pfeifen sie auf das Männchen. Eifersucht gibt es unter Löwinnen nicht.*

In diesen Aufzeichnungen möchte ich im Geiste Darwins den umgekehrten Weg gehen und versuchen, das tierische Verhalten zu beobachten, das sich im Laufe von Hunderttausenden von Jahren aus ganz bestimmten Gründen entwickelt hat. Warum haben die Pinguine aufs Fliegen verzichtet? Wie kommen die See-Elefanten zu ihrem Harem? Dann stelle ich Vergleiche an, um zu beweisen, dass Menschen auch Tiere sind. Es tut uns gut, uns nicht für etwas Besseres zu halten, denn da-

* (So habe ich es übrigens selbst mein Leben lang gehalten.)

durch entwickeln wir eine realistische Einstellung zum Leben.

Ich legte den Stift weg und klappte zufrieden das Buch zu. Menschen als Tiere zu betrachten ist ein vergnügliches und lehrreiches Hobby, denn es lässt uns etwas dümmer, aber auch anrührender erscheinen. Außerdem ist es ein preisgünstiges Hobby – man braucht weder einem Club beizutreten noch eine spezielle Ausrüstung.

Tomas

Ganz im Ernst – als ich *ihn* im Rettungsboot sah, dachte ich, jetzt werde ich verrückt.

Dabei wussten wir, dass es sich nur um eine Übung handelte. Pflichtbewusst hatte ich mich in die Rettungsweste gezwängt und war in das große orange-weiße Ungetüm auf dem fünften Deck gestiegen. Es war arschkalt, und ich hauchte meine steifen Finger an, während der Reiseleiter uns eilig erklärte, wie wir uns verhalten sollen, falls das Signal ertönt. Bei Alarm schnell die warmen Sachen und die Rettungsweste anziehen und sich auf dem richtigen Deck und am richtigen Boot versammeln! Im drei Grad kalten Wasser haben wir nicht die geringste Überlebenschance, und andere Schiffe, die uns vielleicht aufgabeln könnten, sind dort, wo wir hinwollen, recht selten. Falklandinseln – Südgeorgien – Antarktis. Das offene Meer mit dem Packeisgürtel. Fürchterliche Stürme in der Drakepassage. Und so weiter. Ich weiß noch, dass ich da hockte und dachte, wenn wir jetzt sinken, sind wir selbst schuld. In diesem eiskalten Wasser dauert es höchstens fünf Minuten, bis man überhaupt nichts mehr fühlt. Mein Gott, wie ich mich darauf freue, keine Gefühle mehr zu haben!

In dem Moment zupfte mich jemand an der dicken orangefarbenen Jacke, die uns die Reiseleitung zugeteilt hatte, damit wir in den endlosen weißen Weiten der Antarktis nicht verlorengehen. Ich blickte hinunter und sah – ich schwöre! – ein schmutziges Kinderhändchen mit abgekauten Nägeln. Arvids Hand. Da saß er und sah ganz verängstigt aus. Seine grasgrün gefleckten Augen waren furchtsam auf mich gerichtet.

»Papa? Ist das gefährlich? Werden wir ertrinken?«

Es war nur ein Augenblick, aber mir brach unter all meinen Pullovern der Schweiß aus. Es hatte so real gewirkt.

Wahrscheinlich werde ich Arvid nie wiedersehen. Asta auch nicht. Ich nehme an, dass Sanna dafür sorgen wird, dass die beiden mich so schnell wie möglich vergessen und die Kinder von diesem verfluchten Hulk werden, mit dem sie sich zusammengetan hat. Kirchliche Hochzeit, meine Güte! Die Kinder streuten in Tüll und Anzug Rosenblüten aus einem albernen Körbchen. Als ich das Foto in der Zeitung sah, hätte ich kotzen können. Sanna und ich haben auf dem Standesamt geheiratet, ich weiß noch, dass es schnell gehen sollte, weil ich zu irgendeinem Auftrag musste. Wohin die Reise ging, habe ich vergessen. Sanna war damals sauer, doch beim zweiten Mal hat sie offenbar ihren Kopf durchgesetzt. Aber müssen es denn gleich Rosenblüten sein?

Alle anderen wirkten verängstigt und saugten gierig die beruhigenden Floskeln des Reiseleiters auf. Pumpsystem, doppelwandiger Rumpf und Funkkontakt. Bla, bla, bla. Mir ist das alles völlig egal. Ich werde mir nicht einmal die Weste überstreifen, wenn das Signal ertönt.

Würden Arvid und Asta hier neben mir sitzen und es wäre ein Ernstfall … Ich hätte sie unter meine dicke Jacke genommen und ihnen spannende Geschichten erzählt, um sie abzulenken. Und Asta hätte mich mit ihren Zahnlücken angegrinst.

Es riecht nach Essen. Wir hatten die Wahl zwischen drei verschiedenen Menüs, an der Tür zum Speisesaal muss man sein Kreuzchen machen. Drei Gänge, mit Fisch oder Fleisch oder vegetarisch. Nicht übel!

Ob Markus sich gefragt hat, warum ich ihm vor meiner Abreise so viele Aufträge erteilt habe? Er muss sich doch gewundert haben, dass ich das Haus, das Auto und die Yacht nicht selbst verkaufte. Mit diesem Segelboot waren wir nur drei-, viermal unterwegs, bevor Sanna mich wissen ließ, dass sie die Scheidung eingereicht hatte. Das war wirklich eine sensationelle Neuigkeit – nicht einmal *ich* hatte was davon geahnt … Markus ist seit fünfzehn Jahren mein Rechtsberater und engster Freund, wenn man so will. Wahrscheinlich denkt er, ich wäre zusammengebrochen und auf Weltreise gegangen, um alles zu vergessen. Ich habe ihm erzählt, ich wolle ein Jahr bei Freunden in Südamerika verbringen, und ihn gebeten, mein Geld auf ein Konto zu überweisen, auf das die Kinder zugreifen können, wenn sie erwachsen sind. Falls mir etwas zustößt. Doch wozu zerbreche ich mir eigentlich den Kopf? Ich habe getan, was ich konnte, habe Abonnements und Vereinsmitgliedschaften gekündigt und meine Kleidung verschenkt. Außerdem habe ich meinem Testament einen geschlossenen Umschlag beigelegt, in dem ich Markus den Auftrag erteile, meine sterblichen Überreste mit Hilfe von SOS International nach Schweden zu überführen. Falls man meine Leiche überhaupt findet. Wo sie mich begraben sollen, habe ich nicht geschrieben, aber das ist mir auch scheißegal. Meinetwegen können sie mich irgendwo verscharren.

Wir haben nun genug über die Sicherheitsvorschriften erfahren und dürfen endlich essen. Ich werde erst mal nach Wilma Ausschau halten. Keine Ahnung, wieso, aber obwohl wir uns erst seit wenigen Tagen kennen, kann ich mich in ihrer Gesellschaft entspannen. Ansonsten bin ich wohl eher ein Eigenbrötler und ein Griesgram, jedenfalls hat Sanna mir das gegen Ende unserer Ehe dauernd unter die Nase gerieben. Mit Wilma habe ich irgendwie nichts zu verlieren. Wir können einfach Freunde sein, ohne uns Gedanken über die Zukunft zu machen. Sie ist so befreiend unweiblich. Es ist fast wie mit einem Kumpel aus meiner Schulzeit, allerdings ohne Schwanzvergleich in der Sauna und ohne Wettsaufen. Außerdem ist sie so wunderbar naiv und sieht alles positiv! Falls Wilma in der Hölle landet, wird sie von dem gemütlichen Feuerchen schwärmen und den Teufel fragen, ob er nicht ein paar Würstchen zum Grillen dahat.

Ich tue alles, um ihre Luftschlösser zum Einstürzen zu bringen, das hilft mir, Spannungen abzubauen. Sie hat die Offenheit einer Pfadfinderin und findet alles super. Ich sage: Mädel, mach endlich die Augen auf! Aber sie ärgert sich nicht einmal, sie lacht einfach.

Es ist ein gutes Gefühl, mit einer Frau befreundet zu sein. Ich glaube, das war ich seit meiner Jugend nicht. Es gab nur Sanna und ein paar Kolleginnen, die immer auf mir herumhackten, weil ich angeblich so zynisch war.

Die sogenannten Liebesgeschichten oder besser gesagt One-Night-Stands, die ich nach Sanna hatte, waren eher Pflichtübungen. Es wird von einem erwartet.

Selbst wenn Wilma und ich mehr Zeit miteinander verbringen würden, käme es zwischen uns beiden nie zu sinnlichen Seufzern oder bedeutungsvollen Blicken, nicht zu irgendwelchen Verrenkungen mit Babyöl und Teelichtern auf dem Badewannenrand oder zu der Frage, in welche Richtung sich unsere Beziehung entwickelt. Wozu auch? Warum müssen sich Beziehungen unbedingt entwickeln? Ich will, dass die Zeit stehenbleibt, die Kinder nie erwachsen und meine Haare nicht dünner werden.

Allerdings stehen die Chancen schlecht, sagt Wilma.

Wilma

Ich hatte wirklich kein gutes Gefühl dabei, als ich einer Siebzigjährigen die untere Koje vor der Nase wegschnappte. Anfangs hält man sie für mindestens zehn Jahre jünger, weil ihre Haut so glatt und ihr Körper so anmutig und durchtrainiert ist, aber die Altersflecken auf ihren Händen und ihr dichtes weißes Haar verraten ihr wahres Alter.

Es ging jedoch nicht anders. Ich könnte nicht gut zum oberen Bett hinauf- und wieder hinunterklettern, will aber nicht, dass man merkt, wie es um mich bestellt ist. Also habe ich einfach meine Tasche unten in die Koje gestellt. Sie hat sich ohne ein Wort und flink wie ein Eichhörnchen auf die obere Liege geschlängelt und ist sofort eingeschlafen. Als dann die Rettungsübung stattfand, quasselte und pusselte ich zuerst nervös in der Kajüte herum, aber dann sagte ich mir, wovor hast du eigentlich Angst? Es gibt schlimmere Orte, um zu sterben! Draußen vor dem Bullauge war es wunderschön, und dabei hatten wir noch nicht einmal abgelegt. Die Sonne stand hoch am Himmel und überzog die flachen Falklandinseln mit einem goldenen Schimmer.

Dies wird das Abenteuer meines Lebens. Meine Mitreisenden scheinen ein buntes, aber nettes Völkchen zu sein. Die Frau in meiner Kajüte heißt Alba. Viel weiß ich noch nicht über sie, sie ist wohl eine Dame mit Geheimnissen. Aus einem magischen Rucksack zaubert sie einen Gegenstand nach dem anderen. Entweder geht es nicht mit rechten Dingen zu, oder sie weiß einfach aus Erfahrung, wie man packt. Sie hat nicht einmal eine Reisetasche dabei. Ich fragte sie, ob diese vielleicht in der falschen Kajüte gelandet sei, aber da zeigte sie auf ihren kleinen Rucksack.

»Mehr brauche ich nicht. Die dicke Jacke bekommen wir an Bord vom Reiseveranstalter. Die wollen, dass wir alle gleich aussehen, damit sie uns nicht verlieren. Stiefel kann man ausleihen, und meine warmen Sachen trage ich am Leib. Im Rucksack sind meine Unterwäsche und eine feine Bluse für den abendlichen Grog an der Bar. Und ein kleines Notizbuch und eine Kamera.« Diese beiden Dinge hatte sie ordentlich auf ihrer Seite des Schreibtischs aufgereiht.

Ich schielte beschämt zu meinem Koffer, der neben ihrem Rucksack wie ein Gartenhäuschen wirkte und so vollgepackt war, dass ich nicht einmal mehr einen Krimi hineinbekommen hatte. Da ich noch nicht viel gereist bin, ist mein Koffer voller Dinge, die »man vielleicht gut gebrauchen kann«, vieles habe ich gleich doppelt und dreifach mitgenommen. Als könnte sie meine Gedanken lesen, sagte sie: »Man kann seine Sachen auf dem Schiff waschen lassen, das kostet nicht viel.«

Ah ja. Man hätte all die Unterlagen, die einem geschickt worden sind, mal lesen sollen, anstatt über einen Outdoor-Laden herzufallen. Weil ich mich nicht entscheiden konnte, habe ich praktisch alles gekauft. Ich habe drei Mützen und vier Schals dabei … Und zwei Kleider, Unterwäsche aus Mikrofaser, Gott weiß wie viele dünne und dicke Pullover, Schlafanzüge, Socken, eigene Stiefel, die man nicht braucht, wattierte Overalls, Sonnencreme mit Schutzfaktor dreißig, einen Föhn, ein Fernglas, mehrere Kameras mit verschiedenen Objektiven und Ladegeräten, die ich nicht brauche, ein Handy, das hier nicht funktioniert, und eine ganze Hausapotheke, obwohl es an Bord einen Schiffsarzt gibt. Ich habe sogar ein Fußpflegeset dabei, als ob ich meine Füße auf dieser Reise unbedingt in Schuss halten müsste. Ganz zu schweigen von jeder Menge Bücher über die Antarktis, teilweise sind es genau die gleichen wie unten in der Schiffsbibliothek. Es ist einfach zum Heulen.

»Einmal bin ich mit drei Kilo Gepäck für drei Monate nach Indien gefahren«, fügte Alba schmunzelnd hinzu. »Ich hatte nur eine Schultertasche. Darin waren vor allem mein Reisepass, die Tickets, Tabletten gegen Magen- und Darmerkrankungen und Sicherheitsnadeln. Wo man hinkommt, kauft man sich auf dem Markt ein paar billige Klamotten und lässt sie zurück, wenn man wieder abfährt.« Sie warf einen Blick auf mein Gartenhäuschen.

»Allerdings würde das ja hier nicht funktionieren«, tröstete sie mich. »An Bord gibt es nur eine Schiffsboutique, wo man sauteure Pullis und Krawatten mit Pinguinmotiv kaufen kann.«

Wir gingen hinaus an Deck. Der Sonnenuntergang stand kurz bevor, und rings um uns herrschte munteres Treiben. Die Ankerkette rasselte, die Maschinen fingen an zu wummern, und die MS Orlowskij entfernte sich gemächlich vom Kai. Die Matrosen mit den runden schwarzen Strickmützen und den kräftigen Kinnpartien riefen sich Worte auf Russisch zu. Ich spürte, dass ich zu ihnen passte, zumindest, was den Unterkiefer anbetraf ... Seevögel flatterten kreischend ums Schiff, und von irgendwoher wehte der Duft von gebratenem Fleisch zu uns herüber. Es war – wunderbar. Wie immer konnte ich den Mund nicht halten und ließ meine Mitmenschen an meiner Begeisterung teilhaben. Alba nickte mir freundlich zu, die anderen beachteten mich gar nicht.

Als wir im Rettungsboot saßen, fiel mir auf, dass Tomas wie verhext zur Seite starrte. Ich konnte nicht erkennen, was da war. Beim Abendessen werde ich ihm einen Platz neben mir frei halten. Seit dem Flug läuft zwischen uns ein seltsamer Dialog ab. Er ist – nein, nicht wie ein Bruder für mich, dafür kenne ich ihn zu wenig, aber vielleicht wie ein Cousin aus einem anderen Ort. Oder ein noch weiter entfernter Verwandter.

Das Essen auf der MS Orlowskij überraschte mich total. Auch dass es jeden Mittag und Abend drei verschiedene Dreigängemenüs vom Feinsten zur Auswahl geben würde, hatte ich im Infomaterial überlesen. Suppe – die in diesen ruhigen Gewässern noch nicht über den Tellerrand schwappte –, Braten mit Gemüse und anderen exquisiten Beilagen, zum Nachtisch Eistörtchen und ebenso muntere wie mollige russische Bedienungen. Der Typ aus der Bar ging herum und nahm Weinbestellungen auf. Und ich dachte, wir würden uns in die Wildnis begeben! Doch was hatte ich eigentlich erwartet? Dass die Mannschaft einen Fisch fängt und ihn uns mit wurmstichigem Schiffszwieback und abgestandenem Wasser serviert?

Stattdessen schwelgen wir im reinsten Luxus. Man schämt sich fast ein bisschen. In diesen Gefilden haben schließlich einst Entdecker und andere mutige Männer mit steifgefrorenen Bärten auf Eisschollen ausgeharrt und an tiefgefrorenen Pinguinkeulen geknabbert …

Hinterher wankten wir alle in die Bar auf dem Zwischendeck, mussten uns allerdings an den Stangen an der Wand festhalten, weil der Boden ein wenig schwankte. In der Bar war alles, was man festschrauben kann, niet- und nagelfest, nur nicht der Barkeeper. Der russische Kapitän mit seiner vertraueneinflößenden Körperfülle und den weichen Konsonanten, so süß und warm wie Haferbrei, hieß uns willkommen, die Reiseleiter wurden vorgestellt, und anschließend verbrüderten und verschwesterten wir uns alle bei einigen Grogs. An meinem Tisch saß eine üppige Brünette mit straffgezurrtem Gürtel, die dem Kapitän in der schicken Uniform schöne Augen machte. Hin und wieder prostete sie ihm lachend zu und rief laut: »Schkoll!« An ihrer Seite saß ihr Mann und stierte mit gerunzelter Stirn in die gleiche Richtung wie sie. Die beiden heißen Brittmarie und Lelle.

Alba und ich gingen früh ins Bett, und ich schlief hinter meiner gefältelten blauen Gardine wie ein Baby. Sanft wurde ich vor und zurück, aber nicht hin und her geschaukelt.

Nach dem reichhaltigen Frühstücksbüfett war es Zeit für den ersten Landgang. Ich will nicht um den heißen Brei herumreden – ich fühlte mich großartig, als ich die dicke orangefarbene Jacke, die wasserdichte Hose und die Schwimmweste anzog und mich mit Sonnenschutzfaktor dreißig einschmierte. Man schärfte uns die Abläufe ein: Vor dem Landgang muss man seine Landgangmarke unbedingt auf »nicht an Bord« drehen. Man geht also zu einer Tafel, an der genauso viele kleine blaue nummerierte Metallplättchen hängen, wie es Menschen an Bord gibt, und dreht die weiße Rückseite nach vorn. Das bedeutet, dass man das Schiff verlassen hat. Und wenn man wiederkommt, ist es furchtbar wichtig, dass man sein Plättchen wieder auf »ich bin an Bord« dreht, denn sonst denkt die Besatzung, man wäre an Land vergessen worden, und schickt einen Suchtrupp los.

Bevor wir uns an der Leiter anstellen dürfen, müssen wir zum Desinfizieren unserer Stiefel in eine Wanne mit biologisch abbaubarer Reinigungslösung steigen. An Land dürfen wir nicht die geringste Spur hinterlassen, es ist sogar verboten zu pinkeln, weil sonst das biologische Gleichgewicht durcheinandergerät. Ein älterer Herr schien bei dieser Information nervös zu werden.

Es ist eine ganz besondere Kunst, in die schwarzen Zodiac-Schlauchboote einzusteigen. Ein starker russischer Matrose hält den einen Arm im Seemannsgriff, der Zodiacfahrer packt den anderen. Darüber hatte ich mir vorher die meisten Gedanken gemacht – wie ungeschickt werde ich mich wohl anstellen? Tatsächlich fiel ich auf dem Schlauchboot sofort um und kam von allein nicht wieder hoch. Mein Gleichgewichtssinn ist wirklich nicht berauschend. Hoffentlich wird es nicht noch schlimmer!

Begleitet vom Dröhnen eines gigantischen Außenborders zischten wir los. Es wurde einiges zu der Frage gesagt, was zu tun sei, falls unser Schlauchbootführer über Bord gehen sollte, doch das wollte ich eigentlich gar nicht wissen. Ich hatte den Blick fest auf unser Ziel gerichtet, eine kahle Falklandinsel namens Barren Island. Wir legten in einer Bucht an, zogen die Zodiacs an Land und stapften im Gänsemarsch los.

Plötzlich erblickte ich meinen ersten Pinguin! Er entsprach überhaupt nicht meinen Erwartungen, denn er wackelte nicht putzig durch die Gegend, sondern lag in einem Erdloch und glotzte mich böse an. Ich sah von ihm nur ein funkelndes Paar Augen und einen spitzen schwarzen Schnabel. Auf dem Foto war später nur ein verwackeltes Loch zu erkennen. Reiseleiter Bengt, ein sonnengebräunter Herr mit wild sprießendem Bart und unzähligen Lachfältchen, machte neben mir halt, erklärte mir, es handle sich um einen Magellanpinguin, der Erdlöcher baue, um darin seine Eier auszubrüten, und zog mit seinem kleinen Hofstaat von Bewunderinnen weiter. Bengt ist überaus beliebt.

Ich wusste gar nicht, dass es verschiedene Arten von Pinguinen gibt. Ich dachte, ein Pinguin ist einfach ein Pinguin ist ein Pinguin ist ein Pinguin.

Plötzlich hörte ich ein unglaubliches Geräusch. Ein lautes Rülpsen, gefolgt von einem Brüllen und einem kräftigen Furz. Vor meinem geistigen Auge sah ich Hooligans mittleren Alters beim EM-Finale, doch dann entdeckte ich den riesigen See-Elefanten, der sich mit seinem Harem unten am Wasser wälzte. Er war etwa fünf oder sechs Meter lang, musste mehrere Tonnen wiegen und hatte vorne einen Rüssel, der so dick wie ein Männerarm war. Viele kleinere Kühe – sie waren nur wenige Meter lang – scharten sich mit ihren Jungen an den Zitzen um den Bullen. Er packte mit den Flossen sein Lieblingsweibchen und klopfte es ordentlich durch. Es sah lebensgefährlich aus. Die Jungen kläfften und kreischten, das Männchen furzte und brüllte. Mit anderen Worten, helle Aufregung. Ein Stück entfernt strampelte eine Familie von geschmeidigen Seelöwen über den steinigen Strand ins Wasser.

Das Ganze war vollkommen unwirklich. Kaum zu glauben, dass es sich im Hier und Jetzt abspielte und dass sich zwischen mir und den Tieren weder ein Gitter noch ein Schild mit ihren lateinischen Namen befand. Sie hatten überhaupt keine Angst vor uns, wirkten eher gleichgültig oder höchstens leicht irritiert. Offenbar haben sie es nicht in den Genen, Menschen aus dem Weg zu gehen – dazu bestand wohl nie Anlass.

Jetzt weiß ich, dass es trotz des Preises, den ich dafür zahlen musste und noch zahlen werde, richtig war hierherzukommen.

Kabine 502, Jansson, Lennart – Jansson, Brittmarie

Ich wusste es. Nach wenigen Stunden an Bord warf sie sich einem Mitreisenden an den Hals. Es passierte, während der russische Kapitän seine kleine Begrüßungsrede auf Deck vier hielt. Wahrscheinlich hätte sie den Kapitän vorgezogen, aber der war zu weit entfernt. Mit seiner Uniform und diesem verführerischen russischen Akzent war er genau ihr Typ! Als sie abends in der Kajüte ihre Falten eincremte, schwärmte sie die ganze Zeit von seinem weichen Tonfall. Als ob er nur auf seinen Vokalen herumrutschte, um sich bei ihr einzuschmeicheln. Dabei saß sie doch praktisch schon auf dem Schoß dieses Vogelfreunds, der selbst wie ein Kiebitz aussieht.

Der Kiebitz machte allerdings keinen so glücklichen Eindruck, sie versperrte ihm wohl den Blick aus dem Fenster. Bei Sonnenuntergang sah ich ihn mit seinem Fernglas an Deck wieder, sein Schädel rotierte, als wäre er auf ein Kugellager montiert. Sie entdeckte ihn ebenfalls. »Guck mal, Lelle, ich glaube, dieser Mann dort hält Ausschau nach mir!« Das denkt sie ständig.

Sie macht mich wahnsinnig. Und ich weiß, dass es auf dieser Reise passieren muss. Morgen entwerfe ich einen Schlachtplan. Ich habe gut zwei Wochen Zeit.

★

Nachdem wir die letzte Falklandinsel hinter uns gelassen hatten und aufs offene Meer gefahren waren, fühlte ich mich ein ganz klein wenig unwohl. Irgendetwas in mir protestierte gegen das Rollen, und es war nicht leicht, sich gegen die plötzliche Krängung zu stemmen, wenn größere Wellen seitlich gegen das Schiff schlugen und einen Wasserschwall gegen unser Kajütenfenster prasseln ließen. Ich kletterte auf die obere Liege – sie hatte mit größter Selbstverständlichkeit die untere belegt – und zog den dunkelblauen Vorhang zu. »Vergiss deine Reisetabletten nicht!«, rief sie. »Du weißt, wie es dir bei Seegang geht!« Ich gab keine Antwort.

Als hätte ich je eine Chance gehabt, das zu vergessen. Beim Abendessen unterhielt sie unseren gesamten Tisch mit der Beschreibung dieser verfluchten Kutterfahrt, an der wir einmal teilgenommen haben. Es ging mir tatsächlich nicht gut, aber das lag vor allem am Fischgeruch! Wie oft habe ich mir schon anhören müssen, welche Farbe mein Gesicht annahm, als der Wind auffrischte?

»Zuerst war er blass, dann wurde er grau und dann ein bisschen grünlich, so ähnlich wie Schimmel auf dem Käse, wisst ihr? Aber dann! Wie die zarten Blätter der Birke im Frühling!«

Die Leute krümmten sich vor Lachen, bis die Suppe aus den Tellern schwappte. Bill, der Barkeeper, hatte allen ordentlich Rotwein nachgeschenkt.

Am meisten hasse ich es, wenn sie mir anschließend die Wange tätschelt, dabei das Kinn vorschiebt und ihre dünnen Lippen zu einer scherzhaften Grimasse zusammenkneift. Das macht sie immer, nachdem sie diese Geschichte zum Besten gegeben hat, und manchmal auch bei anderen Gelegenheiten. Diese Geste hat sich irgendwie zu unserer Erkennungsmelodie entwickelt.

»Du hast doch auch gute Seiten, mein Kleiner! Na ja, was heißt schon gute Seiten, wenigstens leistest du mir Gesellschaft.« Die Leute schütteten sich aus, als würden sie durchgekitzelt.

Ich hatte keine Lust mehr auf den Nachtisch und ging hinaus an Deck. Lange stand ich dort und starrte hinab in die Gischt, die in der Dunkelheit nur schemenhaft zu erkennen war. Die Motoren dröhnten, der Wind blies, und kein Mensch war zu sehen.

Die Reling auf dem fünften Deck ist nicht besonders hoch. Die Entfernung zu den Schaumkronen da unten beträgt vielleicht zehn oder zwölf Meter. Von dort wird man wahrscheinlich in die Schrauben gesogen und in Stücke gehackt oder man verschwindet einfach im Kielwasser.

Auf dem Radarschirm, den sie da oben auf der Brücke haben, kann man eine Leiche wohl kaum erkennen. In diesen kalten Gewässern überlebt man höchstens fünf Minuten, haben sie uns bei der Rettungsübung erzählt.

Ich glaube, ich war der Einzige, der lächelte, als er das hörte.

Alba

Wilma war verblüfft, als ich heute Morgen für den Landgang auf Barren Island nur mein Notizbuch und einen Stift einsteckte. Sie selbst behängte sich mit Kameras, Stativ, Sonnenbrille und einem kleinen Rucksack, in den sie Sonnencreme, eine Wasserflasche, eine Birne, ein Bestimmungsbuch für die antarktische Tierwelt und ein Paar Strümpfe zum Wechseln stopfte. Dann lächelte sie verschämt und legte die Birne wieder auf den Tisch. Man dürfe ja noch nicht mal einen Birnengriebs ins Wasser oder auf die Erde werfen.

Unten am Strand lag eine See-Elefantenfamilie mit einem riesigen Bullen und einem ganzen Grüppchen von pummeligen kleinen Weibchen ringsherum. Reiseleiter Bengt stand in der Nähe und belehrte einige weibliche Passagiere, die ihm bewundernd zuhörten. Er packte sich zwar keines dieser Menschenweibchen, um sich mit ihm fortzupflanzen, aber es waren interessante Parallelen zu erkennen.

Kurz darauf kam Reiseleiterein Mirja, eine fröhliche Biologin, die uns so liebevoll mit Wissen füttert wie die See-Elefantenkühe ihre Jungen mit Fisch. Die Weibchen haben spezielle Muskeln in den Zitzen, mit denen sie ihren Jungen die Milch buchstäblich in den Mund spritzen, erzählte sie. Diese Milch besteht zu dreißig Prozent aus Fett. Die Weibchen sammeln den Speck im Laufe eines halben Jahres auf See mühsam an, säugen ihre Jungen, bis sie vollkommen abgemagert sind, und ziehen sich dann aufs Meer zurück, um wieder aufzutanken.

Ob See-Elefant oder Mensch, Mutterschaft ist eben Mutterschaft ... Solche Strapazen habe ich selbst allerdings trotz des einen Kindes, das ich bekommen habe, nie durchmachen müssen.

Auf dem Wasser sind die Köpfe von jungen See-Elefanten zu erkennen, die gern den Platz des Chefs übernehmen oder sich zumindest eins seiner Weibchen ausleihen würden. Die meisten Jungbullen werden schlicht und einfach nie zum Zug kommen. Biologen nennen sie »sneaky fuckers«. Sie liegen hoffnungsvoll im Wasser und warten darauf, dass der Alte in eine andere Richtung guckt. Ihr Pendant unter den Herren an Bord habe ich noch nicht entdeckt, aber das kommt schon noch.

Mit Wilma stimmt irgendetwas nicht. Als wir in einer langen Reihe in grellem Orange über die Insel marschierten, ging sie vor mir her. Von weitem hätte man uns durchaus für einen Demonstrationszug halten können, der sich aufmacht, um einen Diktator zu stürzen ... Doch Wilma bewegte sich wie eine Marionette, ruckartig, steif und unsicher. Entweder hat sie in ihrer Kindheit nie eine Ballettschule von innen gesehen, oder sie hat irgendein Problem. Sie geht auch ein wenig gebeugt, so als wäre sie im achten Monat. Wenn man bedenkt, was für sackartige Pullover sie immer trägt, wäre das durchaus vorstellbar. Hoffentlich hat sie nichts, worum Sven sich kümmern müsste, denn der sitzt in seiner kleinen Klinik auf Deck vier und spielt auf dem Computer Poker. Das habe ich genau gesehen, als ich ihn um Tabletten gegen Seekrankheit angebettelt habe. Wir strichen wie Katzen um alte Erinnerungen herum und warfen uns aus den Mundwinkeln ein Lächeln zu, doch da es zu früh war, noch einen Schritt aufeinander zuzugehen, spielte er in seinem Krankenzimmer plötzlich den höflichen Gastgeber und führte mir all seine Finessen vor. Das Zimmer ist mit medizinischem Handwerkszeug für Notfälle unter extremen Bedingungen vollgepfropft. Es gibt zusammenklappbare Tragen, Schienen und Verbandszeug, einen tragbaren Infusionsständer und was weiß ich alles, aber ich fürchte, wenn man mit einem gebrochenen Bein angehumpelt käme, würde er seufzen: »Mist, jetzt hätte ich fast einen Straight Flush gehabt!«

Ich mag ihn trotzdem. Mit seinen listigen kleinen Augen beobachtet er die Leute genauso scharf wie ich, und ich glaube, in meinem persönlichen Bestimmungsbuch lasse ich ihn Mensch bleiben. Vielleicht können wir wie die Hobbyornithologen unsere Beobachtungen miteinander teilen? Allerdings interessiere ich mich mehr für Menschen als für Federvieh, während Sven draußen nur mit Fernglas und Vogelbuch zu sehen ist. Doch nach einem ganzen Leben als Menschenarzt wird ihm wohl auch zu dieser Gattung etwas einfallen …

Die Schwestern spazierten ebenfalls vorbei. Beim Frühstück saß ich heute neben Lisa. Sie erzählte mir, dass Linda sie zu der Reise eingeladen hat, weil »von ihren Freunden niemand Zeit hatte …« Wenn ich es richtig verstanden habe, ist Linda die Witwe eines Bauunternehmers, dem die halbe Stadt gehörte, und Lisa arbeitet in einem Kindergarten. Sollte Linda wirklich Freunde haben, hüten diese sich vermutlich davor, sie auf eine Kreuzfahrt zu begleiten.

Nun stolziert sie über die platte Falklandheide und blickt sich vornehm um, während Lisa mit beiden Rucksäcken, Kameras, Stativ und Wasserflaschen hinter ihr her keucht. »Ich hab's halt im Rücken …«, seufzt Linda. Dann erblickt sie am Wasser eine Seelöwenkolonie und ruft: »Da!« Lisa stellt sofort das Stativ auf und schraubt die Digitalkamera fest. Nachdem sie jede Menge Fotos geknipst hat, betrachtet Linda sie kritisch auf dem Display, grunzt, schubst die Schwester zur Seite und macht selbst ein Bild. Dann stolziert sie weiter, während Lisa die Ausrüstung zusammenpackt und hinter ihr her hechelt.

Nun kommt Brittmarie über die Heide getrippelt. Sie ist dem Reiseleiter namens Magnus dicht auf den Fersen. Ihr Mann wirft ihr glühende Blicke hinterher. Ah ja.

Einem der eifrigsten Vogelbeobachter, der ein Fernglas von Zeiss für an die zwanzigtausend Kronen besitzt – damit prahlte er freimütig in der Bar –, ist es gelungen, sich mit einer Gruppe von patagonischen Dampfschiffenten zu verbrüdern, vielleicht sind es aber auch Kelpgänse. Er macht von allen Seiten Gruppenfotos und Porträts von ihnen. Die armen Vögel sind schon ganz erschöpft.

Mirja verabreicht mir noch mehr Wissen. Die Kelpgans verbringt ihr gesamtes Leben in derselben Paarkonstellation. Donnerwetter, dann haben wir einige Kelpgänse an Bord, aber die erwähne ich nicht, die sind sowieso alle gleich.

Ich ziehe mein Notizbuch aus der Tasche und schreibe in Druckschrift:

Über die Entstehung der Unarten

1.) Das Verhalten der See-Elefantenbullen ist äußerst interessant, auch bei Menschen. (An diesen kühlen Stränden spielen sich täglich Seifenopern ab.) Warum glauben einige Männchen, sie bräuchten einen Harem? Nicht ein Weibchen, nicht zwei – sondern alle Weibchen in Sichtweite. Warum fühlen sich Weibchen zu solchen Männchen überhaupt hingezogen?
Bei den Tieren ist es möglicherweise nachvollziehbar. Weibchen möchten sich mit dem stärksten Männchen vermehren, und Männchen wollen ihre Gene auf so viele Nachkommen wie möglich verteilen.
Aber wieso verhalten Menschen sich so?
Achtung! Dies ist keine moralisierende Überlegung zum Thema Monogamie als Idealzustand, sondern lediglich die Diskussion eines Phänomens.

2.) Gute Reiseleiter sind wie See-Elefantenkühe. Sie haben spezielle Muskeln, um ihren Schülern nahrhaftes Wissen einzuflößen.
Dies gilt ebenso für Lehrer und, warum nicht, für Menscheneltern.
Theorie: Gute Anlagen für solche Muskeln sind wahrscheinlich angeboren, in Ansätzen sind sie aber bei jedem vorhanden und können trainiert werden.

Natürlich komme ich selbst in meinen Aufzeichnungen auch vor. Ich weiß seit vielen Jahren, welcher Unart ich angehöre. Nachdem ich es herausgefunden hatte, änderte ich meinen Namen. Ich bin auf den Namen Alma Cecilia getauft worden, aber jetzt heiße ich Alba.

Wir waten ins Wasser und besteigen klitschnass bis über die Stiefel wieder die Zodiacs. Tomas scheint Wilmas Steifheit auch bemerkt zu haben, denn er hilft ihr mit einem dezenten Stoß ins Schlauchboot.

Wilma

Als wir zurückkamen, zitterte ich vor Kälte und Müdigkeit und war steifer als je zuvor, aber nach einer heißen Dusche und einem unglaublichen Abendessen war ich wieder auf dem Damm. Allein der Gedanke, dass man mitten auf dem südlichen Atlantik heiß duscht, während sich die MS Orlowskij durch einen Packeisgürtel boxt und draußen vor dem Bullauge die Sturmvögel herumfliegen! Alba sah mich etwas komisch an, als ich mich aus der Gummihose schälte. Ich verlor das Gleichgewicht und plumpste direkt in meine Koje, aber sie hat nichts gesagt.

Tomas und ich gingen zusammen in die Bar, da ist es so gemütlich. Bill von den Falklandinseln steht schmunzelnd zwischen all seinen Flaschen und überredet einen, verschiedene Biersorten zu probieren, die Leute stecken die Köpfe zusammen und vergleichen ihre vogelkundlichen Beobachtungen, haken Listen ab oder zeigen sich ihre digitalen Fotos. Es schaukelt ein bisschen, und hin und wieder rutscht ein Gin Tonic an die Tischkante, wo er vom Kantbrett festgehalten wird. Da alles entweder an den Wänden oder am Fußboden festgeschraubt ist, kann man nicht zu größeren Gruppen zusammenrücken, und das ist auch gut so, denn so entstehen stattdessen viele kleine, an jedem Tisch eine. Ansonsten rotten sich immer die Beliebten zusammen, sitzen an einem Tisch und lachen laut, während die Schüchternen oder Unsichtbaren allein in der Ecke hocken. Ich habe zwar noch nicht viele Gruppenreisen gemacht, aber dies ist nicht meine erste.

Wenn wir da so sitzen, kommen die Reiseleiter mit den Tagesberichten. Sie erzählen uns, was wir heute alles erlebt haben, damit in diesem Punkt keine Unklarheiten bleiben, und kündigen an, was am nächsten Tag passieren wird.

Dann ertönt die knisternde Stimme des Kapitäns aus dem Lautsprecher. Er teilt uns mit, dass auf zwei Uhr eine Gruppe von Finnwalen zu sehen ist, und dann geht allmählich die Sonne unter.

Heute kam es an unserem Tisch zu einer witzigen Diskussion. Alba und der alte Schiffsarzt Sven setzten sich zu uns. Wir redeten über die Umweltzerstörung in der Antarktis. Wenn das gesamte Ross-Schelfeis abbricht und im Meer verschwindet, wird das Wasser wärmer und es gibt weniger Krill. Da dieser aber die Basis der gesamten Nahrungskette bildet, haben die Robben nicht mehr genug zu fressen und müssen immer weitere Wege auf sich nehmen und so weiter und so fort. Sven fährt seit Jahren mit diesem Schiff, wenn er Urlaub von seinem Krankenhaus hat, und bemerkt die Unterschiede.

»In einigen Jahren sitzen wir nicht mehr mit unseren Ferngläsern auf der Orlowskij«, sagte er. »Dann gibt es hier nicht mehr viel zu sehen. Die Wale sind ausgerottet, die Pinguine sind in Reih und Glied in den Pinguinhimmel marschiert und …«

»Ah ja!«, schnaubte Alba, die neben ihm saß. »Und du sitzt im Ärztehimmel und trinkst Gin Tonic! Ich finde, du klingst ein wenig schadenfroh. Wir beide hatten von allem das Beste, keine finanziellen Sorgen, gutes Klima, volle allgemeine Zusatzrente, zahnärztliche Versorgung und Wohlfahrt und nun sogar Flachbildschirme und Flüge nach Thailand! Aber die jungen Leute, die dürfen das Leben nicht genießen, die haben nur Überschwemmungskatastrophen oder Dürreperioden zu erwarten! Du alter Griesgram!«

Sven lächelte sie treuherzig an.

»Alba, du weißt genauso gut wie ich, dass man in der Jugend weder Flachbildschirme noch Kerosin braucht, um glücklich zu sein. Es reicht eine Fahrradtour durch den Landkreis. Man braucht nur ein Zelt auf dem Gepäckträger und jemanden an seiner Seite, in den man wahnsinnig verliebt ist!«

Alba nickte lächelnd.

»Ja. Man vergisst leicht, dass die Schweden noch vor gar nicht allzu langer Zeit weder Autos, Fernseher oder Geld noch überhaupt Urlaub kannten und dass die meisten Menschen auf der Welt diese Dinge bis zum heutigen Tag nicht haben. Ist das Leben deshalb dann sinnlos?

Als ich jung war, machten wir im Winter in der Skihütte Stiefeltanz oder lange Schlittschuhwanderungen. Im Sommer tanzten wir auf dem Bootssteg und zogen fast jedes Wochenende mit dem Fahrrad los, schlugen irgendwo unser Zelt auf, saßen am Lagerfeuer und sangen oder erzählten uns Geschichten. Manchmal besichtigten wir pflichtbewusst einen Runenstein oder eine Kirche …«

»Und dann wurden wir schwanger, trieben mit Stricknadeln ab und bekamen eine beschissen bezahlte Stelle als Ladengehilfin oder Knecht und mussten bei anderen Leuten wohnen und das Plumpsklo auf dem Hof benutzen und Holz hacken und Strümpfe stopfen. Butter und Kaffee waren rationiert, und dann seid ihr alle an Tuberkulose gestorben!« Tomas grinste Alba schief an.

»Wofür hältst du uns?«, fragte Sven. »Sehe ich aus wie hundertzwei? Das war vor unserer Zeit. Das Penicillin und der Impfstoff gegen Tuberkulose waren bereits erfunden, der Krieg war vorbei, das Rad drehte sich, und es gab Kindergeld, Rentenversicherung, eine kostenlose medizinische Versorgung und Studiendarlehen!«

In diesem Moment stürzt sich Tante Wilma ins Gespräch, um ihren Lieblingsvortrag zu halten. Zu Hause im Lehrerzimmer in Tallgärde springen die Leute aus dem Fenster, wenn ich davon anfange:

»Der Klimawandel hat doch auch eine *positive* Seite! Vielleicht ist es gemütlicher, in einem Rudel zu leben und sich gegenseitig zu helfen und Ressourcen zu sparen, als sich alleine breitzumachen! Die Hälfte von uns sind Singles! Jeder sitzt einsam vor dem Fernseher und glotzt dreißig Sender, und hinterher chatten wir ein bisschen mit Leuten, die wir noch nie gesehen haben. Es gibt höchstens noch Pärchenabende, aber die Jugendlichen stehen frierend an irgendeiner Straßenecke ...«

Tomas stöhnte. »Wilma, mein Blumenkind, du bist dreißig Jahre zu spät geboren! Nur du kommst auf die Idee, dass uns der Klimawandel zu einem glücklichen Urzustand zurückführen wird, wo wir über Wiesen purzeln, Hand in Hand zum Werken schlendern, uns gegenseitig mit selbstgepflückten Erdbeeren füttern und samstagabends in der Kommune Schwarzer Peter und Mau-Mau spielen. Was glaubst du, warum die Hippies ausgestorben sind? Hast du noch nie einen Blog von einem Jugendlichen gelesen? Ich möchte sehen, wie du einen Jungen von heute vom Computer weglockst, indem du ihm ankündigst, dass er Dutzende Kilometer mit dem Fahrrad fahren soll, um sich ein paar Kirchen anzugucken!«

»Wenn das Mädchen, in das er verliebt ist, hinterher mit ihm zelten geht, sieht die Sache vermutlich anders aus!«, sage ich kampflustig. »Was glaubst du, wie weit wir uns von unserem Ursprung entfernt haben? Der Mensch ist des Menschen Freude, steht im Hávamál, und wenn du dir für Mau-Mau zu fein bist, musst du eben Strippoker spielen!«

Alba stimmte mir zu.

»Ich glaube nicht, dass du dir vorstellen kannst, wie viel Spaß wir hatten! Vielleicht hast du nie gespielt? Homo ludens …«

»Was bedeutet Homo ludens? Hört sich irgendwie versaut an«, lachte Tomas. Es kommt nicht oft vor, dass er lacht.

»Homo ludens ist der spielende Mensch«, sagte Sven. »Die Damen haben recht. Leute, die selbst spielen, haben eine bessere Immunabwehr als die, die sich ihr Vergnügen herunterladen, behaupte ich als Arzt. Übrigens möchte ich auch mehr spielen. Zu meiner Zeit war ich ein richtiger Fuchs in Kirschenküssen und Sacklaufen!«

»Wenn ich Lehrer wäre, würde ich Spiele und mindestens einen Fahrradausflug pro Woche in den Stundenplan einbauen«, sagte Alba. »Schließlich müssen die Kinder von heute lernen, sich auch ohne Kerosin und Elektronik zu amüsieren!«

Während sie das sagte, fiel mein Blick zufällig auf Tomas. Sein Lächeln war erloschen, als hätte jemand eine Kerze ausgeblasen, und er blickte wieder genauso finster drein wie eh und je. Er schien auch Schmerzen zu haben. Vielleicht bekam er Migräne.

Ich glaube, das Schlüsselwort war *Kinder*.

Tomas

Als Wilma, ich und die beiden munteren Alten abends an der Bar saßen, vergaß ich fast, warum ich hier bin, aber es braucht nicht viel, um mich daran zu erinnern.

Die Kinder. Asta mit ihren flachsblonden Locken, die im Nacken immer so schweißig werden, wenn sie schläft. Arvid, der vor allem Angst hat und nicht beim Fußball mitmachen möchte, weil ihm einmal jemand ein Bein gestellt hat. Wie werden sie wohl als Jugendliche sein? Wird Arvid einsam in seinem Zimmer sitzen und virtuelle Figuren mit asiatischen Gesichtszügen abschießen, bis das Blut nach allen Seiten spritzt? Wird Asta mit siebzehn von Silikonbrüsten träumen? Oh, ich kann mich noch erinnern, wie sie eines Morgens, als sie vier Jahre alt war, mit Sannas Büstenhalter spielte. Wir waren kaum wach. Sie kam mit dem lose an ihrem kleinen Körper schlackernden Ding ins Schlafzimmer gewatschelt. »Willst du jetzt schon mit einem BH anfangen, Asta?«, fragte ich. Sie lachte: »Nee, ich habe ja noch nicht einmal mit Busen angefangen.«

Die Kinder. Seitdem Sanna mit dem Hulk nach Kalifornien gezogen ist, habe ich nicht viel von ihnen gehört. Geteiltes Sorgerecht, dass ich nicht lache! Natürlich können wir pendeln, aber öfter als zweimal im Jahr wird es nicht dazu kommen. Der Hulk hat genug Geld, der sitzt irgendwo im Silicon Valley, und ich habe ebenfalls mühsam einiges angespart, aber den Alltag werde ich mit den Kindern nie wieder erleben. Als wir uns scheiden ließen, hatte ich keine Möglichkeit, das Sorgerecht zu verlangen, das glaubte ich zumindest, schließlich arbeitete ich fünfzehn Stunden am Tag und war ständig auf Reisen. O mein Gott, im Nachhinein erscheint mir das total wahnsinnig! Wir hatten wirklich auf Sparflamme gelebt, immer im eisernen Griff unserer Kalender. Sanna hat mich natürlich gewarnt, aber ich dachte, es ginge ihnen gut. Sie wollte doch »mit den Kindern zu Hause bleiben«. Und dann … die banalste Geschichte der Welt, passiert immerzu und überall. Erschöpfte Hausfrau verguckt sich in aufmerksamen Nachbarn. Der »sneaky fucker« hat nur auf die günstige Gelegenheit gewartet, und die kam, als ich drei Monate in Südkorea war. Er ist eine Art Computergenie. Und als unsere DSL-Verbindung zusammenbrach, stand er Sanna natürlich mit Rat und Tat zur Seite.

Wären sie im Nachbarhaus wohnen geblieben, hätte ich mich irgendwie weiter durchs Leben wursteln können. Sanna vermisse ich nur noch selten, meine Gefühle habe ich wie Unkraut mit der Wurzel herausgerissen. Aber sie wollte weg von mir, und zwar bis ans andere Ende der Welt.

Als ich neulich abends über dem Falklandbier fast eine Träne verdrückt hätte, habe ich Wilma davon erzählt. Sie betrachtete es natürlich gleich von der positiven Seite.

»Du kannst dich glücklich schätzen, dass du Kinder hast und einen Teil deines Lebens mit ihnen verbringen durftest. Natürlich wirst du sie wiedersehen. Vielleicht findest du ebenfalls Arbeit im Silicon Valley?«

Glücklich? Ich, der nicht einmal weiß, wozu er sich die Mühe machen soll weiterzuleben? Es wird sich ohnehin nie etwas ändern, ich werde nur mehr Falten und weniger Haare bekommen.

Als ich klein war, hat mir meine Großmutter immer von ihrem Lieblingsbuch erzählt. Es hieß »Die wunderbare Pollyanna« und handelte offenbar von einem richtigen Brechmittel, dessen Eltern Missionare in Afrika waren. Wenn etwas Schlimmes passierte, spielte sie immer ein Spiel, das sie das »Frohseinspiel« nannte, und sah alles von der positiven Seite. Die Familie lebte von Spenden und milden Gaben, die ihnen Christen aus dem Heimatland schickten, und einmal, als sie sich eine Puppe gewünscht hatte, kam nur ein Holzbein mit der Post. Da war sie so froh, so wahnsinnig froh, dass sie kein Holzbein brauchte. Die Eltern starben, und sie landete bei einer Tante, und da war sie unheimlich froh, dass sie etwas von der Welt sah und in ein so schönes Haus kam. Und als sie vom Dach fiel und sich ein Bein brach, dankte sie Gott, dass es nicht der Hals gewesen war.

Genau so ist Wilma.

Allerdings ist sie kein Brechmittel. Sie ist klug und witzig und ein klein wenig seltsam. Ein bisschen wie diese Losbuden im Vergnügungspark Gröna Lund, auf denen steht: »Jedes Los gewinnt«. Man zieht an einer Schnur, und am anderen Ende hängen die Gewinne, große und kleine – ein Totenkopfring, ein Anspitzer und im besten Fall eine Pralinenschachtel oder ein hässliches Kuscheltier. Als kleiner Junge liebte ich diese Losbuden, und Wilma erinnert mich an sie. Ein Gespräch mit ihr lohnt die Mühe immer, jedes Los gewinnt, manchmal bekommt man sogar den Hauptgewinn. Wenn ich versuche, sie zu beeindrucken, macht sie mich richtig zur Schnecke, aber seltsamerweise bin ich nie verletzt, sie kennt meine Grenzen. Und wenn ich ihrem Schwall von optimistischen Phrasen lausche, komme ich mir manchmal vor wie beim Segen in der Kirche – »Wilma lasse ihr Angesicht leuchten über uns und schenke uns Frieden ...«

Jedenfalls hatte ich heute ein aufwühlendes Erlebnis mit Robben. Für mich waren das immer so niedliche kleine silberne Pelztierchen mit knubbeligen Näschen und riesigen schwarzen Augen, die ständig tränenfeucht zu schimmern scheinen. Sie rühren uns, weil sie entweder totgeprügelt oder vergiftet werden und generell total herzzerreißend sind.

Die Robben, denen ich heute begegnet bin, waren überhaupt nicht anrührend. Vielleicht hätten sie mir sogar die Rettungsweste vom Leib gerissen und das Herz aus der Brust gehackt, wenn sie an mich herangekommen wären.

Wir haben den südlichen Atlantik überquert und warfen heute vor Südgeorgien den Anker aus. Das Wetter war wunderbar. Die Sonne schien kräftig, der Wind blies schwach, und in der Luft lag Frühling, jedenfalls arktischer Frühling. Wir sausten mit den Zodiacs zu einem Ort namens Elsehul und gingen an Land. Wir hätten solches Glück, flötete unsere Reiseleiterin, denn die Weibchen seien gerade an Land gekommen, um zu gebären.

In einigen Wochen bekäme man hier kein Bein mehr auf die Erde.

Weibchen vor der Niederkunft. Das hörte sich supersüß an, aber diese Weibchen und ihre Kerle waren große dunkelbraune und übelriechende Monster mit mattem Fell, spitzen Nasen und riesigen Flossen, auf denen sie mit atemberaubender Geschwindigkeit herumpatschten. Wo Pelzrobben sich bewegen, wächst kein Gras mehr. Auf einem schmalen Pfad entlang einer steilen Klippe kletterten wir durch das Tussockgras auf einen Hügel. Überall, auf allen ebenen Flächen lagen Pelzrobben und glotzten uns misstrauisch an. Plötzlich riefen sie zum Angriff und donnerten auf uns zu. Sven brüllte noch, mit entzündeten Pelzrobbenbissen sei nicht zu spaßen. Magnus, der Reiseleiter, versetzte einem besonders vorwitzigen Exemplar einen Schlag mit dem Paddel. Man bedenke, dass er derjenige ist, der ständig betont, man dürfe die Tiere nicht stören und sich ihnen nie weiter als bis auf ein paar Meter nähern! Das hätte er lieber den Robben sagen sollen – niemals näher als fünf Meter herankommen, hört ihr!

Allerdings wollten sie uns wohl nur einen Schreck einjagen. Sie streckten die Schnauzen zum Himmel, brüllten ein bisschen und zogen sich dann murrend zurück. Ich muss gestehen, dass ich in manchem Augenblick lieber auf der Orlowskij an der Bar gesessen hätte. Sterben will ich, aber nicht im nach Fisch stinkenden Maul einer Robbe.

Die Aussicht von dort oben war natürlich hinreißend. Blaugrünes Wasser, schneebedeckte Gipfel, Seevögel, die über und unter uns kreisten oder in ihren Nestern im

Gras landeten. Ein Naturfotograf aus Mittelschweden baumelte an den Zehennägeln über dem Abgrund und jonglierte dabei mit seinen Objektiven. Bengt stolzierte mit seinem kleinen Harem aus lauter Damen herum, die ihre Fjällrävenrucksäcke mit Abzeichen vom Jugendherbergswerk geschmückt hatten. Als eine der Robben sich aufbäumte und auf uns zu preschte, fing eine der Damen laut an zu kreischen und nutzte die Gelegenheit, ihm auf den Arm zu springen. Etwas ermattet stellte er sie wieder auf den Boden, verscheuchte die Robbe und begann mit schöner tiefer Stimme zu dozieren. Ich wette, sein Charme wird noch vor Ende dieser Reise an den Rändern etwas ausfransen.

Wenn wir an Land gehen, legen wir unsere Schwimmwesten immer alle auf einen Haufen am Strand. Das ist eine Sicherheitsvorkehrung – solange noch eine Weste dort liegt, fahren wir nicht ab. Die Rettungsweste und das Plättchen also, denn die drehen wir ja immer um, wenn wir wieder an Bord gehen, damit niemand vergessen wird.

Als wir jedoch zurück zu den Schlauchbooten kamen, lag eine riesige Robbe auf dem Westenhaufen und schien sich nicht von dort wegbewegen zu wollen. Was machten die Leute da? Fingen natürlich an, sie aus allen Winkeln zu fotografieren. Ein Blitzlichtgewitter wie bei der Oscarverleihung. Magnus stand wieder mit dem Ruder bereit, doch Wilma verblüffte uns alle, indem sie zu der Robbe ging und sie lautstark ausschimpfte. Das Tier brüllte ein wenig, aber dann zog es sich mit schlapp-schlapp-schlappenden Flossen zurück.

In Wilma steckt mehr, als man mit bloßem Auge erkennen kann.

Kabine 311, Båvén, Ulla – Knutsson, Margareta

Entweder diese Reise oder ein VW Passat. Ich entschied mich eines Abends nach dem Bridge. Wir hatten überlegt, wo die ganzen Männer abgeblieben waren. Von einem gewissen Alter an scheinen sie einfach zu verschwinden. An einem Tag sind sie noch da, drehen ihre Golfrunden, helfen einem, einen Rauchmelder zu installieren oder eine Zündkerze auszuwechseln, tanzen mit uns ein paar Runden auf einer Geburtstagsfeier, klatschen einem auf den Hintern und kehren dann zu ihrer Ehefrau zurück. Am nächsten Tag hat ihr »allzu festes Fleisch in einem Tau sich aufgelöst und ist weggeschmolzen«. Auf die, die nie verheiratet waren, ist auch kein Verlass. Die haben sich entweder noch nicht geoutet oder sind sozial vollkommen behindert, sitzen zu Hause und gucken alte Dokumentarfilme über den Zweiten Weltkrieg oder sammeln Briefmarken und sind sich selbst genug. Frauen sind nie so! Uns gibt es immer, und wir sind immer bereit, uns einen gutgepflegten Witwer zur Brust zu nehmen, der uns im Winter nach Zypern begleitet, Holz hackt oder mit uns Veranstaltungen und Konzerte besucht. Sehen Sie sich das Durchschnittspublikum in einem Theater oder auf einer Vernissage an! Neunzig Prozent Frauen, die meisten über fünfzig, und der Rest ist nicht freiwillig da. Wenn man Frauen über fünfundvierzig den Zutritt verbieten würde, hätte man die schwedische Kulturszene halbiert. Und viele Frauen gehen sowieso nur aus, um »vielleicht jemanden kennenzulernen«. Wo sind die Männer, haben wir uns im Bridgeclub gefragt. Margareta hat einmal so einen Seniorentreff für Singles besucht, der hieß »Neue Freunde« oder so ähnlich. Sie wusste nicht, ob sie lachen oder weinen sollte. Da waren nur Frauen! Und alle waren gekommen, um sich einen Witwer zu schnappen. Es sind nicht viele im Umlauf, und sie gehen weg wie geschnitten Brot. Mein Nachbar ist dieses Jahr Witwer geworden, aber ich stand nicht früh genug in den Startlöchern, irgendjemand hat ihn mir im Internet vor der Nase weggeschnappt.

Und da sagte Birgit: »Mach doch so eine Abenteuerreise zu einem unerreichbaren Ort. Da stecken die! So eine richtige Machoreise mit Strapazen. Die reden sich nämlich ein, sie hätten ihr Leben lang von so etwas geträumt. Kreuzfahrten sind besonders geeignet. Da können sie nicht weglaufen, und in ihren Kabinen können sie sich auch nicht unendlich lange verstecken.«

Ich pfiff also auf den Passat, obwohl ich einen fast neuwertigen an der Hand hatte, und buchte diese Reise. Und es gibt hier tatsächlich eine ganze Reihe von alleinstehenden älteren Herren, aus denen man wahrscheinlich etwas machen könnte. Allerdings neigen sie dazu, unter sich zu bleiben, schlechte Witze zu erzählen und sich damit zu brüsten, wie wichtig sie waren, bevor sie in Rente gingen. Einige waren nie verheiratet und sammeln Vögel. Außerdem schielen sie lieber nach Mirja, die dreißig Jahre jünger ist als der Jüngste von ihnen, als mit uns Gleichaltrigen zu flirten.

Es ist wie in den Heiratsannoncen. Die lese ich nicht mehr. Ältere Männer, »59+« (das bedeutet zwischen siebzig und dem

Tod), wollen immer jemanden, der fünf bis fünfundzwanzig Jahre jünger ist als sie, schön, demütig und verständnisvoll, gerne Philippinin! (»Ich möchte mich um dich kümmern und dir ein gutes Leben bieten!«) Dass ich nicht lache! Niemand sucht eine neunundfünfzigjährige Schwedin mit Haaren auf den Zähnen. Und trotzdem sind wir das Salz der Erde, sagt Margareta.

Manchmal frage ich mich, ob Männer eigentlich wissen, was gut für sie ist. Das ist wie bei uns zu Hause auf dem Hof, wenn wir wilde Stiere dahatten, die die jungen Kühe decken sollten. Die musste man bremsen, weil sie sonst bis zum Umfallen gerammelt hätten. Männer müssen immer so wahnsinnig männlich sein, auch wenn ihr Testosteronspiegel schon unter der Zimmertemperatur liegt. Wie erfrischend es doch wäre, einen Rentner kennenzulernen, der in aller Ruhe mitteilt, dass er am liebsten Glockenblumen pflückt und Damenunterwäsche trägt … Ab einem gewissen Alter profitieren alleinstehende Herren von einer harten Hand, die nebenbei Zimtschnecken backen kann. Aber sie begreifen es nicht. Im nächsten Winter werde ich wohl mit Margareta nach Zypern fliegen müssen.

Ich muss ständig an unseren Reiseleiter Bengt denken. Er hat so eine Art, einen anzusehen, dass man sich richtig wahrgenommen fühlt, und er vergisst auch nicht, wie man heißt und was man gesagt hat. Erstaunlich! Er ist natürlich elf Jahre jünger als ich – ich habe nachgeguckt –, aber was soll's, für die 59+-Männer aus den Heiratsannoncen wäre das auch kein Hindernis. Gestern sagte Bengt zu mir, das Meer in der Antarktis habe die gleiche blaugrüne Farbe wie meine Augen … und blickte mich lange an …

Alba

Heute bin ich im angenehm dunklen Vorlesungssaal auf Deck zwei eingeschlafen. Da sich kein bisschen Sauerstoff mehr im Raum befand, war ich nicht die Einzige. Magnus zeigte Bilder von Tieren, Wasserpflanzen, Seesternen, Fischen und Kelp, und irgendwo da dämmerte ich weg. Weil in den Reisetabletten auch ein Beruhigungsmittel ist, wird man davon extrem schläfrig, und ich habe ziemlich viele eingeworfen, weil es inzwischen ein wenig schaukelt und ich nicht gern seekrank bin.

Bengts Harem, der immer in der ersten Reihe sitzt, schlief natürlich nicht. Ich wurde wach, als sie ihn mit allerlei Fragen bombardierten, die er gnädig beantwortete. Magnus wirkte frustriert, denn eigentlich hatte ja er den Vortrag gehalten. Die beiden haben etwas von der Konstellation älteres Männchen und jüngerer Herausforderer an sich. Magnus hat insgeheim bereits begonnen, hier und da nach Bengt zu schnappen. Das bedeutet, dass Bengt sein Mindesthaltbarkeitsdatum überschritten hat.

Nachdem Bengt eine interessante Theorie vorgestellt hat, schmunzelt Magnus: »Heutzutage sieht man das ein wenig anders …« Wenn Bengt davor warnt, zu nahe an einen Eisberg heranzufahren, weil es schon vorgekommen sei, dass sie plötzlich kippen, und dann habe man in einem kleinen Schlauchboot nichts zu lachen, weil Eisberge unter der Wasseroberfläche riesig seien, schüttelt Magnus fast unmerklich den Kopf und fährt so nahe wie möglich an den Eisberg heran. Bengts Harem fängt an fürchterlich zu kreischen. Er hat etwas von einem »sneaky fucker«, denn einige von Bengts Weibchen sind recht ansehnlich und jung.

Plötzlich füllte ich selbst die Leinwand im Vorlesungssaal. Nicht dieses kleine Tantchen, das ihr vor euch seht, sondern mein wahres Ich, der Wanderalbatros, *Diomedea exulans*. Mit auf drei Meter Spannweite ausgebreiteten Flügeln glitt ich zur Meeresoberfläche hinab, ließ mich von einem Windstoß wieder hinauftragen und war vollkommen glücklich. Von dort oben hat man einen guten Überblick über die anderen Arten und empfindet eine unglaubliche Freiheit. Man ist unerreichbar, muss nur mit den Flügeln schlagen, um Dutzende von Kilometern zu segeln. Einfach nur schauen und über das, was man sieht, lächeln. Englische Seemänner glaubten, Albatrosse wären die Seelen von ertrunkenen Seeleuten. Wahrscheinlich hatten sie vollkommen recht. Manchmal spüre ich all diese Lebensgeschichten und Gedanken in mir rumoren.

Ein Albatros ist kein Herdentier und kein Hausfrauentyp. Er genießt sieben Jahre lang sein eigenes Leben – in der Vogelwelt ist das viel – und legt dann ein einziges Ei. Genau wie ich. Ich wusste von Anfang an, dass ich nicht in meinem kleinen Dorf in Hälsingland bleiben würde, das so tief im Fichtenwald versteckt liegt, dass man nur nach oben gucken kann. Umgeben von zugewucherten Äckern und verlassenen Bauernhöfen, fühlt man sich zwischen diesen stillen hohen Bäumen wie auf dem Grund eines Brunnens. Eines schönen Sommertags, als ich gerade die Volksschule beendet hatte, ging ich von dort weg und hinterließ wahrscheinlich keine große Leerstelle, denn Mutter und Vater hatten elf Kinder, und sie hatten es nicht leicht. Vater arbeitete im Sägewerk, und Mutter war Hausfrau. Ein Kind nach dem anderen verließ das Nest, um auf eigenen Füßen zu stehen. Meine Eltern machten sich wahrscheinlich gar keine Gedanken, als ich verschwand. Am Anfang schrieb ich ihnen Postkarten, damit sie nicht dachten, mir wäre etwas Schlimmes passiert. Jahrelang, genauer gesagt bis zu ihrem Tod, bestand unser Kontakt nur aus den Ansichtskarten, die ich aus fremden Ländern schickte. Ich weiß nicht einmal, ob sie sie gelesen haben, sie hatten ja keine Adresse, an die sie zurückschreiben konnten. Etwa einmal im Jahr rief ich jemand von meinen Geschwistern an und erkundigte mich, wie viele von unserem Rudel noch lebten. Eigentlich hätte es mir egal sein können.

In den Fünfzigern arbeitete ich kurze Zeit in einem Café in Stockholm. Das war damals eine fröhliche Stadt, aber sie wurde mir trotzdem bald zu eng, und so ging ich auf Reisen. Als Erstes heuerte ich als Putzfrau fürs Achterdeck an. In meiner Kajüte büffelte ich über den Kursbriefen von Hermods und machte im Alleingang mein Abitur nach. Nach einer Ausbildung zur Funkerin war ich einige Jahre auf der MS Gripsholm und dann – ja, ich habe eigentlich überall gearbeitet; in Mitropa-Zügen bin ich als Kellnerin durch Europa gefahren, und einen

Sommer habe ich sogar in einer russischen Kolchose geschuftet. Lange hegte ich den Wunsch, fliegen zu lernen, ich sparte für einen Pilotenschein und las alles über die wunderbaren Fliegerinnen, Harriet Quimby, die das Pech hatte, ausgerechnet in der Nacht, als die Titanic unterging, einen unglaublichen Rekord aufzustellen, Amy Johnson, die in Australien von begeisterten Menschenmassen in Empfang genommen wurde, Jean Batten mit ihrem weißen Overall und der schicken Fliegerhaube, Amelia Earhart, Beryl Markham … Doch nach dem Krieg war es für die Frauen aus. Flugunterricht war so teuer geworden, dass nur noch Männer beim Militär einen Pilotenschein machen konnten. Die Frauen waren zwar während des gesamten Krieges Kampfpilotinnen gewesen, doch nun kehrten die Männer zurück und wollten ihre Arbeit wiederhaben. Seitdem durften Frauen in der Luft nur noch Kaffee servieren, auf gerade Strumpfnähte achten und hübsch aussehen. Da ich natürlich auf keinen Fall Stewardess werden wollte, setzte ich mein Albatrosleben auf der Erde fort.

Ein einziges Mal legte ich irgendwo an, um eine Familie zu gründen – ich war einige Jahre mit einem Spanier verheiratet und bekam einen Sohn mit ihm. Wir wohnten in der Nähe von Malaga, zusammen mit seiner Mutter! Mit ihr war nicht zu spaßen, und mein Mann war ihr Augenstern. Unseren Sohn betrachtete sie eher als seinen kleinen Bruder, und ich glaube, er sah es genauso. Sie waren wohlhabend, religiös und natürlich begeisterte Anhänger von Generalissimo Franco. Es wurde immer unklarer, welche Rolle ich in dieser Familie spielte. Offenbar gar keine. Ich war nur eine seltsame schwedische Touristin, die zufällig bei ihnen gelandet war. Das war natürlich kein Zustand, und ich sehnte mich so heftig von dort weg, dass ich nachts heulend wach lag. Eines Tages ging ich hinunter zum Hafen und heuerte wieder als Funkerin an. Ich hatte den Jungen abgestillt und wusste, dass mich niemand vermissen würde. Als wir den Hafen von Malaga verließen, schaute ich mich nicht einmal um. Es war genau wie so viele Jahre zuvor, als ich in den Überlandbus nach Stockholm eingestiegen war.

Meine Güte, der Junge muss inzwischen vierzig sein! Wir haben ihn auf den Namen Miguel getauft, meine Schwiegermutter behauptete, in ihrer Sippe hießen alle Erstgeborenen so, und ich hatte natürlich kein Mitspracherecht. Falls er meine Albatrosseele geerbt hat, begegnet er mir vielleicht eines Tages auf einer meiner Reisen. Aber ich werde ihn nicht erkennen, und Miguel ist ein weitverbreiteter Name.

Wahrscheinlich bin ich formal immer noch mit seinem Vater verheiratet, er war ja überzeugter Katholik. Für mich hat das jedoch nie eine Rolle gespielt.

Später hatte ich besser bezahlte Arbeitsstellen, aber ich kann sie nicht alle aufzählen. Ich hatte immer eine schnelle Auffassungsgabe. Einige Jahre war ich in der Entwicklungshilfe tätig, ich habe in einer Schule in Tansania unterrichtet und Gewerkschaftsarbeit in Kolumbien gemacht. In den siebziger Jahren wurde ich vermögend. Ich hatte einen reichen libanesischen Kaufmann, der allmählich erblindete, auf seinen Reisen begleitet. Natürlich ging ich auch mit ihm ins Bett. Er war übrigens ein sehr erfahrener Liebhaber, mit dicken Fingern, weich wie Seide! Als er starb, war ich abgesehen von einem Blindenheim in Beirut seine einzige Erbin. Seitdem brauche ich nicht mehr zu arbeiten, um zu reisen. Natürlich arbeite ich trotzdem, aber nur, wenn ich Lust dazu habe.

Dies ist der letzte Kontinent, den ich erobere – und dann? Wenn ich auf die hundertzwanzig zugehe?

Ich wäre sehr glücklich, wenn die englischen Seemänner recht hätten und meine Seele in einen Albatros wandern würde.

Neben mir sitzt das Paar, das in der Kajüte unter mir wohnt. Die beiden heißen Mona und Göran. Ich schätze sie wie ein Pinguinpaar ein. Sie verhalten sich spiegelbildlich, das heißt, wenn er etwas tut, beobachtet sie ihn genau und macht es ihm dann nach.

Er ist vermutlich irgendeiner intellektuellen Tätigkeit nachgegangen, denn er wirft bei den Mahlzeiten mit viersilbigen Wörtern um sich, und sie – tja, sie ist die Zuhörerin. Manchmal höre ich sie durch das Belüftungssystem. Nur einzelne Worte. Meistens brummt er in belehrendem Ton, und sie antwortet einsilbig. Pinguine sind treue Partner, genau wie Albatrosse und alle anderen langlebigen Vögel. Es lohnt sich, bei einem Partner zu bleiben. Man bekommt mehr Nachkommen, weil man Zeit spart. So hätte jedenfalls Darwin die Sache erklärt. In dieser Hinsicht war ich kein guter Albatros, aber es scheint auf diesem Schiff viele Pinguine zu geben, die die Vorteile einer langjährigen Partnerschaft zu schätzen wissen. Ich beneide sie nicht, aber ich bin auch nicht missgünstig, viele wirken zufrieden und geborgen.

Nicht alle sind Pinguinpaare. Es gibt hier einige

ältere Frauen auf Baggertour, deren Methode ich ebenfalls kenne. Es tut mir ein wenig in der Seele weh, sie zu sehen. Warum benehmen sich Frauen ohne Männer oft wie Spiegelbilder auf der verzweifelten Suche nach jemandem zum Spiegeln?

Die Borkmeyersche ist aus einem anderen Holz geschnitzt. Ich bezweifle, dass sie sich je um die Bedürfnisse von anderen geschert hat. Sie seufzt und redet die ganze Zeit über den armen Mann, dessen Witwe sie ist. »Ach, ohne Thorsten fühle ich mich so einsam! Er war mir eine Stütze … und behandelte mich wie eine Königin …« Sie wirft Lisa, die gerade losgerannt ist, um irgendetwas für sie zu erledigen, einen scharfen Blick hinterher. Auf ihrer Stirn steht geschrieben: »Nun muss ich mich mit meiner dämlichen Schwester begnügen …« Lisa macht ein trauriges Gesicht und wieselt erneut los.

Oh, jetzt gibt's Mittagessen. Ich habe das Menü aus Spargelcremesuppe, Kalbsfilet und Pfirsich mit Amarettomousse angekreuzt. Hier sehen sie einen Albatros, der sich nicht mit Krill zufriedengibt …

Über die Entstehung der Unarten

1.) Fortsetzung der Diskussion: Warum bildet sich um gewisse Männchen ein Harem? Warum entwickeln sich manche zu »sneaky fuckers«, die nur zugucken dürfen? Liegt es bei den Tieren nur an körperlichen Vorzügen: Kraft, Schnelligkeit und ein gutes Immunsystem, oder verfügen manche Männchen über so etwas wie »Charme«, eine undefinierbare Eigenschaft, die nur teilweise mit Aussehen und Intelligenz zusammenhängt? Und was bedeutet »Charme« bei Menschen? Handelt es sich um den starken Wunsch, es anderen recht zu machen, damit man Bestätigung bekommt? Oder haben manche Männchen begriffen, dass es sich lohnt, ein Weibchen wirklich wahrzunehmen – oder zumindest so zu tun?

2.) Aufgrund ihrer Sehnsucht nach Freiheit und Abenteuern eignen sich manche Frauen am besten als Albatrosse.
Männer empfinden die gleichen Sehnsüchte, haben aber bessere Möglichkeiten, sie im Rahmen des akzeptierten menschlichen Verhaltens auszuleben. Manche Männer können beides haben – die Freiheit der Albatrosse und trotzdem irgendwo ein warmes Nest mit einem anhänglich wartenden Rudel. So viel Glück haben Frauen nie. Wenn Frauen sich für ein Albatrosleben entscheiden, müssen sie es mit ganzem Herzen tun. Frauen, die nur ab und zu ein Albatros sein möchten, müssen unter Umständen einen hohen Preis dafür bezahlen.

3.) Pinguine sind oft treu, und das scheint zu dieser Art gut zu passen. Aber zum Menschen? Monogamie kann sowohl eine Bereicherung als auch eine Einschränkung sein. Jeder muss für sich entscheiden, was in der eigenen Beziehung überwiegt, seine Schlüsse daraus ziehen und danach handeln.
Wahrscheinlich sind nicht einmal alle Pinguine glücklich.

Wilma

Frühstücksbüfett, drei Gänge zum Mittagessen, drei Gänge zum Abendessen und jeden Abend in der Bar Gin Tonic und Nüsschen … Man wird mich von Bord rollen müssen, und meine Arme und Beine werden nur noch fette kleine Auswüchse am dicken Rumpf sein. Ich lasse nämlich keine Mahlzeit aus und genieße alles in vollen Zügen. Die Gesellschaft und die Unterhaltungen beim Essen, die Gespräche mit Bill, dem Barkeeper, der mir lächelnd verschiedene Weine empfiehlt und dabei seine Scherze im breitesten Cockney macht – und das Essen. Zu Hause in meiner kleinen Singlewohnung gibt es viel zu oft eine Schale Buttermilch mit zerbröseltem Knäckebrot. Wer macht schon Aspik, Kroketten oder Pasteten nur für sich allein?

Und dann geht man raus an Deck und steht mit oder ohne Fernglas eine Zeitlang bibbernd in dieser Märchenwelt. Manchmal toben und tauchen Pinguine in der schäumenden Bugwelle. Dann zeigen sie ihr wahres Gesicht. Sie sind temperamentvolle, stromlinienförmige, schwimmende Vögel.

Die Einrichtung aus blankem dunklem Holz und funkelndem Messing gefällt mir wahnsinnig gut. Sie gibt mir das Gefühl, in einer anderen Zeit zu leben, in der man zum Abendessen noch schulterfreie Kleider trug. Natürlich tauschen die Leute ihre Fleecejacken abends gegen Bluse oder Hemd, aber das ist auch alles. In meinem Fall ein Glück, denn für schulterfrei bin ich nicht geschaffen.

Am Ende des Tages bin ich wie erschlagen. Vielleicht liegt es an den Tabletten gegen die Seekrankheit. Ich nehme sie nur zur Sicherheit. Es schaukelt noch gar nicht richtig, sondern fühlt sich eher so an, als würde man von einer dicken Mama sanft hin und her gewiegt. Auch das finde ich herrlich.

Manchmal unterhalten Alba und ich uns abends im Bett noch ein bisschen, und sie überrascht mich jedes Mal. Wie kann ein Mensch nur so viel erlebt haben wie sie? Sie scheint schon an jedem Ort der Welt gewesen zu sein und überall gearbeitet zu haben. Meistens lässt sie es nebenbei einfließen, wenn wir gerade über etwas ganz anderes reden: »In den Abteilen der russischen Fernzüge kann man sich kaum rühren«, »Als ich zuletzt in Jerusalem gearbeitet habe, fiel mir auf, dass …«, »Mein Assistent in Kolumbien sagte zu mir …« und so weiter, aber sie ist keine Angeberin. Ich glaube, ihr ist gar nicht bewusst, dass normale Menschen bei solchen Bemerkungen fast vom Stuhl fallen. Was habe ich schon zu erzählen? Dass man an meiner Schule jetzt zur Mülltrennung übergegangen ist oder eine meiner Freundinnen mit Yoga angefangen hat? Für Prominente interessiert sie sich nicht im Geringsten. Falls zufällig zur Sprache kommt, dass sie eine Berühmtheit kennt, betont sie, es sei nur eine einzige und sehr oberflächliche Begegnung gewesen. »Einmal zog ich aus Versehen die Schuhe von Meryl Streep an«, lässt sie beispielsweise fallen, »die Frau hat wirklich Humor.«

Wenn ich es mir jedoch recht überlege, machen das Mythomanen immer so, weil es ihre Lügengeschichten glaubwürdiger erscheinen lässt. In meiner Schule hatten wir einmal einen Jungen, der die erstaunlichsten Geschichten erzählte, und wir nahmen sie nur deshalb für bare Münze, weil es so nebenbei geschah. »Bevor mein Vater Bürgermeister wurde ...«, »In unserem Haus in der Bretagne ...«, »Da ich Bluter bin ...« und so weiter. Alles gelogen, zeigte sich später. Er log nie, um sich Vorteile zu verschaffen. Ihm ging es nur um die Aufmerksamkeit. Und die braucht Alba definitiv nicht, sie ist sich sozusagen selbst genug, aber auf eine gute Art. Sie ruht in sich selbst. Wir anhänglichen Hundepersönlichkeiten bewundern diese Eigenschaft.

Nein, ich glaube nicht, dass Alba eine Mythomanin ist, aber wenn sie es wäre, würde es mich überhaupt nicht stören. Es macht ihre Geschichten ja nicht weniger unterhaltsam. Ich mag sie jetzt schon wahnsinnig gern, es gibt nicht viele Menschen, die so unkompliziert sind. Sie strahlt Toleranz aus, ihr ist nichts Menschliches fremd, und sie gibt einem das Gefühl, dass alles möglich ist, wenn man sich nur traut. Würde ich ihr erzählen, dass ich bedauerlicherweise eine Serienkillerin bin, würde sie mich interessiert angucken und dann in aller Ruhe nach einem schweren Gegenstand greifen.

Was wäre passiert, wenn man solche Eltern gehabt hätte? Mein Vater war ihr genaues Gegenteil. Er war skeptisch gegenüber allem, was er nicht selbst erlebt hatte, und betrachtete alle Fremden mit größtem Misstrauen, besonders Amtspersonen und Stockholmer. Er war nur deshalb nicht ausländerfeindlich, weil in unserer Vorstellungswelt gar keine Einwanderer vorkamen.

Tomas ist ebenfalls ganz anders als Alba. Er hat sicher auch unheimlich viele berühmte Menschen getroffen und irre Sachen erlebt, von denen die Leute normalerweise gar keine Ahnung haben, aber er will nicht darüber reden.

»Für viele Menschen wäre es besser gewesen, wenn ich Kolumnen geschrieben hätte!«, sagte er heute. »Nicht zuletzt für mich selbst. Ich hätte mit einem Kind auf dem Schoß in meinem gemütlichen Arbeitszimmer sitzen und rührende kleine Geschichten über meine eigene Familie schreiben sollen. Dann hätte ich jetzt noch eine.«

Dann sagte er etwas so Sarkastisches über seine Frau, dass es mir in die Ohren schnitt wie die quietschende Kreide an der Tafel.

»Sarkasmus ist die niedrigste Form von Humor«, brumme ich.

»Ha! Was sagst du dazu?«, hält er mir entgegen und reiht ein berühmtes sarkastisches Bonmot ans andere, bis ich mich vor Lachen krümme.

»*Ich vergesse nie ein Gesicht, aber in deinem Fall würde ich eine Ausnahme machen* – Groucho Marx. *Er hat keine Feinde, aber seine Freunde hassen ihn* – Oscar Wilde. *Im Gegensatz zu seiner Frau war er glücklich verheiratet* –Victor Borge. In meiner Jugend habe ich solche Sprüche gesammelt«, murmelt er finster.

»Du wusstest also schon so früh, dass du Kolumnist

hättest werden sollen? Dann bekommst du auch meinen Lieblingssarkasmus zu hören. Als man Dorothy Parker erzählte, dass der Präsident tot sei, fragte sie: ›Wirklich? Und woran hat man das gemerkt?‹

Da kann er sich nicht mehr wehren. Ich bin immer so stolz, wenn es mir gelingt, dieses Lachen hervorzulocken. Es beginnt mit einem Zucken im rechten Mundwinkel. Dann schnaubt er, und schließlich ertönt hinten in der Kehle ein herzliches Glucksen. Das hat sich zwischen uns fast zu einer Art Sport entwickelt. Er sagt irgendetwas Zynisches, und ich bin sofort mit der Clownsnase zur Stelle und bringe ihn zum Lachen. Dann holt er mich mit einer sarkastischen Bemerkung wieder auf den Boden der Tatsachen zurück, und immer so weiter.

Alba und ich haben uns heute Abend ein bisschen darüber unterhalten. Sie hat uns offenbar beobachtet.

»Du tust ihm gut, denn du bist Balsam für seine wunde Seele«, sagte sie. »Wie die gute alte Penatencreme … Irgendetwas ist mit ihm nicht in Ordnung, und zwar überhaupt nicht. Aber wenn ihr beiden miteinander spielt, kann er es vergessen.«

Mir wurde mulmig zumute.

»Nicht in Ordnung? Meinst du, er könnte uns hinterrücks alle über Bord werfen?«

»Ganz und gar nicht! Aber deprimierte Menschen sind undurchschaubar.«

»Deprimiert? Er grübelt vielleicht ein bisschen zu viel über seine eigenen Sorgen und Probleme«, sage ich, »aber er ist ja nicht der erste Mann, der verlassen wird.«

Sie ist einen Augenblick so still, dass ich schon glaube, sie wäre eingeschlafen.

»Ich weiß, dass du auch Probleme hast«, sagt sie plötzlich. »Willst du darüber reden?«

Da erzähle ich ihr alles.

Tomas

Manchmal will Wilma mich über mein Leben als Journalist aushorchen. Dann fragt sie zum Beispiel ganz schüchtern nach meinem Eindruck von dem einen oder anderen Promi, den ich interviewt habe. Sie hat mich in Talkshows und auf irgendwelchen Sofas im Frühstücksfernsehen gesehen und glaubt anscheinend, Berühmtheit wäre ansteckend ... Ich bin ein bekannter Journalist, weil ich zum Glück gute Aufträge bekommen und immer mein Bestes gegeben habe, und nicht weil ich bekannte Gesichter interviewt habe. Was denkt sie eigentlich von mir?

Ich murmele: »Klar, Ingmar Bergman und ich waren wie Brüder. Er sagte, ich sei der einzige Kritiker, der ihn wirklich versteht.«

Gestern fragte sie mich nach einer Prominenten, von der ich kaum gehört habe, die aber offenbar wie ich Gast in einer Talkshow war. Ich lehnte mich nach vorn und flüsterte: »Erzähl es niemandem, aber sie ist so stark geliftet, dass sich im Nacken eine Hautwulst gebildet hat, die sie sich wie eine Kapuze über den Kopf ziehen kann ... Eigentlich ist sie sechsundneunzig Jahre alt ...«

Die rallige kleine Brittmarie am Nebentisch riss die

Augen auf und keuchte: »Nee!«, aber Wilma kapierte natürlich, dass ich sie auf den Arm nahm. Sie zwinkerte mir zu, fragte aber nicht weiter nach.

Da ich mich immer hinter sarkastischen Bemerkungen verstecke, um nicht über meinen Beruf reden zu müssen, versucht sie mich auszutricksen, indem sie sich dem Thema über einen Umweg nähert. Zuerst erzählt sie mir etwas über ihre Tätigkeit als Lehrerin in Physik und Mathematik an der Heimvolkshochschule, und dann sagt sie zum Beispiel ganz unschuldig: »Ich arbeite in einem sehr inspirierenden Umfeld. Ist das bei dir genauso?«

»Klar!«, antworte ich. »Die Redaktionssekretärin hält jeden Morgen eine Andacht mit Gebet ab, und dann umarmt sich das ganze Team schweigend ...« Sie knallt mir ein Vogelbuch an den Schädel, und Brittmarie trällert: »Das hört sich wundervoll an!«

»Wie hieß noch mal das Nest, aus dem du kommst?«, frage ich.

»Tallgärde«, murmelt sie.

»Da war ich auch schon!«, sage ich. »In Hunderten von Tallgärdes. Gelbe Einfamilienhäuser, schnurgerade Gartenwege und Grillplätze aus Beton. An der Bushaltestelle an der Hauptstraße flattern in rauem Wind Plakate, die Treffen in Betel ankündigen oder für günstiges Brennholz werben. Trauben von vierzehnjährigen Jungs mit ihren Mopeds, ein Sechzehnjähriger auf dem Traktor, eine alte Dame mit Rollator und ein rostiger Volvo. Stimmt's?«

Sie gibt keine Antwort, aber ich weiß alles.

Ich bin natürlich noch nie in ihrem Dorf gewesen, aber man hört es am Namen – Tallgärde. Kiefernhain. Schwedisches Kaff in der Einöde, das nicht die geringste Chance hat, jemals Arbeitgeber oder junge Familien anzulocken. Nicht einmal Touristen verirren sich dorthin, obwohl vor der Kirche ein unleserlicher Runenstein steht. Das Gotteshaus, erbaut im Jahre 1892, ist vollkommen uninteressant. Wenn es die Kombination aus Imbiss und Videothek nicht gäbe, die Reza aus dem Iran betreibt, könnte man nach achtzehn Uhr überhaupt kein menschliches Leben mehr auf der Straße beobachten.

Vor achtzehn Uhr kommt es im Lebensmittelladen mit der angeschlossenen Zapfsäule hin und wieder sogar zu Gedränge, weil sich dann die Rentner ihr Bierchen und ein paar Zuckerstangen besorgen. Ich habe schon unendlich viele von diesen Käffern gesehen und jede Menge Artikel über sie geschrieben. Jeden Tag wird in irgendeinem Dorf dieser Art auf irgendeinem abgelegenen Hof irgendein alter Mann ausgeraubt. Oder es handelt sich um den Geburtsort des schwedischen Meisters im Varpa, einem mittelalterlichen Wurfspiel, und dann soll man da hinfahren und eine Reportage darüber schreiben, wie alles begann …

Ich könnte einen Dokumentarfilm über Tallgärde machen, ohne je dort gewesen zu sein. Mit einer Hand auf dem Rücken.

Wilma arbeitet in der einzigen öffentlichen Einrichtung dort (abgesehen von Olssons Taxiservice, der die Alten ins Krankenhaus in der Stadt und die Kinder zur Schule bringt). Sie ist Physik- und Mathelehrerin an der Christlichen Heimvolkshochschule von Tallgärde. Nun sehe ich ein zweistöckiges graues Gebäude vor mir, die Wände mit Holz vertäfelt, lange Gänge mit Kleiderhaken und Linoleumboden, ein Rektor, der morgens ein Gedicht vor Lehrern vorträgt, die es nie geschafft haben, von hier wegzukommen, und Schülern, die sich die Zeit bis zum Jugendgefängnis vertreiben oder das Abitur nachmachen, weil sie sich in Pflegeberufen bereits den Rücken ruiniert haben.

Ich schmückte meine Vorstellung von Wilmas Arbeitsplatz ein bisschen aus, und sie rutschte schweigend auf ihrem Stuhl herum. Habe ich den Nagel etwa auf den Kopf getroffen?

»Der Rektor ist ein Pfarrer, der den Kopf schieflegt, wenn er mit den jungen Leuten spricht, und Turnschuhe trägt wie andere Leute auch …«

An dieser Stelle muss sie ein bisschen lachen.

»Nicht schlecht«, sagt sie. »Nur dass unsere Rektorin eine Frau ist. Bei unseren Schülern irrst du dich jedoch total. Ich kann dir gar nicht sagen, was für interessante Jugendliche wir haben oder was für phantastische Dinge nach einer Weile auf der Schule mit ihnen passieren. Du hast wahrscheinlich massenhaft Vorurteile gegenüber dem Landleben, so wie dieser Typ aus der Werbung, den ich neulich in einem Radiointerview gehört habe. Er staunte mit großen Augen über die ungeheure Konzentration von Talent und Kreativität rund um den Stockholmer Stureplan! Ich habe so gelacht, dass mir die Tränen kamen!«

»Da sitzt sie in ihrer ländlichen Stube und schüttet sich aus vor Lachen. Süß!«, sage ich. »Was habt ihr denn, was der Stureplan nicht hat?«

Sie lächelt, und ihr Unterbiss schiebt sich weiter denn je nach vorn.

»Wir haben eine beleuchtete Loipe, zweimal in der Woche kommt der Bücherbus, und beim Imbiss gibt es Chorizo im hausgemachten Fladenbrot! Jetzt bist du platt, du blöder Hauptstädter!«

Der Lautsprecher verkündet brüllend, dass an Backbord Zwergwale zu sehen sind, die Vogelliebhaber setzen sich in Bewegung und stehen Minuten später mit ihren Ferngläsern an Deck. Beinahe rennen sie das Paar um, das hinter den Kulissen herumschleicht. Mona und Göran heißen die beiden. Wenn er überhaupt den Mund aufmacht, ist er ein unerhörter Wichtigtuer. Seine Behauptungen äußert er im Brustton der Überzeugung und garniert sie am liebsten mit Zitaten in fremden Sprachen, die er nicht richtig beherrscht. »Bjuti iss in die ei of die behooolder!«, sagt er selbstzufrieden mit breitem Värmlandakzent.

Sie dagegen wirkt sozial völlig ausgehungert und will mit allem, was sich an Bord bewegt, Bekanntschaft schließen. Wie ein ausgesetztes Ferienkätzchen. Wenn er keine Lust mehr hat, in der Bar herumzuhängen, steht er auf, starrt seine Frau an, die gerade einen Tischnachbarn in ein Gespräch verwickelt hat, und wirft den Kopf in Richtung Tür. Dann springt sie auf und trottet brav hinter ihm her.

Kabine 412, Alvenberg, Mona – Alvenberg, Göran

Man muss ja versuchen, die Leute auf dieser Reise ein bisschen kennenzulernen, am besten welche, die nicht weit von uns entfernt wohnen, damit man sich vielleicht mal verabreden kann. Meine Güte, Göran und ich kennen fast niemanden. Ich werde bald verrückt, wenn ich tagein, tagaus nur im Haus um ihn herumscharwenzeln soll. »Wir haben es doch gut, oder?«, sagt Göran immer. Tja, wenn er unter gut versteht, dass man sauber, satt und einigermaßen gesund ist. Optimale Cholesterinwerte, eine gute Rente, und unser Haus hat vorn und hinten eine Alarmanlage … Sogar unserem Hund geht es gut, er ist nicht zu fett, sein Fell ist gestutzt und sein Impfpass vollständig.

Wie es Glenn wohl in der Hundepension geht? Göran hat ihn dort nicht gern gelassen, aber wir kennen ja niemanden, dem wir einen stinkenden alten Golden Retriever aufs Auge drücken können, und seine Schwester hat vier Kinder und wohnt zweihundertdreißig Kilometer weit weg. Glenn ist Görans Augenstern. Ich glaube, er kommt sich sehr männlich vor, wenn er sich die Jacke von Fjällräven anzieht und mit diesem Zottelhund an seiner Seite zur beleuchteten Loipe zieht, während ich zu Hause mit dem Staubsauger gegen die Hundehaare ankämpfe. Glenn verliert so viele, dass er bald ähnlich kahl wie sein Herrchen sein dürfte.

Göran hätte lieber mit Glenn hierherkommen und mich in einer Pension zurücklassen sollen. Es hätte mir bestimmt gefallen, ständig und auf ganz unkomplizierte Weise neue Leute kennenzulernen, einfach so beim Essen oder auf dem Flur, man hätte sich im Gemeinschaftsraum unterhalten können, und vielleicht hätte man sogar irgendwelche Gemeinsamkeiten entdeckt … Bei meiner Arbeit habe ich auch keinen Kontakt zu anderen Menschen, wir sind dort nur zu zweit, und Lillian ist siebenundzwanzig und in Antti, den Hausmeister, verliebt, sie bekomme ich also so gut wie nie zu Gesicht. Zu mir kommt sie nur, wenn sie eine Unterschrift braucht, aber bei ihm hängt sie ständig herum und bittet ihn, eine Glühlampe zu wechseln oder den Heizkörper zu entlüften.

Wie lernt man eigentlich Leute kennen und findet Freunde? Ich kann mich nicht erinnern, damit je Probleme gehabt zu haben. In meiner Jugend hatte ich einen ganzen Rattenschwanz von Freundinnen, mit denen ich mich verabredete oder stundenlang telefonierte. Aber nachdem wir geheiratet hatten, in eine andere Stadt gezogen waren, ein Haus im Umland gekauft hatten und Göran kein Auto anschaffen wollte … Im ersten Jahr haben meine Freundinnen und ich uns noch Briefe geschrieben, aber inzwischen schicken wir uns nur noch Weihnachtskarten. Ich habe versucht, hier in der Stadt, ich meine, bei uns zu Hause Freunde zu finden. Im Töpferkurs habe ich Lena kennengelernt und in dem Chor, in dem ich eine Weile gesungen habe, Olof und Sara, aber Göran hatte an allen etwas auszusetzen. Lena fand er laut und rechthaberisch, Olof hatte einen Sprachfehler, den Göran ständig nachäffte, wenn wir allein waren, und so machte er mir auch Olof und Sara irgendwie madig.

Einige Leute kennen wir. Nachbarn oder Kollegen von Göran, aber die finde ich alle so langweilig, dass ich nie Lust habe, sie einzuladen, obwohl wir es hin und wieder tun. Wenn ich mich bei Göran beklage, weil wir nie Leute treffen, ruft er die an, die wir kennen, lädt sie zum Essen ein, und ich soll irgendetwas Raffiniertes aus einer Kochshow kochen, den Tisch mit passenden Servietten decken, das ganze Haus schrubben, Gästeseife hinlegen und Blumen kaufen, und dann sitzen wir da und reden über Rentenfonds und Autos, jemand erzählt, dass die Nachbarn ihre Terrasse zum Wintergarten umbauen, und dann jammern wir ein bisschen über die Steuersätze. Die anderen erzählen von ihren Kindern und Enkelkindern, aber da können wir nicht mitreden, weil wir keine haben. Nicht ein einziges. Nur zweihundertdreißig Kilometer von uns entfernt Görans Schwester mit ihren vier Kindern, aber ich kann mich kaum an ihre Namen erinnern. Göran geht es übrigens auch so. Ungefähr zweimal im Jahr gibt es Gegeneinladungen, und dann werden in einem anderen neuen Haus die feinen Servietten herausgeholt und die Gästeseife bereitgelegt.

Görans Schwester sagt immer, man lerne doch überall Leute kennen, bei Elternabenden, Kindergartenfesten und Schulbasaren, die Freunde der Kinder haben doch Eltern, die man mit der Zeit kennenlernt. Ach wirklich?

Wenn wir Hochzeitstag haben, gehen wir essen. Immer dasselbe Restaurant, wo wir auch schon beim ersten Mal waren. Ein Fischrestaurant unten am Hafen.

Eigentlich ist es auf dieser Reise so ähnlich wie in einer Pension, es handelt sich schließlich um eine Gruppenreise. Als wir am ersten Abend in Santiago landeten, fand ich es herrlich, obwohl ich so einen Jetlag hatte, dass ich fast umgekippt wäre. Wir saßen in einem Restaurant mit Blick über die Stadt und tranken Wein, alle stellten sich vor, und da waren so irrsinnig viele nette Leute, die ich am liebsten alle kennengelernt hätte, aber …

Wir gehen zwar mehrmals am Tag zu den Mahlzeiten in den Speisesaal, aber aus irgendeinem Grund kommen wir immer zu spät, so dass nur noch bei den Reiseleitern am Tisch Plätze frei sind, und die stecken immer die Köpfe zusammen und besprechen organisatorische Dinge. Ich dränge Göran, pünktlich loszugehen, aber irgendwie zögert er den Zeitpunkt immer hinaus. Er geht noch einmal aufs Klo, zieht sich um, liest den Wetterbericht, und nun wird mir schlagartig bewusst, dass er das vielleicht mit Absicht macht. Möglicherweise will er, dass wir zu spät kommen und allein am Tisch sitzen.

Ich will gar nicht darüber nachdenken. Göran ist mein Mann, mein nächster Angehöriger … Was würde ich denn ohne ihn machen?

Wilma

Heute habe ich etwas ganz Dummes gemacht. Keine Ahnung, wie ich darauf kam, aber ich wollte einfach nicht, dass Tomas erfährt, wie es um mich steht. Ich merke ja, dass er sich wundert, weil ich mich so ungeschickt und steif bewege und so leicht das Gleichgewicht verliere.

Wenn es anfängt zu schaukeln, so wie jetzt, kann man leicht umfallen. Nicht nur auf dem vereisten Deck, sondern auch drinnen. Das macht niemanden stutzig. Schlimmer ist, dass ich manchmal Schwierigkeiten habe, geradeaus zu gehen. Heute Vormittag nach dem Frühstück ertappte er mich in der Bar, wo ich auf einem Sofa lag und zitterte wie Espenlaub. Ich gehe oft dorthin, um mich auszustrecken oder meine Gymnastik zu machen. Die Tür steht immer offen, aber meistens ist niemand da. Höchstens Bill, der seine Flaschen sortiert.

Tomas, der eigentlich nach einer Landkarte suchte, setzte sich neben mich und fragte: »Frierst du?« Obwohl ich im Halbschlaf vor mich hin döste, wurde mir sofort klar, was er gesehen hatte. Ich setzte mich kerzengerade auf, riss mich eisern zusammen und antwortete: »Allerdings! Manchmal hat man Temperaturschwankungen in der Schwangerschaft!«

Was war bloß in mich gefahren? Und Temperaturschwankungen? Seit wann sind die ein Schwangerschaftssymptom? Ich habe nicht die geringste Ahnung. Er scheint jedoch auf diesem Gebiet auch kein Experte zu sein, denn er fragte nur: »Bist du schwanger? Wie schön! Hast du noch mehr Kinder? Komisch, dass ich dich nie danach gefragt habe.«

Nein, sagte ich, das sei mein erstes Kind. Der Vater spiele in meinem Leben keine Rolle mehr. Ich verstrickte mich immer mehr in irgendwelche abgedroschenen Phrasen übers Zusammen- oder Getrenntleben. Als ob ich davon einen Schimmer hätte.

Da kam er wieder auf seine eigenen häuslichen Verhältnisse zu sprechen, beziehungsweise auf die, die er noch vor gar nicht allzu langer Zeit dort vorgefunden hatte. Ich werde aus seinen Bemerkungen über seine Exfrau nicht klug, manchmal hört es sich an, als hätte er zwei verschiedene Frauen gehabt. Dass sich frisch getrennte Leute wie Bigamisten anhören, ist mir schon öfter aufgefallen. Sie hatten einen Partner, den sie vermissen, und einen, den sie hassen. Manchmal liegt mir Tomas mit liebevollen Beschreibungen seiner Exfrau in den Ohren. Dann schwärmt er davon, wie sie stand oder ging, was sie anhatte und zu welcher Musik sie gern wie eine Wilde tanzte. In anderen Momenten stellt er sie als beschränkte Tussi hin, die mit einem reichen Amerikaner durchgebrannt ist, und bringt seine Wut unverhohlen zum Ausdruck.

»Sie ist eine kluge Frau, die genau weiß, was gut für sie ist!«, schnaubt er mit schiefem Grinsen. Dann redet er eine Weile demonstrativ überhaupt nicht mehr über sie, schüttet einen Gin Tonic hinunter und murmelt sich alles Mögliche in den Bart. Urplötzlich kommt er dann auf sie zurück, so als könnte er es nicht lassen, mit der Zunge an einem schmerzenden Zahn zu ruckeln.

»Sie passt ausgezeichnet in die USA. Bloß kein Herzschmerz, keine Sentimentalität. Wenn ihr Gefühlskapital zu wenig Rendite abwirft, strukturiert sie ihr Portfolio um. Und in diesem Geist wird sie auch die Kinder erziehen. Die werden es im Leben nicht schwer haben!«

An diesem Morgen geriet er in die Nähe von schmerzhafter Selbstkritik.

»Wahrscheinlich war bei uns das gesamte Gebälk morsch«, seufzte er. »Als mir klar wurde, dass es nicht gut aussah, wollte ich zum Familientherapeuten gehen. Wir waren doch mal so verliebt gewesen! Weißt du, was Sanna da gesagt hat? ›*Elvis has left the building.*‹ Noch am selben Abend zog sie aus.«

»Ihr müsst doch mehr geredet haben?«, wollte ich wissen. Er nickte.

»Da kannst du Gift drauf nehmen. Sie nahm kein Blatt vor den Mund. Ich versuchte, sie zurückzugewinnen, aber sie behauptete, *ich* hätte *sie* schon vor Jahren verlassen. Ich sei auf meine Abenteuerreisen geflüchtet und hätte sie mit den Kindern alleingelassen, bis sie schließlich nicht mehr auf mich zählte. Inzwischen betrachte sie mich als Fremden, fast wie einen Außerirdischen aus dem Weltraum. Irgendjemand sei in den Mann, den sie einst geliebt habe, eingedrungen und habe ihn völlig leergesaugt. Ich sei nicht mehr *ich selbst*, obwohl ich ihrem Exmann äußerlich geradezu beängstigend ähnlich sehe. Sie wisse gar nicht, wann sie Witwe geworden sei, sagte sie eines Nachts, nachdem wir fünf Stunden lang geredet hatten und ständig der Hulk auf ihrem Handy anrief. Das war ein harter Schlag. Ich gab mir tagelang die Kante, um diese Worte zu vergessen!«

Als ich etwas genauer nachfragte, wie sie eigentlich gelebt hatten, wurden seine Antworten schwammiger. Er hatte zum Beispiel die Geburten beider Kinder verpasst, weil er wichtige Aufträge im Ausland hatte. Ich runzelte die Stirn und wollte gerade einen Kommentar dazu abgeben, als Bosse, der fanatischste Vogelschauer von allen, hereinkam und uns erstaunt anblickte.

»Wieso sitzt ihr hier drinnen? Draußen fliegen ganze Schwärme von Sturmvögeln ums Schiff, und im Wasser schwimmen Delphine! Wollt ihr nicht mit nach draußen …«

Pflichtbewusst holten wir unsere dicken orangefarbenen Jacken aus unseren Kajüten und gingen raus an Deck.

Das Wetter hatte sich gebessert, die Sonne schien und das Schiff war von unzähligen Vögeln umgeben. Blinzelnd bemühte ich mich, sie in Übereinstimmung mit den Abbildungen in meinem Vogelbuch zu bringen, aber das einzige Tier, das ich zu erkennen glaubte, war ein Kapsturmvogel. Er hat an der Unterseite der Flügel eine fleckige schwarzweiße Zeichnung. Ich stellte mich aufs Vorschiff und lehnte mich an den Schiffsrumpf. So stand ich fest und sicher. Ringsherum waren Küste und Eis, Klippen und Schnee zu sehen. Auf einen Hinweis aus dem Lautsprecher rasten Tomas und meine orangefarbenen Begleiter auf die andere Seite des Schiffs und behaupteten später, mehrere Schwertwale gesehen zu haben. Aufgeregt redeten sie alle durcheinander, winkten und zeigten aufs Wasser.

Nach langem Überreden schlenderte ich ebenfalls auf die andere Seite, aber natürlich hatte ich das Schauspiel verpasst. Auf einer reglosen Wasseroberfläche sieht man nicht, ob da gerade einige Schwertwale einen Riesenzirkus veranstaltet haben. Wehmütig starrte ich die Eisschollen an. Auf einer waren Blutspuren zu erkennen.

Diesen Nachmittag werde ich nie vergessen. Das Wetter war wunderbar, wir stiegen mit unseren Kameras in die Zodiacs und landeten im Paradies. Das ist nicht wortwörtlich gemeint – denn es war natürlich eiskalt und windig und stank fürchterlich nach diesem schwarzgrauen Guano, den Pinguinkötteln, die den gesamten Strand bedeckten. Es war eher wie ein surrealer Garten Eden, wo verschiedene Arten Seite an Seite leben, ohne sich von Menschen stören zu lassen. Hier schritten Königspinguine auf dem Weg zu einem unbekannten Ziel in würdevollem Gänsemarsch an uns vorüber. Sie könnten jederzeit ganz plötzlich kehrtmachen und in eine andere Richtung marschieren. Dort, in einem kleinen Bach, liegt ein See-Elefant, von dem nur der Rüssel aus dem Wasser ragt. Aus heiterem Himmel hievt er seine vier Tonnen Speck wie eine Spannerraupe über das Geröll, das heißt, er zieht sich zu einer Sichel zusammen und streckt sich wieder aus, und so geht es voran. Von der anderen Seite nähert sich eine kleine Truppe Eselspinguine mit Lorbeerkränzen aus weißen Federn. Sie watscheln wie dreijährige Kinder und halten das Gleichgewicht mit ihren Flossen, ich meine Flügeln. Sie gucken uns an – aha, da sind wieder diese orangefarbenen Pinguine – und gehen gelangweilt weiter. Ich knipse ein Foto nach dem anderen, doch ärgerlicherweise ist auf den meisten im Vordergrund ein orangefarbener Rücken zu sehen. Dann komme ich auf die simple, aber geniale Idee, dass man die Kamera ja auch als Tonbandgerät benutzen kann, und nehme das brutale Geräusch auf, das erwachsene Pinguine von sich geben, wenn sie im Chor schnattern, das hohe und klare Pfeifen ihrer Jungen, das Blöken der Eselspinguine und das laute Brüllen der Robben am Strand. Und dieses Konzert wird hier nicht eigens für uns veranstaltet, sondern es findet immer statt, wir werden nur im Moment zufällig Zeugen. Wenn wir wieder weg sind, geht's weiter.

Eines Tages werde ich in einer Winternacht in meinem warmen Bett liegen, oder an einem heißen Sommertag am Strand, und dann werde ich daran denken, dass hier, in Gold Harbour, genau jetzt, in diesem Augenblick, die Königspinguine gackernd umherwandern. Über ihnen kreisen die Schneesturmvögel und die Sturmschwalben, und weit draußen auf dem glitzernden Wasser liegt die Orlowskij und wartet darauf, uns das Abendessen und hinterher einen kleinen Drink zu servieren.

Es war richtig hierherzukommen. Eigentlich brauche ich nun nicht mehr viel zu erleben, denke ich. Tomas geht mit kraftvollen Schritten am Strand auf und ab und redet mit sich selbst. Manchmal kommt man überhaupt nicht an ihn heran.

Manchmal allerdings schon. Dann darf man bei ihm mit der Tür ins Haus fallen und muss nicht einmal die Schuhe ausziehen.

Manchmal spüre ich, wie traurig er ist.

»Hast du eigentlich ein reiches Gefühlsleben oder bist du einfach nur labil?«, necke ich ihn dann.

»Ich bin total am Limit«, sagt er leise, und das klingt so schonungslos ehrlich, dass ich mich für meine blöde Frage am liebsten ohrfeigen würde.

Andererseits finde ich sein Selbstmitleid oft unerträglich. Mit seinem demonstrativen Schweigen lädt er es nämlich auf meine Schultern. Das ist viel schlimmer, als wenn er laut heulen und sich die Haare raufen würde wie ein griechisches Klageweib.

Ich renne ihm hinterher und bitte ihn, mich zusammen mit einigen kleinen Pinguinen zu filmen. Gemächlich watscheln wir mit ausgestreckten Armen beziehungsweise Flügeln über den Strand. Er tut mir den Gefallen, und dann lächelt er und legt mir zum ersten Mal den Arm um die Schultern. Wir sind fast gleich groß.

Auf dem Rückweg von Gold Harbour ist der Seegang stärker geworden, und ich habe Schwierigkeiten, in den Zodiac einzusteigen. Sven und Magnus hieven mich wie einen glitschigen Delphin ins Schlauchboot. Sven setzt mich behutsam auf den Rand. Er weiß, wie es um mich steht. Als wir an der Leiter der Orlowskij anlegen, passiert das Peinlichste überhaupt. Der Seegang ist inzwischen richtig heftig. Die anderen schaukeln lachend immer wieder am Arm des Matrosen an Deck vorbei, können ihn aber irgendwann packen, werden hochgezogen und verschwinden schließlich einer nach dem andern zum Nachmittagskaffee. Ich mache mich unsichtbar und warte bis zuletzt, aber ich bekomme den

Arm einfach nicht zu fassen. Sven und Magnus sind immer frustrierter. Am Ende muss ich eine schreckliche Demütigung über mich ergehen lassen und werde im Schlauchboot sitzend mit dem Kran an Bord gehoben. Einige Ornithologen richten sofort ihre Ferngläser auf mich. Zum Glück kann ich nicht verstehen, was sie sagen.

Tomas

Zuerst war es einfach spannend. Wilma und ich standen mit geschlossenen Augen in der Sonne, als plötzlich ein wahnsinniges Schnattern aus dem Lautsprecher ertönte, und diejenigen, die es noch nicht zum Mittagessen geschafft hatten, eilten auf die Steuerbordseite.

Ich starrte zu den wippenden Eisschollen hinunter. Auf einer lag eine Robbe und badete in der Sonne. Wenn ich mich nicht täusche, handelte es sich um eine Weddellrobbe. War sie den Aufstand wert? Wir hatten doch schon Robben en masse gesehen.

Plötzlich bemerkte ich, dass diese Scholle heftiger schaukelte als die Eisschollen ringsherum. Was in Gottes Na…

Da tauchte er auf. Neben der Scholle spaltete ein riesiger, glänzender, schwarzweißer Kopf die Wasseroberfläche und stieß zu.

»Ein Schwertwal!«, kreischte irgendjemand. »Das ist ein Schwertwal! Er versucht die Eisscholle umzukippen, damit er sich die Robbe schnappen kann!«

Es gelang ihm auch nach mehreren Versuchen nicht. Ich wollte gerade zum Mittagessen hineingehen, als wir auf einmal *zwei* Schwertwale erblickten! Riesige Viecher, so an die zehn Meter lang und mit etwa zwei Meter langen Rückenflossen! Er hatte also einen Freund dazugeholt, und nun versuchten sie gemeinsam, die Scholle mit der armen Robbe umzukippen. Es war ganz deutlich zu sehen, dass sie kooperierten, denn sie nahmen Anlauf und stießen genau im selben Moment gegen die Kante. Ich spürte, dass mein Weltbild ins Wanken geriet.

Sprachlos verfolgten wir den Kampf. Die Robbe klammerte sich mit aller Kraft an ihre Scholle, und der Schwertwal tauchte ab. Ich blickte mich nach Wilma um, und irgendjemand ging hinein, um den anderen die Sensation mitzuteilen. Die Orlowskij hatte die Geschwindigkeit verringert und rührte sich kaum noch vom Fleck. Hinter den Scheiben auf der Brücke sah ich aufgewühlte Gesichter.

Und dann! Ich kann es kaum wiedergeben, weil es so unglaublich klingt. Die Schwertwale kehrten zurück, und nun waren sie zu dritt! Wieder arbeiteten sie zusammen, immer wieder stießen sie gleichzeitig gegen die Eisscholle. Die Robbe verlor den Halt, kullerte hierhin und dorthin, und zum Schluss kippte die Scholle und die Robbe rollte ins Wasser. Nun begann ein Reißen und Zerren, das Wasser wurde rot, ich verspürte eine leichte Übelkeit und wendete mich ab. Mit einer Blutspur an der Kante schwappte die Eisscholle wieder zurück. Plötzlich waren die Robbe und die Schwertwale verschwunden.

Ich stand ganz still da. Das Schauspiel hatte mich an etwas erinnert, das ich gern vergessen hätte. Dabei war es einer der Gründe, warum ich hierhergekommen war. Zuerst kam ich nicht darauf, was es war, aber dann fiel es mir schlagartig wieder ein: Genauso hatte auch ich gearbeitet und im Rudel gejagt …

Es war vor ungefähr drei Jahren, als ich in der Stadt, wo wir damals wohnten, einen Auftrag von der Lokalzeitung bekam. Es ging um einen Schulleiter, der Geld und Ausstattung der Schule veruntreut hatte, es ging um größere Summen. Mein Informant war ein Lehrer, dem ich normalerweise nicht viel Beachtung geschenkt hätte, ein bösartiges und schadenfrohes Schandmaul, das an jedem etwas auszusetzen hatte, aber sein Getratsche schien einen wahren Kern zu haben. Ich bat den Schulleiter um ein Interview und stellte ihm unangenehme Fragen.

Am Anfang reagierte er patzig. Er antwortete kurz und herablassend, ich hätte ja keine Ahnung und Haushaltsfragen seien im schulischen Bereich ein kompliziertes Thema.

Ich nahm die Hilfe eines Freundes in Anspruch, der als Wirtschaftsjournalist arbeitet. Gemeinsam stellten wir noch fiesere Fragen. Der Schulleiter, ich glaube, er war Studienrat, wurde nun etwas nervöser, wand sich, kam ins Schwitzen und wich unseren Blicken aus, aber es gelang uns nicht, ihn zum Reden zu bringen.

Da holten wir einen Gerichtsreporter mit ins Boot, der Erfahrung mit Wirtschaftskriminalität hatte. Nun konnten wir den Alten überführen. Er hatte sich in eine Vertretungslehrerin verliebt und wollte sie beeindrucken, indem er ihr einen Dienstcomputer zuteilte, auf den sie gar keinen Anspruch hatte, und sie zu allen möglichen Reisen einlud. Das Ganze war ein Volltreffer.

Meine Kollegen und ich wurden sogar für den Goldenen Spaten des investigativen Journalismus nominiert, bekamen ihn allerdings nicht. Die Stadt war wohl zu unbedeutend, und wahrscheinlich waren wir selbst auch noch nicht bekannt genug.

Der Schulleiter erhängte sich vor der Gerichtsverhandlung und ließ eine Frau und drei Kinder zurück, von denen zwei noch zur Schule gingen. Die Vertretungslehrerin verlor ihre Stelle. Der Einzige, der sich richtig freute, war vermutlich der Stinkstiefel, der den Schulleiter hineingeritten hatte. Wir drei Schwertwale gingen in die Kneipe und stießen verbissen auf die guten Dienste an, die wir der Gesellschaft leisteten.

Ja, wir hatten tatsächlich einen wertvollen Beitrag geleistet, daran halte ich immer noch fest, aber wir hatten auch das Leben von sechs Menschen zerstört. Und wir bekamen nicht einmal einen Goldenen Spaten dafür. Ein bisschen Blut an der Eisscholle war sozusagen alles, was zurückblieb. Ich konnte nachts nicht mehr ruhig schlafen und begann mich zu fragen, wie man wohl einst vor dem Jüngsten Gericht meine guten und meine schlechten Taten gegeneinander abwägen würde. Nicht, dass man uns Vorwürfe gemacht hätte, denn damals war »konsequenzneutraler« Journalismus groß in Mode, übrigens eine recht elegante Bemäntelung für Rücksichtslosigkeit. Man durfte keine Rücksicht auf die Folgen nehmen, weil nur die *Wahrheit* zählte! (Als ob es davon nur eine gäbe.) Freie Journalisten, die plötzlich das Gewissen plagt, können jedoch nur schwer eine Familie versorgen …

Darüber zerbrach ich mir nachmittags beim Landgang in Gold Harbour den Kopf. Wilma quasselte mehr als je zuvor, sprudelte fast über vor Begeisterung, lachte und fotografierte, aber obwohl ich mit meinen Augen alles sah, was sie mir zeigte, hatte es für mich einen schalen Beigeschmack. Ich wollte nicht mehr an diese beschissene Reportage und vor allem nicht an die »neutralen« Konsequenzen denken.

Abends beim Grog in der Bar war ich am Boden zerstört und sehnte mich nach Wilmas sonnigem Gemüt und ihrer naiven Art, mich aufzumuntern. Ich erzählte ihr die ganze Geschichte von meinem Leben als Schwertwal. Sie schwieg ziemlich lange.

»Meiner Ansicht nach hattest du keine andere Wahl«, sagte sie schließlich. »Wenn er sich nicht aufgehängt hätte, würdest du jetzt nicht hier sitzen und dir Vorwürfe machen, sondern wärst stolz auf dich.«

Ich nickte finster.

»Das konntest du nicht vorhersehen. Es ist doch deine Aufgabe, darauf zu achten, dass die Kassen sauber geführt werden. Er hätte genauso gut damit durchkommen und ein Loch in den Haushalt der Gemeinde reißen können. Bei der nächsten Kommunalwahl hätte er gewonnen, den starken Mann markiert und hintenrum alle bestochen und gegängelt. Dann hätten noch viel mehr Menschen leiden müssen.«

Ich lächelte müde, ließ aber immer noch den Kopf hängen.

»Du solltest endlich aufhören, dich mit dieser Geschichte zu martern. Betrachte es als angemessene Strafe, dass du nie einen Preis bekommen hast. Es gibt wirklich Menschen auf der Welt, die ärmer dran sind als du.«

Da hatte sie vermutlich recht. Wir ließen unsere Gläser noch einmal vollschenken und stießen miteinander an. Es ging mir tatsächlich etwas besser. Ich weiß noch, dass Wilma aufstand und wie üblich eine flammende Rede über die Klimakatastrophe hielt – die uns doch auch mit Hoffnung erfüllen könne, weil sie uns die Chance zu einem Neuanfang biete. Wenn wir gezwungenermaßen zur Vernunft kämen, könnten wir Klassenschranken überwinden und endlich alle eine große Familie werden.

»Löwe und Lamm liegen friedlich nebeneinander! Du bist so niedlich.« Berauscht vom Alkohol und von plötzlicher Sympathie, schlang ich ihr die Arme um die Taille. Sie kippte mir ihr Glas über den Kopf und schrie, sie wolle gefälligst ernst genommen werden.

Tja, so vertreiben wir uns die Zeit, und ich kann für einen Augenblick vergessen, was ich vorhabe.

Alba

... der Albatros ist wieder einmal gelandet. Heute an einem Ort, den ich zu einem meiner sieben Weltwunder zähle. Wir befinden uns immer noch in Südgeorgien, der Ort heißt Salisbury Plain. Wenn ich einst in meinen letzten Zügen liege (also um meinen einhundertfünfundzwanzigsten Geburtstag), werde ich in meinen Tagträumen, abgesehen von kleinen Abstechern zur Lappenpforte in Norrland, zur weißen Wüste in Ägypten und zur Chinesischen Mauer, genau hier herumstreifen.

Als wir ankamen, schwappte das kristallklare Wasser ruhig über die blanken Steine. Wir ließen unsere Schwimmwesten am Strand liegen und wanderten zu der weiten Ebene hinauf, die in der Ferne von majestätischen, schneebedeckten Bergen umgeben ist. In kleinen Bächen lagen See-Elefanten wie Staudämme in der Strömung. Ein Männchen schleppte sich an Land und hob seinen hässlichen Kopf. Seine Vorderseite war mit wulstigen Narben und roten Wunden bedeckt – offenbar hatte er viele Jahre um seine Position gekämpft.

Einige Pelzrobben beäugten uns misstrauisch, und am Wasser spielten wunderschöne lackschwarze Seelöwen.

Zügelpinguine watschelten herum, weiter oben stand eine Kolonie von Adéliepinguinen, übrigens die einzigen Pinguine, die wirklich so aussehen, wie man sie sich vorstellt. Nur schwarz und weiß und ohne verrückte Muster oder Punkfrisuren. Kleine glattgeschliffene Steine bedeckten den Boden, eine Art Seetang, der sich Kelp nennt, ringelte sich am Wasser entlang, und auf den Hängen wuchs Tussockgras und Haargras. Hier und da entdeckte ich schöne große Schneckenhäuser und winzige Blumen, die ich noch nie gesehen hatte.

Doch eins meiner sieben Weltwunder ist dieser Ort aus einem anderen Grund.

Auf der Ebene von Salisbury gibt es eine Kolonie von vierhunderttausend Königspinguinen mit Kindern. Gestank und Lärm sind unvorstellbar, aber daran gewöhnt man sich schnell.

Die Kinder von Königspinguinen sehen völlig verrückt aus. Sie sind größer oder zumindest fetter als ihre völlig entkräfteten Eltern, die sie direkt aus dem Kropf mit allem Essbaren von Krill bis Fisch füttern. Sie sind von flauschigen braunen Federn bedeckt, die wie Fell aussehen, und tatsächlich hielten die ersten Entdecker sie für eine eigenständige Pinguinart. Diese Jungen waren gerade dabei, sich zu mausern, und bei einigen blitzte unter dem braunen Fell schon das schneeweiße Gefieder hervor.

Da sie noch jung sind, ist ihr Verhalten waghalsiger als das ihrer Eltern und ignorieren sie die strengen antarktischen Naturschutzregeln, die man uns orangefarbenen Geschöpfen eingetrichtert hat. Man sollte zum Beispiel immer drei Meter Abstand halten, aber die Pinguinkinder umringten uns neugierig. Eins schnappte sich sogar meinen Handschuh. Weil ihre Augen weit auseinander stehen, legen sie oft den Kopf schief, glotzen etwas blöd und geben dabei einen hellen Pfeifton von sich, der wenig Ähnlichkeit mit dem Gackern ihrer Eltern hat. Meines Erachtens klingen sie alle gleich, aber ihre Eltern kennen das Pfeifen des eigenen Sprösslings natürlich in- und auswendig und kommen gleich angewatschelt, um nachzusehen, was los ist. Die Leute zückten begeistert ihre Kameras, und die Pinguinkinder posierten willig. Ich selbst spazierte breit grinsend herum.

Kurze Zeit später sah ich ein kleines Stück entfernt einen riesigen braunen Vogel mitten in einer kleinen Gruppe von Jungen landen. Er spannte seine imposanten braunen Flügel auf, näherte sich den kleinen Pinguinen zu Fuß und jagte, trieb und schubste sie vor sich her. Die Jungen wetzten, was das Zeug hielt. Zunächst sah das sehr amüsant aus.

»Was macht der denn da?«, fragte ich Mirja neugierig.

»Das ist ein Riesensturmvogel auf der Jagd«, antwortete sie. »Er treibt die Jungvögel gnadenlos vor sich her, bis der erste vor Erschöpfung umfällt, und dann hackt er ihn zu Tode.«

Plötzlich wirkte das Spektakel gar nicht mehr lustig, aber ich muss mich davor hüten, alles mit meinem Menschenblick zu betrachten. Der Albatros in mir kann den Sturmvogel verstehen. Man muss das Futter fressen, das man kriegen kann, sonst stirbt man. Es ist sozusagen nicht persönlich gemeint.

Am Wasser lag etwas, das wie die Überreste eines Kadavers aussah. Einige Enten pickten in den Fleischfetzen herum, und Sven stand daneben und filmte. Ich sah ihm eine Weile zu.

»Drehst du einen Horrortierfilm?«, murmelte ich. »Aasfressende Mörderenten? Ich dachte immer, diese Tierchen tun so etwas nicht. Nehmt doch mit Seegras und gewöhnlicher Vogelmiere vorlieb, ihr Ungeheuer!«

Sven verpackte sorgfältig seine Videokamera.

»Diese Entenart ernährt sich von totem Fleisch«, sagte er, »und hat zu diesem Zweck über Jahrtausende Zähne entwickelt. Kein Grund, den moralischen Zeigefinger zu heben. Du isst ja auch Fleisch, obwohl deine Vorfahren wahrscheinlich friedliche Pflanzenfresser waren. Allerdings könntest du dich im Gegensatz zu diesen kleinen Enten hier mit Pflanzen begnügen, wenn du wolltest. Sie haben diese Möglichkeit nicht, weil es hier nicht genug Pflanzen gibt!«

Sven ist ebenfalls Ornithologe, aber er macht nicht so viel Aufhebens davon und flitzt nicht gleich bei jeder Lautsprecherdurchsage an Deck. Dies ist seine siebzehnte Antarktisreise. Ich habe ihn gefragt, warum er so versessen auf den Südpol ist, aber er antwortete mir, das würde ich am Ende der Reise selbst wissen. Damit könnte er recht haben. Wenn wir in den Hafen von Ushuaia einlaufen, stehe ich vielleicht auch mit dem Fernglas an Deck, obwohl die Bar voller interessanter Menschen ist, die nur darauf warten, katalogisiert zu werden.

Über die Entstehung der Unarten

Heute habe ich mehrere interessante Beobachtungen gemacht. Die erste betrifft den Riesensturmvogel. Wir haben ein Exemplar an Bord. Eine fleischfressende Ente mit Zähnen gibt es ebenfalls. Mich interessiert also die Fähigkeit, Zähne zu entwickeln, um zu überleben.

1.) Der Weißgesicht-Scheidenschnabel an Bord ist meine Kajütenkameradin Wilma. Sie ist ein liebes und optimistisches Wesen, das allen wohlgesinnt ist, sich jedoch im Laufe der Jahre Zähne zulegen musste. Das hat sie mir selbst erzählt. Im Gymnasium wurde sie gehänselt – da man sie nicht fürchten musste, wurde sie von einigen unsicheren Halbstarken schikaniert. Damals lernte sie innerhalb kurzer Zeit zu beißen und hatte wieder für eine Weile ihre Ruhe. Später fiel es ihr manchmal schwer, ihre Fähigkeit zum Kneifen und Beißen unter Kontrolle zu halten, sagt sie. Manchmal verletzt man jemanden nur, weil man die Möglichkeit dazu hat oder weil man die Aufmerksamkeit auf sich lenken möchte. Allerdings ist das wie mit dem Stachel der Biene. Wenn man ihn benutzt, schadet man sich selbst.

2.) Der Riesensturmvogel. Zuerst dachte ich, das Töten des schwächsten Glieds im Rudel käme bei allen Tierarten vor, aber es passierte etwas ganz anderes. Ein Tier einer anderen Art suchte sich gnadenlos sein Opfer unter den kleinen Pinguinen. Es jagte seine kleinen Opfer geduldig hierhin und dorthin und erschlug am Ende kaltblütig das schwächste Opfer.

Zum Riesensturmvogel der Orlowskij ernenne ich Frau Linda Borkmeyer.

Ich habe sie während der gesamten Reise beobachtet und kann nun ein Verhaltensmuster erkennen. An der armen Lisa trainiert sie ständig ihre Fähigkeit, ihre Mitmenschen zu terrorisieren. Sie kann zum Beispiel beim Mittagessen der ganzen Runde erzählen, was ihre Schwester sie gekostet hat. Nicht nur die teure Reise, sondern auch die ganze Ausstattung, »die Lisa sich natürlich überhaupt nicht leisten konnte«. Lisa starrt in ihre Suppe und murmelt, sie habe eigentlich nach Kreta gewollt, dafür habe sie nämlich genug Geld und einen Bikini besitze sie auch … Wir leiden mit ihr, und nur die dämliche kleine Brittmarie trällert: »Hast du ein Glück, dass deine Schwester so großzügig ist …«

Nun sind wir alle die Beutetiere von Riesensturmvogel Linda Borkmeyer, ihre kleinen Pinguine. Sie ist mörderisch geschickt darin, unsere Schwachpunkte zu erkennen, und treibt uns in die Ecke, bis irgendjemand unvorsichtigerweise etwas äußert, das uns wie Schweinehunde oder im besten Fall wie Waschlappen dastehen lässt.

Das hört sich dann so an:

»Meine süße kleine Wilma, hast du in deiner Kindheit viel am Daumen genuckelt?«, fragt Linda.

Wilma, erstaunt: »Nein, wieso?«

Linda rückt näher und berührt vertraulich Wilmas Hand, die gerade im Blumenkohl stochert.

»Macht Fleisch dir Schwierigkeiten? Bist du deshalb Vegetarierin?«, schmeichelt sie. »Du Ärmste … Weißt du, ich habe kürzlich gelesen, man kann Unterbisse so operieren, dass sie völlig normal aussehen … und außerdem lässt es sich dann besser kauen.«

Wilma antwortet nicht, sondern widmet sich ungerührt ihrem Gemüse. Gut gemacht, kleines Entchen. Man muss nicht immer zurückbeißen, sonst bekommen die Raubvögel erst recht Oberwasser.

Linda seufzt und wendet sich Tomas zu.

»Du bist Journalist, nicht wahr? Hast du diese Untersuchung gelesen, laut der die Leute zu Journalisten und Politikern am wenigsten Vertrauen haben? Was sagst du dazu?«

Tomas reißt sich ebenfalls zusammen, aber ich merke, dass er innerlich vor Wut kocht.

»Wie meinen Sie das? Sind Sie Politikerin?«, brummt er. Hm. Geht so.

»Hoppla, ist da jemand sauer geworden? Ich habe es doch nicht böse gemeint. Sie sind bestimmt sehr glaubwürdig.« Ihr Lachen klingt nach Bleikugeln, die auf einem Tablett aus Blech herumkullern.

Dann entdeckt sie das schwächste Pinguinkind, den armen Lelle, der seine Frau übers ganze Schiff verfolgt. Seine Gattin wirft sich jedem männlichen Wesen an den Hals und gebärdet sich wie eine läufige Hündin. Ihm bleibt gar nichts anderes übrig, als auf sie aufzupassen.

»Wo steckt denn Brittmarie schon wieder?«, flötet Linda. »Ist sie nicht bei Ihnen? Ach, dann war *sie* das vorhin auf der Brücke. So nah, wie sie neben dem Steuermann stand, konnte man das gar nicht erkennen. Offenbar hat er ihr irgendetwas beigebracht … ei, ei, ei.« Schelmisch hebt sie den Zeigefinger. »Ihre Frau ist wirklich kontaktfreudig!«

Lelle springt auf. Wäre der Stuhl nicht am Boden festgeschraubt gewesen, hätte er ihn quer durch den Raum geschleudert. Wie von der Tarantel gestochen rast er zum Oberdeck. Linda blickt sich schmunzelnd um, so etwas ist ein Festmahl für einen Riesensturmvogel.

Neben ihr sitzt Lisa und guckt aus der Wäsche, als würde ihr täglich bei lebendigem Leib die Leber herausgehackt.

Ansonsten sind Raubtiere an Bord rar, die freundlich nebeneinanderher watschelnden Pinguinpaare sind eindeutig in der Überzahl, und an Deck sorgt der ein oder andere Sturmvogel für einen gewissen Stil. Alle sind nett und hilfsbereit und fotografieren sich gegenseitig und geben sich Tipps gegen Seekrankheit.

Am niedlichsten sind die jungen Leute, die sich heimlich beäugen und dabei so tun, als würden sie sich gar nicht sehen. Ich habe sie bislang nicht klassifiziert, aber das kommt noch.

Wilma

Heute weckt uns – wie jeden Morgen – die fröhliche Stimme von Magnus aus dem Lautsprecher: Einen wunderschönen guten Morgen! Und dann berichtet er von Wind, Wetter, Packeis, Abdrift und besonderen Vorkommnissen und überlegt laut, wie viele von uns wohl um fünf Uhr morgens draußen an Deck gewesen sind und den Wanderalbatros gesehen haben. Alba beweist ausnahmsweise Humor und wirft ein Buch an den Lautsprecher.

»Ich wette, dass alle außer dir und mir ihren Dienst am Fernglas geleistet haben«, murmelt sie. »Die Robbenjungs standen wahrscheinlich geschlossen an der Reling und machten sich Notizen!«

Sie bezieht sich auf ein Grüppchen älterer Herren, die diese Reise entweder zusammen angetreten oder sich hier gesucht und gefunden haben. Sie interessieren sich für alles, was mit Vögeln zu tun hat, und sind auf diesem Gebiet äußerst bewandert. Erhitzt vor Glück tauschen sie ihre Beobachtungen aus und machen sich den ganzen Tag Notizen, gestikulieren und geben sich Hinweise. Alba nennt sie Robbenjungs, weil sie ihrer Ansicht nach Ähnlichkeit mit diesen Tieren haben – grau, schwer zu unterscheiden und selten in geschlossenen Räumen anzutreffen … Sven, unser Schiffsarzt, ist in seiner Freizeit auch meistens ein Robbenjunge. Ich glaube, Alba ist ein bisschen eifersüchtig auf die Delphine, die rings um unser Schiff tauchen, und die Vögel, die ihnen hinterherfliegen. Es wäre ihr wahrscheinlich lieber, wenn Sven gemütlich mit ihr in der Bar hocken würde.

Die Robbenjungs werden an Deck oft von einem kleinen Weibchenschwarm verfolgt. Besser gesagt, von zwei Weibchen. Es handelt sich um zwei Damen im gleichen Alter, die Ulla und Margareta heißen. Sie brauchen dauernd Hilfe bei der Einstellung ihrer Ferngläser oder beim Justieren ihrer Kameras. Ab und zu zeigen sie entzückt auf einen Vogel und kreischen: »Oh! Ein Albatros!«

Dann sagt einer der Robbenjungs: »Das ist ein Schneesturmvogel«, lächelt fürsorglich und hilft ihnen, den Vogel korrekt in die Liste einzutragen.

Einer der Robbenjungs sieht von hinten genauso aus wie mein Papa. Graue Zotteln, breiter Rücken in kariertem Hemd, Hosenträger und eine hässliche Strickmütze. Jedes Mal, wenn ich an ihm vorbeigehe, zucke ich zusammen. Mein Vater ist nämlich schon seit fast einem Jahr tot. Sonst hätte ich mir diese Reise gar nicht leisten können.

Ich hatte ein enges Verhältnis zu meinem Vater. Meine Mutter gab mir den Namen Wilma nach Wilma Rudolph, einer begnadeten schwarzen Läuferin aus den Sechzigern. Sie schaffte es gerade noch, mir beizubringen, wie man sicher auf zwei Beinen geht und in die Luft springt. So wie Kinder das eben machen. Dann verließ sie uns wegen eines guten Jobs in der Nähe von

Uppsala und wurde dort von einem Bus überfahren. Nach einer Woche im Krankenhaus starb sie. Eigentlich hätten wir ihr zwei Monate später nach Uppsala folgen sollen, das war der Plan gewesen. Aber da sie nun tot war, schien es keinen Sinn mehr zu haben, jedenfalls fand mein Vater das. Wir blieben also in unserem kleinen Haus in Bergslagen, einem Dorf mit nur fünf Haushalten. Mein Vater war nach einem Unfall an der Motorsäge invalide und frühpensioniert, und ich bekam eine kleine Halbwaisenrente. Jeden Tag hatte ich drei Stunden Fahrzeit zur Schule in der Kreisstadt und wieder zurück.

Solange ich mich noch an die Stimme und die Hände meiner Mutter erinnern konnte, vermisste ich sie, aber dann verschwand sie immer mehr aus meinem Gedächtnis und war nur noch das Foto im silbernen Bilderrahmen. Mein Vater nannte mich fortan nur noch Wilmer und behandelte mich wie den Sohn, den er nie hatte. Es funktionierte ausgezeichnet. Erst als ich zur Schule kam und die anderen Jungs mich nicht mitspielen ließen, begriff ich, dass irgendwo ein Irrtum vorlag. Da mein Vater mir beigebracht hatte, mit dem Luftgewehr zu schießen, und ich einen zahmen Fuchs besaß, akzeptierten mich die Jungs nach einer Weile. Die Mädchen nannten mich wegen meiner Haarfarbe Fuchs. Mit ihnen verstand ich mich auch nicht schlecht. Sie mochten mein Haustier, das ich auf den Namen Ville getauft hatte. Ich glaube, meine Kindheit war einigermaßen glücklich, aber mit der Pubertät wurde es schwieriger. Mit wem sollte ich zu den Schulfeten gehen? Meine besten Freunde waren Jungs, und die Mädchen konnten so viele Dinge, die mein Vater mir nie beigebracht hatte, die man für Schulfeten aber unbedingt können musste. Sie wussten alles über Knutschflecke, Taschentücher im Büstenhalter und den Gebrauch von Wimperntusche, Abdeckstift und Lipgloss. Ich hatte natürlich auch darüber gelesen, aber was in den Frauenzeitschriften stand, schien überhaupt nichts mit mir zu tun zu haben.

Dann verliebte ich mich plötzlich in Jonas, meinen besten Freund. Ich kapierte überhaupt nicht, was los war. Er auch nicht. Ständig wollte ich mit ihm zusammen sein, und zunächst hatte er auch nichts dagegen. Doch als ich ihn eines Tages bei ihm zu Hause Hals über Kopf küsste, packte ihn das Entsetzen. Ich stand vor ihm und drehte meinen Kopf in alle möglichen Richtungen, damit die Nase nicht im Weg war. Er raste in die Küche und machte Kaba, und dann sagte er, ich solle jetzt besser gehen, weil er eine Probefahrt mit dem Mofa seines Bruders machen wolle. Ich ging nach Hause, und danach war es zwischen uns nie wieder so wie vorher. Unsere Freundschaft wurde ungemütlich, und vor dem Abitur grüßten wir uns kaum noch.

Ich konnte nicht verstehen, warum es für mich so schwer war, jemanden zu finden. Andere hatten doch auch nicht solche Schwierigkeiten. Ich wusste zwar, dass ich nicht so hübsch wie die Mädchen in den Zeitschriften aussah, an meinem Kinn gab es nun mal nichts zu rütteln, aber viele meiner Freunde waren noch hässlicher als ich und hatten auch mehr Pickel.

Mit meinem Vater konnte ich darüber nicht reden, er brummte und hüstelte und schien fast böse zu werden, wenn es ihm zu weiblich wurde. So wie bei meiner ersten Regel. Ungeküsst durchlief ich das Gymnasium, durfte aber sowohl in den Cliquen der Jungs als auch bei den Mädchen dabei sein. Ich bezahlte dafür, indem ich immer fröhlich war, Witze machte und alles hinnahm. Wenn die Mädchen tanzten, passte ich auf ihre Handtaschen auf und ich stand Wache, wenn die Jungs klauten. Ich hatte das Gefühl, gebraucht zu werden. Abends fuhr ich mit dem Bus zurück in mein Dorf.

»Hallo, Wilmer!«, rief mein Vater. »Wollen wir heute Abend zur Mülldeponie gehen und Ratten jagen?«

Mein Vater und ich funktionierten ganz gut zusammen. Alles war unkompliziert, weil wir so aneinander gewöhnt waren. Nach der Schule machte ich alles Mögliche. Eine Zeitlang arbeitete ich in der Taxizentrale, dann war ich Landschaftspflegerin, und im Sommer half ich, den Wald aufzuforsten. Ich tat es, um die kümmerliche Rente meines Vaters aufzubessern, aber ich weiß nicht, ob er das überhaupt merkte. Er wurde immer kränklicher und zog sich immer mehr in seine eigene Welt zurück, wo er tagelang sitzen und alte Kreuzworträtsel lösen konnte, die er schon einmal gelöst hatte – er schrieb immer ganz zart mit Bleistift, so dass er die Schrift wieder ausradieren konnte. Er hackte mehr Holz, als wir jemals hätten verbrauchen können, stapelte die Scheite zu perfekten runden Türmen hinterm Haus und zog eine Persenning darüber. Im offenen Kamin machten wir allerdings fast nie Feuer. Außerdem wollte er immer Pferderennen gucken. Dann saß er in seinem abgewetzten alten Plüschsessel mit dem zerschlissenen Muster und knetete seinen Wettschein. Ich saß meistens neben ihm auf einem alten Autositz, den er aus einem Schrottwagen ausgebaut und ins Haus geschleppt hatte.

Es wurde einfach zu trostlos. Ich war so einsam. Der Fuchs war seit Jahren tot, und die Hunde meines Vaters waren für die Jagd abgerichtet, lebten im Zwinger und leisteten mir wenig Gesellschaft. Weil im Wald der Empfang schlecht ist, funktionierte nicht einmal der Fernseher besonders gut. Ich hatte mit dem Lesen angefangen und begriffen, dass ich mich in der Welt umsehen musste, wenn ich nicht eingehen wollte wie eine Primel.

Ich ging nach Uppsala an die Pädagogische Hochschule und verlebte dort einige sehr lehrreiche Jahre. Jedes zweite Wochenende fuhr ich nach Hause zu meinem Vater.

Ich wohnte im Studentenwohnheim und kam mit den meisten anderen Bewohnern gut zurecht. Da ich gelernt hatte, schwarzen Humor und Zynismus geschickt einzusetzen, hielten die anderen mich für eine Intellektuelle. Das war ich zwar nicht, aber das merkte keiner. Meine engsten Freunde studierten Medizin, Meeresbiologie und Volkswirtschaft. Manchmal las ich zufällig gerade einen Roman, wenn sie zu Besuch kamen, und dann reagierten sie fast ehrfürchtig; ich studiere doch Mathematik und müsse doch gar keine ... Hin und wieder polierte ich mein Image auf, indem ich mir in studentischen Filmclubs völlig unverständliche Filme ansah und anschließend in irgendeinem Café darüber diskutierte. Im Secondhandladen stattete ich mich mit den seltsamsten Klamotten aus und wurde Mitglied bei Greenpeace.

Meine Unschuld wurde mir von einer Frau genommen, aber dieses Erlebnis war längst nicht so traumatisch, wie man annehmen könnte. Sie war lieb, geduldig und sehr geschickt, wenn man das so sagen darf, und führte mich in die Liebe ein, so gut sie konnte. Eines Tages seufzte sie allerdings, sie fürchte, ich sei gar nicht so richtig lesbisch. Sie machte mit mir Schluss, und ich weinte verzweifelt, weil ich nicht lesbisch genug war, aber im Grunde ahnte ich, dass sie recht hatte. Danach verliebte ich mich in eine ganze Reihe von Jungs und Männern, von denen einige meine Gefühle zeitweise sogar erwiderten. Nichts, was Romane füllen würde, aber wenigstens bin ich keine zweiunddreißigjährige Jungfrau.

Ich arbeite jetzt seit sieben Jahren an der Heimvolkshochschule in Tallgärde. Man kann es dort aushalten, wir sind irgendwie eine große Familie, denn es ist eine sehr kleine Schule. Ich habe eine Einzimmerwohnung mit Kochnische in einem Haus, in dem mehrere Lehrerfamilien wohnen.

Die anderen Paare, ich und ein fünfundvierzigjähriger Junggeselle, der Möbeltischlerei unterrichtet, sitzen manchmal bis spät in die Nacht zusammen. Er ist der Meinung, dass wir uns zusammentun sollten, aber bislang konnte ich ihn mir vom Leib halten. Er hat so wahnsinnig viele Schuppen! Ich weiß, das hört sich an, als würde ich von head & shoulders bezahlt, aber Tatsache ist, dass ich ihm gar nicht zuhören kann, wenn er in seinem schleppenden Dialekt vor sich hinnuschelt, weil ich die ganze Zeit auf seine Schultern starre. Ich weiß, es ist oberflächlich, aber so verzweifelt bin ich noch nicht.

Plötzlich passierten zwei Dinge auf einmal. Zuerst starb mein Vater und hinterließ mir schrecklich viel Geld. Er hatte ein riesiges Stück Wald verkauft, das reif zum

Abholzen war und von dem ich gar nichts gewusst hatte. Für unser Haus, eine verfallene alte Soldatenkate von 1760, bot mir eine Familie aus Göteborg einen guten Preis. Genau in dem Moment also, als ich eine rosige Zukunft vor mir sah und nun endlich die Welt bereisen wollte, zeigten sich die ersten Symptome meiner Krankheit. Plötzlich war alles schwarz wie die Nacht.

Mit Nachtschwarz werde ich nicht fertig. Tja, fröhliche Wilma mit dem Unterbiss, was sollte nun werden? Wie viel Zeit hatte ich noch? Ich wusste es nicht. Die Ärzte konnten es mir auch nicht sagen. Ich rannte also los und kaufte aus Verzweiflung ein Ticket, das mich so weit weg bringen würde, wie es nur ging. Hier bin ich! Ziemlich ruhig, ausgeglichen und fest entschlossen, jeden schönen Moment auszukosten, der sich mir möglicherweise bietet. Bis jetzt bin ich nicht enttäuscht worden. Ich hatte überhaupt keine Erwartungen, aber diese Reise hat alle übertroffen, die ich hätte haben können. Tomas ist ein völlig unerwarteter Bonus. Mit Leuten wie ihm hatte ich nie viel Kontakt. Er ist groß, gut gebaut und auf sehr attraktive Weise ein bisschen hässlich. Falls er nicht gerade schlecht drauf ist, hat er richtig Klasse. Leider ist er das oft. Alba hat recht, er brütet irgendetwas aus. Wenn er damit eine Pause macht, ist er ein echter Gewinn. Ich könnte auch manchmal schlecht drauf sein, aber es ist irgendwie nicht meine Art. Ich bin von Kopf bis Fuß auf Lebensfreude eingestellt, koste es, was es wolle.

Allerdings wünschte ich, ich hätte nicht diese blöde Lüge von der Schwangerschaft aus dem Hut gezaubert. Für so etwas ist Tomas genau der Falsche. Wir hatten uns fast sofort in einer Art von Freundschaft eingerichtet, wie ich sie mit all meinen männlichen Kumpeln hatte, so war es am angenehmsten und bequemsten. Wer weiß, was jetzt passiert, wenn er an Vaginen, Gebärmütter (seltsame Plurale!), irgendwelche Häutchen und Brüste voller Milch und so Zeug denken muss, vor dem Männer immer Reißaus nehmen. Jedenfalls wollte mein Vater über so etwas nie reden. Es erstaunt mich übrigens, dass er es mir überhaupt abgekauft hat. Sieht er wirklich eine Frau in mir, die allein und schwanger eine strapaziöse Reise auf sich nimmt? Er findet es schon exotisch genug, dass ich an einer christlichen Heimvolkshochschule arbeite, kürzlich fragte er mich, ob ich verstoßen worden sei, weil ich gesündigt habe …

Heute Nachmittag haben wir jedenfalls einen wunderschönen Ausflug mit den Zodiacs gemacht, sind aber nicht an Land gegangen. Die Orlowskij ging in einer kleinen blaugrünen Bucht mit hohen Bergen ringsum vor Anker, ich glaube, es war Hercules Bay. Auf den Klippen wuchsen dicke Büschel Tussockgras. Es sah aus wie das Publikum eines ausverkauften Punkkonzerts, und überall auf den Hängen flitzten Pinguine auf und ab. Die meisten waren Felsenpinguine, die in einer langen Reihe Schritt für Schritt gemächlich den Berg hinaufhopsten. Es kann Stunden dauern, bis sie ihr Nest erreichen. Sie haben rote Augen und verrückte Punkfrisuren mit gelben und schwarzen Federn.

Sie sind nicht die einzigen Pinguine, die springen, aber sie tun es ohne Unterlass und irgendwie energischer als die anderen Arten. Sie pressen die Füße zusammen, schieben den Kopf mit dem spitzen Schnabel nach vorn und halten mit den Flügeln das Gleichgewicht.

Obwohl sie so klein sind, sollen sie aggressiv sein. Es wäre witzig gewesen, sie bei einem Kampf zu beobachten, aber man konnte nirgendwo an Land gehen. Wir kurvten einfach kreuz und quer durch die Bucht und bekamen ein Wunder nach dem anderen zu sehen.

Dann steuerte Bengt unser Schlauchboot direkt auf einen wunderschönen, blaugrün schimmernden Eisberg mitten in der Bucht zu. Aufgrund seiner beiden grottenartigen Öffnungen sah der Eisberg beinahe wie ein Totenkopf aus. In einem Auge stand ein Pinguin – wie eine Träne.

Das Niedlichste war ein kleines Grüppchen von Robbenjungen auf einem flachen Felsen im Wasser. Sie spielten und tollten in der Nähe des Strandes herum. Es war genau wie in einem Kindergarten, mit Kuschelecke und Toberaum.

Das Wasser war wunderschön. Es war dunkelgrün und so klar, dass man die Steine auf dem Grund sehen konnte. Es störte mich ein bisschen, dass Tomas mit mir in einem Schlauchboot saß und die ganze Zeit so finster und abwesend guckte. Auf einmal wurde ich richtig wütend auf ihn. Wenn ich mich am Leben freuen kann, wird er seine Nase doch wohl auch für einen Augenblick über den eigenen Tellerrand heben können. An einem Ort wie diesem!

Tomas

Sie ist hart zu mir, und das tut mir manchmal ganz gut, aber hin und wieder treibt sie mich auch in den Wahnsinn. Völlig entspannt saßen wir in der Bar und tranken unseren abendlichen Gin Tonic. Es war schon spät und wurde gerade dunkel. Wenn man die Nase an die verkrusteten Scheiben drückte, konnte man draußen den einen oder anderen Eisberg erkennen.

Ich hatte den ganzen Tag an die Kinder gedacht und mir vorgestellt, wie es gewesen wäre, ihnen den Robbenkindergarten und die Felsenpinguine zu zeigen, die so langsam den Berg hinaufhoppelten. Asta wäre von den verrückten gelben Punkfrisuren begeistert gewesen! Als sie fünf war, wollte sie sich die Haare grün färben …

Als ich Wilma davon erzählte, sah sie mich wortlos an. Beim dritten Drink spürte ich, wie sich meine Augen mit Tränen füllten. Sie versetzte mir einen Stoß, schnappte sich mein Glas und begann gierig zu trinken.

»Mensch, was soll …«, protestierte ich.

»In deinem Zustand kriegst du nichts mehr, mein Lieber.«

»Was soll das heißen? Ich dachte, du wärst diejenige, die sich in einem besonderen Zustand befindet.«

»Und du befindest dich in einer akuten Phase von Selbstmitleid«, sagte sie ruhig. »Da ist Alkohol gefährlich, möglicherweise sogar lebensbedrohlich. Erstes Glas: leichte Wehmut. Zweites Glas: du bekommst rote Augen, fängst an zu schniefen, krallst dir einen Bekannten und bettelst um Sympathie. Drittes Glas: du krallst dir einen Fremden, erzählst ihm deine Lebensgeschichte und verlangst Mitleid. Viertes Glas: du gehst raus an Deck, starrst ins Kielwasser und denkst, dass kein Mensch dich vermissen würde, wenn … du weißt schon. Zieh das Büßerhemd aus, Freundchen, dann bekommst du morgen wieder was zu trinken. Willst du noch einen Saft?«

Nervensäge. Sie ist der Wahrheit beängstigend nah gekommen. Was weiß sie, und was hat sie gesehen?

»Liebe Pollyanna, soll ich mir etwa sagen, ach, wie gut, dass meine Kinder nicht bei mir sind, sie würden bestimmt frieren und Angst vor den See-Elefanten haben?« Zu mehr war ich nicht in der Lage.

»Bist du dir eigentlich nie deiner eigenen Verantwortung bewusst? War es denn nicht auch deine Schuld, dass es so gelaufen ist? Davon hast du noch kein Wort gesagt. Von dir höre ich immer nur, wie gemein diese verwöhnte und anspruchsvolle Tussi zu dir war, die plötzlich ein besseres Angebot bekommen hat.«

Wilma sah mir ins Gesicht. Wenn sie mich so anguckt, habe ich immer das Gefühl, dass sie mich mit Pfeil und Bogen an die Wand nagelt. Diesem Blick entkommt man nicht, man hängt da einfach fest. Ich dachte nach.

»Ich war viel weg, das stimmt. Irgendjemand musste ja die Brötchen verdienen.« Ich merkte selbst, wie jämmerlich sich das anhörte.

»Aha, Brötchen verdienen. War das denn so schwer? Musstest du dich etwa nie rechtfertigen, weil du nach Herzenslust deiner Lieblingsbeschäftigung nachgegangen bist, anstatt den kleinen Rotzlöffeln etwas zu essen zu machen oder sie in den Kindergarten zu kutschieren?«

»Sie wollte doch mit den Kindern zu Hause sein. Außerdem wünschte sie sich noch mehr Kinder – im Gegensatz zu mir.«

Wilma trank mein Glas aus und wischte sich den Mund ab. Ihr Kind wird als Erstes nach Alkohol krähen.

»Du warst also viel weg, weil es nicht anders ging. Noch etwas? Worüber habt ihr euch zum Beispiel gestritten?«

»Wir haben uns fast nie gestritten, und das war mein Verdienst, jawohl! Ich habe mich zurückgehalten. Meine Güte, wie oft musste ich es mir verkneifen, sie anzuschnauzen oder einen ironischen Kommentar abzugeben, wenn sie wieder etwas Dämliches gesagt hatte.«

»Was meinst du mit ›zurückgehalten‹?«

»Nehmen wir zum Beispiel das Thema Bücher. Sie las nicht viel, aber wenn, dann wollte sie beim Essen unbedingt darüber reden, tagelang! Schundromane, richtige Chick Lit. Immer so ein Mist über ein armes Mädchen, das zuerst ein bisschen hässlich war, dann ein bisschen schön wurde; dann kam irgendein übler Schuft oder ein Drachen von einer Frau daher und stürzte sie ins Unglück. Am Ende taucht ein netter Kerl mit blauen Augen auf und bringt alles wieder in Ordnung. Sie bekommt ihre Rache, teure Markenklamotten und ganz viel Liebe, vor allem von dem Mann mit den blauen Augen. Immer das gleiche Strickmuster. Sanna war wohl der Ansicht, ich müsste auf dem Laufenden gehalten werden, bis sie das Buch durchgelesen hatte. Habe ich dazu jemals etwas Kritisches gesagt? Nein, ich hielt meinen Mund, nickte hin und wieder und murmelte leise: *hach, wie interessant.*«

»Habt ihr euch über andere Dinge gestritten? Kindererziehung? Politik?«

»Politik, mein Gott, ja ... Aber über Kindererziehung nicht. Sie fragte mich nie nach meiner Meinung, und mir war ja klar, dass sie die Kinder besser kannte als ich. Manchmal fand ich sie so ekelhaft politisch korrekt, die Kinder durften dies und jenes nicht essen. Manchmal steckte ich ihnen heimlich eine Tafel Schokolade zu. Soweit ich mich erinnern kann, hat sie dazu nie etwas gesagt.«

Sie kritzelte etwas auf ihre Serviette.

»Was machst du da? Legst du eine Karteikarte an?«

Sie beachtete mich nicht.

»Sprich weiter. Was hast du über Politik gesagt?«

»Also, dieses Thema war bei uns tabu. Ich bin immer ein politisch interessierter Mensch gewesen, das muss ich in meinem Beruf ja auch sein, ich verfolgte jeden Tag die Meldungen von drei oder vier internationalen Nachrichtenagenturen und war über Debatten in den Medien immer voll auf dem Laufenden, ich gehörte schließlich dazu! Mein eigener politischer Standpunkt war ziemlich radikal, sie dagegen wählte – die Volkspartei! Meine Güte, die Volkspartei! Sie wollte ständig über mehr Wettbewerb im Gesundheitssystem, mehr Privatschulen und das Ende der Schonzeit für die Öffentlich-Rechtlichen reden ...«

»Gab es denn nie Streit, wenn ihr so verschieden wart?«

»Nein, das habe ich immer verhindert. Ich ließ sie plappern. Wenn ich es partout nicht mehr aushielt, murmelte ich: *Ach, Liebling, du weißt doch, dass wir in diesem Punkt unterschiedlicher Meinung sind, reden wir über etwas anderes!*«

»Was hat sie da gesagt?«

»Weiß ich nicht mehr. Doch, ich erinnere mich dunkel, dass sie sauer wurde und mit den Türen knallte. Sie wollte immer recht behalten.«

Sie notierte noch etwas. Dann stand sie auf.

»Und nun? Gehst du etwa? Stellst du keine Diagnose?«

Sie lächelte.

»Die lässt sich in einem Satz zusammenfassen: Erinnere mich daran, dass ich niemals einen Typen wie dich heirate!«

Ich starrte sie an.

»Hör auf, Wilma. Ist es nicht ein bisschen abgedroschen, immer den Männern die Schuld in die Schuhe zu schieben?«

»Das tue ich gar nicht. Ich habe es nicht auf die Männer abgesehen, sondern auf dich persönlich! Stell dir vor, du wärst mit jemandem verheiratet, der dich eines Gespräches nicht für würdig erachtet! Glaubst du, sie hätte nicht kapiert, was du von ihren Lektürevorlieben hieltst? Du hast wahrscheinlich deinen Proust durchgeackert, aber für Prousts gesammelte Werke finden junge Mütter nie die Zeit, falls ich das so sagen darf. Trotzdem hat sie immer wieder versucht, sich mit dir über Bücher zu unterhalten. Sie wusste nämlich, dass du dich für Literatur interessierst. In meinen Augen ist sie eine Heldin!«

»Wählst du auch die Volkspartei?«

Nun wurde sie sauer, setzte sich wieder hin und starrte mich an wie der Mungo die Kobra.

»Auf die Kindererziehung hast du komplett geschissen, deine einzige Leistung bestand darin, ihre Bemühungen zu sabotieren. Und Politik! Begreifst du wirklich nicht, dass sie jedes Mal, wenn du sagtest: *Liebling, lass uns nicht über Politik reden*, merkte, für wie beschränkt du sie hieltst? Du hattest die Weisheit mit Löffeln gefressen und warst immer auf dem Laufenden! Ich an ihrer Stelle wäre vermutlich einer rechtsradikalen Partei beigetreten. Ich hätte mir eine Glatze rasieren und einen Totenkopf auf die Stirn tätowieren lassen, und dann hätte ich dir die Kinder in den Arm gedrückt und die Tür hinter mir zugeschlagen!«

Sie klopfte mir leicht auf den Kopf.

»Aber das war natürlich alles nicht deine Schuld. Denn du hattest ja keine Ahnung, oder wie?«

Die Orlowskij neigte sich ein wenig zur Seite. Eine kräftige Welle spritzte gegen die Fensterscheiben der Bar und warf mich beinahe auf ihren Schoß, doch ich konnte mich gerade noch an den Haltegriff klammern. Mein leeres Glas strandete an der Tischkante.

»Wo gehst du hin?«, fragte ich leicht beschämt.

»Auf die Brücke. Ich habe genug von deinen Ansichten, ich brauche jetzt eine vernünftige Aussicht.«

Es lässt sich nicht bestreiten, dass ich ziemlich verstört war.

Kabine 502, Jansson, Lennart - Jansson, Brittmarie

Seit heute weiß ich, wie ich es anstellen werde.

Die Idee kam mir plötzlich, als ich mich in den Zodiac gesetzt hatte und beobachtete, wie Brittmarie einstieg. Sie stand auf der kleinen Plattform ganz unten an der Leiter und reichte dem russischen Besatzungsmitglied ihren Arm. Er war ein Riesenkerl, der den Troyer bis zu den Ellbogen hochgekrempelt hatte, damit man seine dicken Popeye-Muskeln besser sah. Sie hielten einander so fest, wie man es uns beigebracht hatte, und dabei sah sie ihm verführerisch lächelnd in die Augen – gleichzeitig reichte sie Bengt den anderen Arm, und dann blickte sie langsam zwischen beiden hin und her. Es sah aus wie ein Tanz, eine Art Tango für drei, es fehlte nur noch die Rose zwischen ihren Zähnen. Die wird sie sich auf der Heimreise in Buenos Aires auch noch besorgen – nein, verdammt, wenn mein Plan funktioniert, wird sie auf der Rückfahrt nicht dabei sein.

Ich stelle es mir folgendermaßen vor:

Es hat mit diesen Plättchen zu tun. Wenn wir das nächste Mal an Land gehen, drehe ich ihres wieder um, bevor wir zu den Zodiacs gehen. Das fällt nicht auf, niemand kennt die Nummern der anderen auswendig. Dann spazieren wir ein bisschen herum und gucken uns die armen Kreaturen an, und dann führe ich sie einen Hügel hinauf, wo keine anderen Leute sind, ziehe sie hinter eine Klippe und behaupte, ich wolle ihr etwas zeigen. Sie wird albern kichern und denken, ich meinte mein bestes Stück. Dann nehme ich einen Stein und schlage gerade so fest zu, dass sie einschläft. Ich schmuggle ihre Schwimmweste in meinen Rucksack, so dass am Strand nichts mehr liegt. Wenn ich wieder an Bord gehe, wird sich keiner wundern, warum wir nicht zusammen kommen, weil wir das hier sowieso noch nie getan haben! Sie hängt ja immer am Arm von diesem Bengt und stellt blöde Fragen, obwohl diese Dinge sie eigentlich gar nicht interessieren, oder sie tippelt zu einem Vogelgucker und bittet zuckersüß, ob sie mal sein Fernrohr ausleihen dürfe. So geht das den ganzen Tag. Wir landen ständig in verschiedenen Zodiacs. Als ich sie darauf aufmerksam machte und sagte, ich hätte lieber den Hund mitnehmen sollen, antwortete sie nur: »Mann, hast du eine miese Laune! Beschäftige dich doch lieber mit der hiesigen Tierwelt, dann bekommt unsereiner auch mal ein freundliches Gesicht zu sehen.«

Verfluchter Mist, ich habe mich doch für diese Reise entschieden, weil einem hier wenigstens die haarigen Strandgigolos mit den Goldkettchen erspart bleiben … mit denen sie sich in unseren bisherigen Urlauben immer umgeben hat. Dieses Jahr hat sie gejammert, sie wolle auch mal an einen besonderen Ort fahren. Das Mittelmeer und Thailand hatten wir bereits abgegrast, doch genau wie in Florida oder Kuba gab es dort überall diese dämlichen Gigolos am Strand. Manchmal sind es auch die Barkeeper, Tischnachbarn oder Ladenbesitzer, da ist sie nicht wählerisch. Tischnachbarn treten jedoch oft zu zweit auf, und die Ehefrauen sind meistens auf meiner Seite, wenn ich Brittmarie gewaltsam davonschleife, bevor sie ihre Balzrufe allzu laut und brünstig herausblökt.

Mit ihr an den Strand zu gehen ist eine Qual. Ich wette,

sie hat sich von unserem Hund abgeschaut, wie man sich verhält, wenn man läufig ist. Ständig wedelt ein Schwanz hinter uns her, doch sie behauptet, ich bildete mir das nur ein, es sei reiner Zufall, dass die ganzen behaarten Kraftprotze in dieselbe Richtung müssen wie wir … Dann lacht sie aus tiefer Kehle.

Ich habe mir bereits vorgestellt, sie in Florida zu ersäufen, sie in einer Tropfsteinhöhle auf Malle auszusetzen oder von Kretas steilen Klippen zu stoßen … Allerdings ist die passende Gelegenheit noch nicht gekommen, weil ich keine Lust habe, in den Knast zu wandern. Aber jetzt!

Wo war ich stehengeblieben? Ich komme also von diesem Hügel zurück, gehe an Bord, und niemand fragt sich, wo sie ist, weil ihr Plättchen richtig herum hängt und am Strand keine Schwimmweste liegt. Das bedeutet, sie muss sich auf dem Schiff befinden. Unsere Reiseleiter überprüfen es, bevor wir wieder ablegen. Während des Abendessens wird niemand sie vermissen, weil es zwei Speisesäle gibt, die Leute werden einfach davon ausgehen, dass sie sich im anderen befindet. Man beachte, sie sitzt die ganze Zeit an Land fest und hat außer den Pinguinen und dem ein oder anderen See-Elefanten niemanden mehr zum Anbaggern. Allerdings bin ich todsicher, dass sie Letzteren schöne Augen machen wird. Diese Kaliber sind ganz nach ihrem Geschmack …

Diesen Strand wird so bald kein Mensch mehr betreten. Magnus sagte, wir seien das erste Schiff in dieser Saison und die nächste Gruppe komme erst in einigen Tagen. Bis dahin sind wir weit weg.

Am Abend werden wir den Anker lichten, Südgeorgien verlassen und uns auf den Weg in die wirkliche Antarktis machen. Das bedeutet mehrere Tage auf offener See. Wenn wir Dutzende von Kilometern vom Land entfernt sind, also am nächsten Mor-

gen, gehe ich entweder zu Bengt oder zu dieser süßen kleinen Mirja und teile ihnen mit hängendem Kopf mit, meine Frau habe heute Nacht nicht in ihrem Bett geschlafen und nun könne ich sie nirgends finden. Sie sei gestern Abend gar nicht in die Kabine zurückgekehrt. Die sind natürlich nicht auf den Kopf gefallen und wissen, dass sie theoretisch in jedem Bett übernachtet haben kann. Man leitet eine diskrete Suchaktion ein. Gegen Mittag steht fest, dass sie sich nicht an Bord befindet. Und da sie nach dem Ausflug auf dem Schiff gewesen sein muss, muss sie nachts irgendwie über Bord gegangen sein! Die Aufregung ist groß, doch was soll man tun? Eine Person, die ins Meer gefallen ist oder hineingeworfen wurde, kann man nicht wiederfinden! Ich Ärmster ringe die Hände und trauere, Mirja tröstet mich, so gut sie kann, und Polizei gibt es erst wieder in Feuerland.

Drei Stunden später

So ein verfluchter Mist! Ich sollte mir endlich angewöhnen, die Broschüren zu lesen, die jeden Morgen an uns verteilt werden. Darin steht unter anderem, welche Ausflüge wir tagsüber unternehmen. Es hieß, wir fahren nach Grytviken. Das sagte mir gar nichts. Ich drehte unsere beiden Plättchen um und stellte mich darauf ein, meiner Ehehölle endlich ein Ende zu bereiten – und dann gingen wir am einzigen bewohnten Ort in ganz Südgeorgien an Land! Ein Postamt, ein Museum, ein Souvenirladen, eine Forschungsstation und der Teufel samt seiner Großmutter! Und wer klebte im Souvenirladen an meiner Seite und zwitscherte mir von goldenen Pinguinohrringen die Ohren voll? Wer kaufte mir eine absolut lächerliche Pinguinkappe mit Schnabel? Mit meiner eigenen Kreditkarte? Wer zwang mich, sie auch noch aufzusetzen und mich vor allen Mitreisenden zum Affen zu machen?

Als wir an Bord gingen, veranstaltete sie einen Mordswirbel, weil ihr Plättchen bereits auf »an Bord« gedreht war. Sie war umringt von Menschen, die sie laut krakeelen hörten, sie wisse ganz genau, dass sie das Plättchen heute Morgen umgedreht habe. Das sei ja entsetzlich! Wenn die Leute die falschen Plättchen umdrehten, könne ja Gott weiß was passieren! Damit war mein Plan geplatzt. Noch einmal kann ich ihr Plättchen nicht unbemerkt umdrehen.

Am Abend kam ein englischer Beamter an Bord, um unsere Pässe zu kontrollieren. Pässe! Am Südpol! Er war groß, gutaussehend, blond und blauäugig und trug eine Marineuniform mit goldenen Epauletten. Er berichtete von spannenden Begegnungen mit See-Elefanten, lächelte verschämt und erzählte, einer habe ihn mal in den Hintern gebissen.

Dreimal dürfen Sie raten, wer mit großem Augenaufschlag fragte, ob man die Narbe mal sehen dürfe …

Alba

Eine der seltsamsten Personen an Bord der Orlowskij ist eine junge Frau namens Carola Spanderman. Ich wollte sie in meiner persönlichen Fauna aufführen, habe mir aber an der Bestimmung ihrer Art bislang die Zähne ausgebissen.

Carola Spanderman ist ein äußerst moderner Mensch, sie geht, wie man so schön sagt, mit der Zeit. Sie gibt einem fest die Hand, strahlt einen mit blendend weißen Zähnen an, die höchstwahrscheinlich ihre eigenen sind, und sagt laut und deutlich: Spander-man! Gestern Abend saßen wir nach dem Essen ein Weilchen zusammen in der Bar und haben uns unterhalten, das heißt, sie hat die Unterhaltung bestritten. Ich glaube, sie meinte es gut, sie denkt wohl, so alte Damen wie ich hätten eigentlich gar kein Leben, zumindest keins, das der Erwähnung wert wäre. Ich ließ sie reden.

Es stellte sich heraus, dass Carola Spanderman eine einstmals erfolgreiche Marketingfrau ist, die den Schritt in die Selbständigkeit gewagt hat. Allerdings hat sie keine eigene Werbeagentur gegründet, sondern beschlossen, mit einer Erfindung ihres Bruders ein Vermögen zu verdienen. Es handelt sich um ein energiesparendes Bügeleisen mit aufladbarem Akku, das (O-Ton Spanderman) so pfiffig konstruiert ist, dass man damit stundenlang bügeln kann. Außerdem kann man es zu einem sehr kleinen Würfel zusammenklappen. Ein Ladegerät liegt bei.

»Das bedeutet«, sagte Carola Spanderman, »dass man im ganzen Haus bügeln kann. Wo man will! Vor dem Fernseher, im Kinderzimmer oder in der Küche. Und niemand stolpert über ein Kabel. Am meisten Nutzen hat man davon natürlich auf Reisen. Es steht wahrlich nicht in allen Hotelzimmern auf der Welt ein Bügeleisen zur Verfügung!«

»Ja, aber es gibt doch Reisebügeleisen«, wandte ich ein. In meiner Jugend habe ich selbst so eins besessen. Später habe ich das Bügeln eingestellt.

Sie rümpfte die Nase.

»Ein lächerliches kleines Reisebügeleisen! Wenn man damit eine Tischdecke bügeln will, braucht man eine Woche! Und nur ein ganz kurzes Kabel! Da ist man doch total eingeschränkt!«

Ich verkniff mir die Bemerkung, dass nur wenige Menschen ihre Tischdecken mit auf die Reise nehmen und dass man mit Kleidungsstücken, die gebügelt werden müssen, ebenfalls sehr eingeschränkt ist, und nickte nachdenklich.

»Sie glauben mir vielleicht nicht, aber ich werde es Ihnen zeigen!«

»Tatsächlich?«, fragte ich. »Haben Sie etwa ein Bügeleisen in die Antarktis mitgebracht?«

Nun strahlte sie übers ganze Gesicht.

»Ja, und zwar dieses! Es heißt Pfiffikus – verstehen Sie? Pfiffikus wie ...«

»Pfiffig«, fügte ich hinzu. »Schon klar. Sie haben also eins dabei?«

»Bei den vielen neuen Haushaltswaren, die ständig auf den Markt kommen, ist es eben nicht leicht, sich bemerkbar zu machen. Pfiffikus soll auf einzigartige Weise vermarktet werden! Wir starten unsere Kampagne im Frühjahr.« Sie lehnte sich nach vorn und flüsterte: »Ich werde zeigen, wie praktisch es selbst unter den widrigsten Umständen ist! Ich werde …«, sie breitete die Arme aus, als wolle sie laut tatatataaa rufen, »… ich werde auf einer Eisscholle stehen und bügeln! Im Serengetipark in Kenia war ich schon. Dort habe ich mit einem Löwenrudel im Hintergrund gebügelt. Im Februar fahre ich nach Moskau, wo ich auf dem Roten Platz bügeln möchte.«

»Hm … apropos widrige Umstände«, sagte ich. »Sie planen nicht zufällig eine Reise nach Bagdad? Dort im Bombenhagel zu bügeln erregt mit Sicherheit viel Aufmerksamkeit.«

Ich hätte mich am liebsten in den Hintern gebissen. Wie niederträchtig von mir und so überflüssig! Warum gönnte ich dem Mädel nicht einfach ihren Marketingzauber, obwohl ich persönlich Ausschlag bekomme, wenn Leute die Welt nur als Hintergrund für eine Werbekampagne betrachten. Wozu sollte ich mich mit einer freundlichen Mitreisenden zanken?

Doch sie sagte nur bekümmert: »Daran habe ich auch gedacht, als ich die Kampagne entwarf. Es muss wirklich spannend sein, eine amerikanische Kompanie zu begleiten, sozusagen als ›embedded‹ Bügeleisen. Aber die Versicherung war dagegen.«

Ich nickte. Puh. Sie erzählte weiter von ihrer Kampagne, lächelte ein gewinnendes Lächeln, beugte sich hin und wieder zu mir, sprach mich mit meinem Vornamen an und verhielt sich insgesamt so, wie man es wohl in diesen Seminaren über Kundenkontakt lernt. Jedes Mal, wenn sie sagte: »Verstehen Sie, meine Liebe«, zuckte ich vor Schreck zusammen. Sie konnte ja nicht wissen, dass ich diese falsche Vertraulichkeit von allen modernen Verkaufsmethoden am meisten hasse. »Dieses Angebot gilt nur für Sie, Alba Cecilia! Sie, Alba Cecilia, haben bereits eine Million gewonnen. Jetzt brauchen Sie nur noch …« und so weiter und so fort.

Plötzlich winkte Carola Spanderman wie eine Wilde einem jungen Mann zu, der sich gerade einen Kräutertee bestellte.

»Oh, hallo Pelle!«, rief sie mit ihrer hellen Stimme. »Entschuldigen Sie mich bitte, Alba. Pelle wird mich auf der Eisscholle fotografieren. Haben Sie seine tollen Bilder schon gesehen? Irina, die Kellnerin, leiht mir ein Bügelbrett. Meins ist leider auf dem Flug verschwunden.«

Sie sprang auf und setzte sich zu einem der Vogelgucker, einem jungen Mann mit großem Adamsapfel und dünnen blonden Haaren, der sie bewundernd anschmachtete.

Im Grunde fand ich sie auch ganz niedlich. So jung, voller Elan und von ihrer Sache überzeugt. Pfiffikus würde bestimmt ein Riesenerfolg.

Aber welcher Art gehörte sie an? Ging es um Marketing? Darin sind Tiere ja Profis, sie senden sexuelle Signale oder schrecken ihre Feinde ab. Allerdings würden

Tiere nie auf die Idee kommen, nutzlose Gegenstände feilzubieten.

Ich brauchte mehrere Tage, um Carola zu klassifizieren. Es gelang mir erst, nachdem ich sie und Pelle genauer beobachtet hatte. Am Nachmittag legten wir in Grytviken an. Die anderen spazierten zwischen der weißen Holzkirche, der kleinen Post – wo sie voller Begeisterung Ansichtskarten mit Antarktisstempel verschickten – und dem Museum mit den Utensilien aus der Zeit des Walfangs umher, doch ich hatte mich ein wenig abgesondert.

Carola Spanderman und Pelle sind ebenfalls Wanderalbatrosse, befinden sich aber in einer anderen Phase als ich. Sie sind auf Brautschau. Ich hätte die beiden auch im Kapitel über spiegelbildliches Verhalten erwähnen können. Pinguine führen einen Tanz auf, bei dem sie sich dauernd verbeugen und ihrem Partner alles nachmachen, aber der Paarungstanz der Wanderalbatrosse verlangt nach besonderer Aufmerksamkeit. Vor einigen Tagen durfte ich ihn zwischen Büscheln von Tussockgras und Haargras auf einem Hügel beobachten.

Die beiden riesigen und geschmeidigen Vögel standen einander mit ausgebreiteten Flügeln gegenüber und stupsten und küssten sich sanft und vorsichtig mit den Schnäbeln. Ich hielt wie verzaubert inne und betrachtete sie so ehrfürchtig, dass ich nicht einmal ein Foto schoss. Die anderen machte ich auch nicht auf die Tiere aufmerksam, sonst wären sie nach kurzer Zeit von einem Rudel Naturpaparazzi umgeben gewesen.

In Grytviken standen sich dann plötzlich diese beiden menschlichen Albatrosse inmitten von orangefarbenen Touristen, dicken See-Elefanten, die sich über die asphaltierten Straßen schleppten, britischen Zollbeamten, Pinguinen und Sturmvögeln gegenüber, vollführten ihren Paarungstanz und nahmen ihre Umgebung überhaupt nicht mehr wahr. Sie sind beide groß und bewegen sich auf elegante Weise. Carola wagte den ersten Schritt, ging auf Pelle zu und pflückte einen imaginären Fussel von seinem Anorak. Im ersten Moment schreckte er zurück, doch dann marschierte er mutig los und strich ihren Kameragurt glatt. So schritten sie aufeinander zu und voneinander weg, immer mit irgendeinem erfundenen Beweggrund, damit sie sich mit Worten und Blicken liebkosen konnten. Da sie keine Schnäbel hatten, um sich zu stupsen, unterhielten sie sich. Hätte ich verstehen können, was sie sagten, hätte ich wohl nie die Choreographie oder Körpersprache in ihrem Balztanz bemerkt, sondern einfach zugehört. Wahrscheinlich klang es nicht romantischer als »Huch, du hast ja Vogelscheiße auf der Schulter« oder »Pass auf, dass dein Kameragurt nicht hinunterrutscht«, aber ihr Tanz entlarvte sie.

Ich frage mich, ob die beiden auf dieser Reise überhaupt zum Zuge kommen werden. Er wirkt so unerfahren und daher so passiv, und sie hat nur ihr Bügeleisen im Kopf. Viel Glück!

Über die Entstehung der Unarten

Beobachtung in Grytviken

1.) Genau wie im Tierreich ist es auch unter Menschen wichtig, Körpersprache und Verhalten zu studieren und sich nicht von Worten in die Irre führen zu lassen. Tiere sind unverstellt, Menschen dagegen verbergen ihre Gefühle hinter verbalen Nebelschwaden.

2.) Ein Paarungstanz zwischen zwei ausgewachsenen Individuen ist wunderschön und rührend anzusehen. (Das gilt sowohl für Menschen als auch für Tiere.)

Tomas

Aha, dann ist es also meine Schuld, dass Sanna mit den Kindern abgehauen ist und mein Leben zerstört hat.

Ich bin übrigens der Meinung, dass der Ausdruck »gebrochenes Herz« wörtlich zu verstehen ist. Seitdem ich mit ansehen musste, wie der Umzugswagen vor dem Haus vom Hulk hielt und all seine Möbel einlud, die im Container in die USA verfrachtet werden sollten, spüre ich immer, wenn ich an meine Kinder denke, einen quälenden Schmerz im Brustkorb. Es begann, als ich mit dem Fernglas am Küchenfenster stand und genau verfolgte, wie sie die Skiausrüstung der Kinder und Sannas kleine Designerkommode aus dem Haus schleppten. Der Hausrat war bereits aufgeteilt, und Sanna nahm nur wenige unserer gemeinsamen Möbel mit, damit es bei mir »nicht so leer aussehe«. Besten Dank, sonst hätte ich mir noch die Augen nach dem Ledersofa und den Küchenstühlen ausgeweint. Als ich die kleine Kommode verschwinden sah, über die ich mich so oft lustig gemacht hatte, weil sie scheißteuer gewesen war – wurde plötzlich alles real und unwiderruflich. Wann hatten wir bloß die schmale Trennlinie zwischen zu früh und zu spät überschritten? Ich heulte Rotz und Wasser, es war ja sowieso niemand mehr da, der mich hätte sehen können.

Nun werde ich von unendlich vielen Warums verfolgt. Warum habe ich nie die Fernsehkanäle eingestellt, obwohl sie mich so oft darum bat, warum habe ich den Kindern nie ein Spielhäuschen gebaut, und warum gingen wir nie in die Sauna? Ich habe das Gefühl, nur noch von Schnüren, Sicherheitsnadeln und Zweikomponentenkleber zusammengehalten zu werden. Jeden Augenblick könnte ich in tausend Scherben zerbrechen.

Zu Beginn haben wir die Kinder ganz gerecht aufgeteilt, eine Woche bei mir und eine bei ihr. Aber ich war so oft verreist, dass wir keinen festen Rhythmus aufrechterhalten konnten, und am Ende hatte ich die Kinder immer seltener. Langsam, aber sicher zogen sie mit Sack und Pack nach nebenan. Dort riefen ihre Freunde an oder kamen zu Besuch. Wenn ich im Lande war, ging ich mit ihnen ins Kino oder zu McDonald's. Das fanden sie natürlich toll, denn zu Hause, also bei Sanna und dem Hulk, bekamen sie so einen Fraß nie.

Es ist erstaunlich, wie still es in einem Haus sein kann, in dem mal eine Familie gewohnt hat. Die hellen Vierecke, die Sannas Bilder hinterlassen hatten, wurden immer größer und dominierten das ganze Wohnzimmer. In den ersten Monaten nach der Trennung machte ich den Fehler, Frauen, die ich kaum kannte oder mit denen ich eine Affäre hatte, mit zu mir zu nehmen. Ich sorgte immer dafür, dass Sanna zu dem Zeitpunkt ebenfalls zu Hause war und uns durch ihr neues Küchenfenster sehen konnte. Schöne und kluge Frauen, einige waren um einiges hübscher als sie. Sie tauchten auf, sobald sie erfuhren, dass ich wieder zu haben war, und ich ließ mich nicht lange bitten.

Eines Tages traf ich Sanna vor dem Haus. An meinem Arm hing eine hübsche junge Kollegin, die mich gnadenlos anhimmelte. Sanna sah uns beide an und lächelte freundlich. Ich begriff, dass ich mit meiner albernen Show nur erreicht hatte, dass Sanna nun ein ruhiges Gewissen hatte.

Schlagartig hörte ich auf, Frauen mit nach Hause zu nehmen. Die Kinder schätzten es auch nicht, in ihrem alten Revier fremde Damen vorzufinden oder sie in unserem Garten in der Sonne liegen zu sehen. An den Hulk hatten sie sich erschreckend schnell gewöhnt, er verströmte eine amerikanische Lässigkeit, die es ihnen leichtmachte, ihn zu tolerieren, und außerdem fanden sie seinen Akzent cool. Das war hart. Ich entwickelte Mordphantasien.

Plötzlich war ich sehr einsam. Ich hatte im Keller eine Tischtennisplatte – die Asta nicht interessierte – und jede Menge Zeichentrickfilme – die Arvid nicht interessierten –, aber die Kinder kamen immer seltener vorbei. Wir hatten verlernt, einfach nur zusammen zu sein. Immer mussten wir etwas unternehmen, und irgendwann wurde das für mich genauso anstrengend wie für die Kinder, die nur deshalb immer so brav mitkamen, weil sie mich nicht traurig machen wollten. Am Anfang besuchte ich noch hin und wieder ihre Elternabende und ähnliche Veranstaltungen, aber da ich oft verreist war, verlor ich schließlich den Überblick, so dass Sanna solche Verpflichtungen schließlich allein übernahm. Wir zwei redeten nur noch über das Nötigste.

Als ich in Erwägung zog, Leute zu mir einzuladen, wurde mir klar, dass unser gesamter Bekanntenkreis aus Sannas Freunden und Kollegen bestand. Mit meinen Kollegen hatten wir privat nichts zu tun gehabt, und sie waren praktisch die einzigen Menschen in der Stadt, die nur ich kannte. Außerdem hatte immer Sanna gekocht. Es wäre mir lächerlich vorgekommen, ein paar Kollegen und ihre mir unbekannten Frauen zu fertig gekauftem Essen einzuladen. Daraus wurde also nichts. Doch wo soll man sich sonst treffen? Ich dachte an die Pariser Cafés, wo früher die Intellektuellen am Abend zusammengesessen hatten und ebenso geistreiche wie tiefschürfende Gespräche führten. Die Engländer hatten ihre Pubs, wo sie immer jemanden trafen, den sie kannten. Hin und wieder ging ich tatsächlich aus, landete aber nur an trostlosen Orten, wo besoffene Jugendliche die ohrenbetäubende Musik mit flachen Witzen übertönten und Bier verschütteten. Gemütliche Cafés gibt es nicht mehr, und ein Pub hat in unserem Wohnviertel nie existiert. Ich nehme an, die Intellektuellen ziehen es vor, zu Hause vor dem Computer zu sitzen und sich im Netz zu verabreden. Oder sie sitzen alle gerade bei einem Pärchenabend. Super.

Eines Tages entdeckte ich einen Zeitungsartikel über ein Flüchtlingslager im Libanon, das dem Erdboden gleichgemacht worden war. Nun musste eine vierzehnköpfige Familie in einer engen Zweizimmerwohnung leben. Sie hatten sich alle vor die Kamera gequetscht. Drei Brüder mit Ehefrauen, eine Großmutter, ein Großvater und ein Haufen Kinder. Die Männer hatten ihren Frauen die Arme um die Schultern gelegt, die Kinder grinsten fröhlich und kletterten auf dem Opa herum, und ich dachte, so würde ich auch gerne leben. In einer Sippe. Was sollte ich bloß mit diesen blöden hundertsiebenundzwanzig leeren Quadratmetern nur für mich allein?

Ich stand auf der Brücke der Orlowskij und versank in dumpfen Gedanken. Wilma, die in der Bar zurückgeblieben war, hatte mich fast zur Weißglut getrieben. Am meisten schmerzte ihre Andeutung, ich sei selbst schuld an der Misere. Ich versuchte, sie zu hassen. Die Stimmung auf der Brücke war schläfrig, uniformierte Russen lächelten mich freundlich an, erklärten mir die verschiedenen Instrumente und zeigten hinaus in die Dunkelheit, die von den Scheinwerfern des Schiffs erleuchtet wurde. Nach einer Weile ging ich hinunter und legte mich hin, konnte aber erst im Morgengrauen einschlafen.

Am nächsten Morgen stand ich nach dem Frühstück wieder auf der Brücke. Ich wollte niemanden sehen, schon gar nicht Wilma. Wir fuhren an der Küste Südgeorgiens vorüber und bogen hin und wieder in eine Bucht ein, wo die Norweger bis in die fünfziger Jahre gewütet hatten. Húsavík, Leith, Stromness und Grytviken. Große verrostete Zisternen, halbversunkene Schiffe und verfallene Kais säumten die Strände. Unter uns ruhten unendlich viele Walskelette, die hier nur wegen des Trans in ihrer Fettschicht ihr Leben lassen mussten. Den Rest hatte man einfach versenkt. Außer in Grytviken durfte man nirgendwo an Land gehen, weil einem bei auffrischendem Wind jederzeit ein rostiges Stück Eisen auf den Kopf fallen oder man in einen verrotteten Steg einbrechen konnte. Die wilden Rentiere, die die Norweger dort ausgesetzt hatten, zogen in Herden am Strand entlang. Ich wurde immer wehmütiger, und plötzlich dachte ich:

Das bin ich.
Dieser verlassene Ort,
den niemand mehr braucht.
Wo verrostete Erinnerungen
im Wind treiben und die Lebenden gefährden.
Die leeren Zisternen, die gesunkenen Wracks.
Alles nur wegen meiner allzu großen Gier.
Ich habe gewütet, geplündert und geraubt,
und nun ist nichts von Wert geblieben.
Sogar diese rastlosen Rentiere,
die keine Heimat mehr haben,
sind ich.

Mein ursprünglicher Gedanke war richtig gewesen. Ich musste endlich einen Schlussstrich ziehen, damit ich niemanden mehr gefährdete.

Plötzlich merkte ich, dass jemand neben mir stand. Natürlich war es Wilma. Sie sagte nichts und sah mich fragend an. Aber ich hatte bestimmt nicht vor, sie an meinen Grübeleien teilhaben zu lassen, damit sie sich daran ergötzte und mir wieder vorhielt, ich sei an allem selbst schuld. Kühl lächelte ich sie an und sagte: »Es wird interessant, heute Nachmittag in Grytviken an Land zu gehen, meinst du nicht?«

»Hör auf!«, gab sie verärgert zurück. »Ich sehe doch, dass du dich am liebsten jeden Augenblick über die Reling stürzen würdest. Spar dir dein Lächeln für Leute, denen du etwas vormachen kannst.«

Ich wollte etwas erwidern, aber meine Stimme ließ mich im Stich, und so machte ich auf dem Absatz kehrt und ging aufs Zwischendeck hinunter. Diese dumme Kuh, so etwas sagt man nicht zu Mitreisenden, die man nur oberflächlich kennt!

Andererseits wäre ich enttäuscht gewesen, wenn sie bloß gesagt hätte: »O ja! Sehr interessant! Ich bin schon so gespannt auf das Grab von Shackleton!«

Vielleicht möchten die Menschen im Grunde so gesehen werden, wie sie wirklich sind, selbst wenn das mit einem Ansehensverlust verbunden ist.

Oder sind Wilma und ich möglicherweise gar keine oberflächlichen Bekannten – obwohl wir uns erst seit einer Woche kennen?

Wilma

Wie soll ich es bloß aushalten, ihm während der ganzen Reise zuzuhören? Dabei mag ich ihn doch so. Wer einem anderen Menschen von seinem Unglück erzählt, beansprucht dessen Mitgefühl in ganz besonderer Weise. Zumindest wenn der Ansprechpartner nicht so ein Dickhäuter wie der See-Elefant ist. Gegen Traurigkeit bin ich ziemlich machtlos. Ich kann mich gegen Nörgler und Querulanten zur Wehr zu setzen, aber bei schwermütigen Menschen werde ich schwach. Ich fühle mich irgendwie verpflichtet, sie gegen ihren Willen mit Lebensfreude vollzustopfen.

Ich versuche es ja. Manchmal schimpfe ich mit ihnen, und dann sind sie oft so perplex, dass sie sich ein Weilchen am Riemen reißen. Unglückliche Menschen legen sich mit Vorliebe die schlechte Gewohnheit zu, Mitleid zu fordern. Sie sind offenbar der Meinung, dass es ihnen zusteht – falls sie überhaupt darüber nachdenken. Den anderen jammert Tomas eigentlich selten etwas vor, nein, er hat sich mit schlafwandlerischer Sicherheit mich ausgesucht, weil ich so etwas gar nicht mit ansehen kann, ohne gleich zu denken, es sei mein Problem. »Was ihr dem Geringsten unter euch getan, das habt ihr mir getan …« Eigentlich bin ich gar nicht übermäßig großherzig oder gar hilfsbereit, da kommt eher mein altes Verhaltensmuster durch, das mir sagt: »Wenn ich lieb zuhöre und ihn tröste, darf ich nachher vielleicht mit ihm spielen.« Es ist anstrengend, den seelischen Müllschlucker zu geben, vor allem wenn sie einschnappen, weil man sie darauf aufmerksam macht, dass sie nur um sich selbst kreisen. So wie Tomas kürzlich. Oh, welch fröhliche Fassade er mir zu zeigen versuchte. Das war die Rache, sonst nichts. Weil ich ihn egozentrisch genannt und ihm gesagt habe, dass er nicht das ärmste Schwein auf der Welt ist. Das hat er nicht verkraftet.

Als ich darüber nachdachte, packte mich die Wut. Warum soll ich ständig Florence Nightingale spielen? Ich habe doch mit meinen eigenen Problemen genug zu tun! Als wir bei der alten Walverarbeitungsstation Grytviken an Land gingen, hielt ich mich von ihm fern und machte mich allein auf die Socken.

Es war noch absurder als sonst, wie all diese Tiere sich so unbeschwert in menschlicher Umgebung bewegten. Der riesige See-Elefant, der an ein Ölfass gelehnt vor sich hin döste. Die Weibchen, die sich auf ein paar Stahlseilen neben einem Poller am Hafen gruppiert hatten. Die Pinguine, die am Portal der weißen Holzkirche vorbeiwatschelten und hüpfend den Kipplastern und Raupenschleppern auswichen, die am Hafen eine neue Straße bauten.

Auf den seltsamsten Anblick überhaupt stieß ich jedoch am weißen Grabstein des Entdeckerhelden Shackleton. Außer ihm sind dort noch einige Leute, die an diesem Ort wirkten, und der eine oder andere

Argentinier begraben, der im Falklandkrieg hier gefallen ist.

Nachdem er sich jahrzehntelang in wahnsinnige Gefahren gestürzt hatte, fand Shackleton am 5. Januar 1922 endlich die ewige Ruhe.

Vor seinem Grab stand eine lieblich lächelnde junge Dame namens Carola Spanderman und bügelte eine Bluse. Mit Bügelbrett und allem, was dazugehört. Pelle, jüngster Ornithologe an Bord und ihr treuer Kavalier, wieselte zwischen den Grabsteinen herum und fotografierte sie aus allen Richtungen, als wäre sie eine kolossale ornithologische Entdeckung. Sprachlos blieb ich stehen. In meinem Kopf war Leere. Was war denn hier los?

Carola winkte mir zu und wechselte die Pose. Nun hielt sie das Bügeleisen triumphierend in die Höhe und lächelte so breit, dass die Backenzähne mit aufs Bild kamen.

Mensch, bin ich gemein – aber heute war irgendetwas mit Tomas los, das mich aus dem Gleichgewicht brachte. Ihn kann ich nicht ertragen! Von weitem sah ich ihn mit bis zu den Ohren hochgezogenen Schultern und genauso finsterer Miene wie immer von der Kirche kommen. Missmutig kam er mit großen Schritten auf mich zu. Plötzlich erblickte er Carola Spanderman und ihr Bügelbrett, und seine Züge entglitten ihm. Sie winkte ihm mit strahlendem Lächeln. Er starrte mich verdutzt an. Und dann drehten wir uns beide gleichzeitig um, entfernten uns so schnell wie möglich und verkniffen uns das Lachen, bis uns ein kleiner roter Schuppen verdeckte. Wir brachen fast zusammen.

»Eines Tages wird sie einen Mann sehr glücklich machen«, sagte Tomas. »Allzeit bereit mit dem Bügelbrett.«

»Sie will ihre Männer wohl niederbügeln«, kicherte ich und musste an Pelles nervös auf und ab hüpfenden Adamsapfel denken. Es war zwar nicht besonders nett, aber dafür umso befreiender, zusammen zu lachen.

Hinterher dachte ich, dass in Grytviken alles für einen Moment besser und danach noch schlimmer wurde.

Wir gingen ins Walfangmuseum und würdigten gebührend den ausgestopften Albatros, die staubigen Schiffsratten, Flaschenzüge und fiesen Knüppel, die wie Hockeyschläger mit einer scharfen Messerspitze aussahen, mit der man Walspeck schneiden kann. Tomas kaufte eine Rolle Klopapier mit Pinguinmotiv und überreichte sie mir mit einer feierlichen Verbeugung. Ich glaube, er wollte mich um Verzeihung bitten. Ich schenkte ihm einen Schlips mit Pinguinmotiv und forderte ihn auf, das Ding beim Abendessen zu tragen. Heute Nacht fahren wir wieder aufs offene Meer hinaus, wir müssen zwei, drei Tage durchs Packeis, um zum eigentlichen antarktischen Kontinent zu gelangen.

Lange stand ich da und informierte mich über die Taten von Sir Ernest Shackleton. Er war hierhergekommen, nachdem seine Endurance im Eis untergegangen war und er seine Besatzung überredet hatte, vor der Antarktis auf Elephant Island zu überwintern. Mit vier Männern kämpfte er sich über tausend Kilometer offenes Eismeer bis zu dieser Insel durch, landete auf der falschen Seite und kletterte unter wahnsinnigen Entbehrungen hinüber, um in Grytviken Hilfe zu holen. Als er es schließlich erreichte, war kein Mensch zu sehen. Er fuhr zurück und holte die anderen von Elephant Island ab. Kein Einziger kam ums Leben. Eine reife Leistung – allerdings verreckten seine Landsleute zur selben Zeit scharenweise in den Schützengräben des Ersten Weltkriegs. Wer weiß, wenn er zu Hause geblieben wäre, hätte er das vielleicht auch getan. Auf die Idee, ihn hier zu begraben, kam seine Frau, die jahrelang auf ihn gewartet hatte. Ich glaube, ich kann sie verstehen.

Lelle und seine lebenslustige kleine Frau kramten in den etwas teureren Souvenirs aus Gold und Silber. Sie hielt ein Paar Pinguinohrringe aus Gold in die Höhe und warf ihm von unten einen herzerweichenden Blick zu. Er bemühte sich, die Stirn zu runzeln, doch am Ende strahlte er übers ganze Gesicht und kaufte sie ihr. Ich glaube, er ist sehr verliebt in sie, will es sich aber nicht anmerken lassen.

Lisa, die den ganzen Tag im Auftrag ihrer Schwester Linda unterwegs gewesen war, schielte sehnsüchtig zu einer kleinen Silberbrosche in Form eines See-Elefanten hinüber. Ich gesellte mich zu ihr.

»Wie niedlich«, sagte ich. »Der würde dir bestimmt stehen. Soll ich dir Geld leihen?«

Lächelnd schüttelte sie den Kopf. »Ich habe doch meine Kretakasse.« Sie schien einen Beschluss zu fassen, marschierte zum Tresen und kaufte die Brosche. Linda, die sich in der anderen Ecke des Ladens befand, erspähte sie mit ihren Adleraugen und näherte sich entschiedenen Schrittes. Da kaufte Lisa auch noch eine Pinguinkappe und ein T-Shirt mit einem Shackleton-Zitat. Ich glaube, es steckte reiner Trotz dahinter. Allerdings behielt sie ängstlich ihre Schwester im Blick.

»Aha, das kannst du dir also leisten!«, sagte Linda spitz. Dann verlangte sie, dass Lisa sie zu der kleinen weißen Holzkirche hinter dem Museum begleitete. Und zwar augenblicklich!

Wir anderen hatten uns in der Nähe von Shackletons Grab versammelt, wo Bengt einen Vortrag halten sollte.

»Aber … ich möchte doch so gern diesen Vortrag hören …«, wisperte Lisa kleinlaut.

Doch Linda marschierte wortlos auf die Kirche zu. Lisa schien noch etwas einwenden zu wollen, entschied sich dann aber um und wieselte hinter ihrer Schwester her. Dabei warf sie immer wieder sehnsüchtige Blicke über ihre Schulter.

Wenn ich eine Pelzrobbe wäre, würde ich Linda Borkmeyer kräftig in den Hintern beißen.

Als wir zurück zum Schiff kamen, war das Wetter so herrlich, dass das Mittagessen an Deck serviert wurde. Es herrschte ein ziemliches Gedränge, und alle lachten und stießen sich an. Bill hatte ein großes Fass heiße Schokolade mit Baileys gemacht. Lächelnd bahnte sich die russische Kellnerin mit vollbeladenen Tellern einen Weg durch die Menge. Mir fiel auf, dass Linda sich mindestens fünf Becher von der Schokolade mit Schuss bringen ließ, Lisa musste ständig rennen und Nachschub holen. Bill dachte wahrscheinlich, Lisa würde alles selbst trinken, denn er neckte sie ein wenig. Sie wurde knallrot und brachte kein Wort heraus, schien sich aber trotzdem zu freuen.

»Ist das nicht ein wunderbarer Tag?«, fragte sie mich schüchtern und blickte träumerisch aufs Eis hinaus.

Lindas Stirn wurde von einer tiefen Zornesfalte zerfurcht. Sie beklagte sich über das Essen, das allen anderen wunderbar schmeckte. Es gab für jeden ein halbes Brathähnchen mit Pommes frites und verschiedenen Soßen.

»Lisa, meine Portion ist kalt! Musst du so trödeln und dauernd schwatzen?«, schimpfte sie.

»Jetzt sind Sie aber still!«, war plötzlich Alba zu vernehmen. »Merken Sie denn nicht, dass die arme Frau noch keinen Bissen im Magen hat, weil Sie sie ständig herumscheuchen?«

Linda lief puterrot an, gab aber keinen Ton von sich. Wahrscheinlich ist sie Widerworte nicht gewohnt. Sie musterte zunächst Alba und dann ihre Schwester zornig. Um Alba machte ich mir keine Sorgen, aber die arme Lisa würde sicher nicht ungeschoren davonkommen. Aller Voraussicht nach würde Linda sie später in die Mangel nehmen.

Apropos Mangel. Zufällig erhaschte ich einen Blick auf Carola, unsere geschätzte Bügelfrau. Zwischen ihr und ihrem Vogelgucker Pelle vibrierte die Luft. Nicht einmal während des heutigen Vortrags ließen sie einander aus den Augen. Alba behauptet, sie vollführen einen Paarungstanz. Das werde ich mir genau ansehen, damit ich endlich lerne, wie es geht.

Mein Vater hat mir solche Dinge nämlich nicht beigebracht.

Tomas

Dann wurde es Abend. Manchmal denke ich, dass es mir in der Bar auf der Orlowskij eigentlich recht gut gefiele, wenn ich nicht auf einem Schwingrasen stünde, der mich jeden Augenblick zu verschlingen droht.

Die Ornithologen sitzen in einer Ecke, zanken sich fröhlich und vergleichen die Listen ihrer heutigen Vogelbeobachtungen. Verschiedenste Passagiere mit knallrotem Sonnenbrand und schneeweiß umrundeten Augen von den Sonnenbrillen unterhalten sich, trinken Gin Tonic und albern müde herum. Die Reiseleiter kommen dazu, lassen unsere Tagesausflüge noch einmal Revue passieren, erzählen uns, was wir gesehen haben und was wir noch sehen werden, wie die Wetteraussichten sind und was wir Spannendes verpasst haben. Von der Brücke kann man schließlich die tollsten Dinge beobachten. Hinter der Theke steht Bill von den Falklandinseln und flirtet routiniert mit Damen jeden Alters, während er ihnen geschwind die Gläser wieder vollschenkt. Sein Liebling des Abends war offenbar Lisa, die im Kielwasser ihrer furchterregenden Schwester hereintrottete. Er zwinkerte ihr zu und trieb Scherzchen mit seinen Flaschen.

Wilma und ich hatten uns wie gewöhnlich neben Sven und Alba niedergelassen. La Borkmeyer schwebte hocherhobenen Hauptes an Alba vorbei und suchte demonstrativ nach Plätzen in der anderen Ecke der Bar, obwohl es Lisa in unsere Richtung zog. Bevor ich sie davon abhalten konnte, winkte Wilma ihnen zu und rief, neben uns sei noch Platz. Schließlich setzte sich Linda widerwillig neben mich und schickte ihre Schwester Gin holen.

»Du kannst dir auch einen bestellen. Lass ihn auf meine Rechnung setzen, wie immer!« Sie sprach laut und deutlich und setzte dabei eine leidende Miene auf. Lisa kämpfte sich mit gesenktem Kopf bis zur Theke durch, doch nachdem Bill ihr ein Augenzwinkern geschenkt und ihr Glas mit großem Brimborium randvoll geschenkt hatte, errötete sie und konnte wieder lächeln.

Draußen vor dem Fenster zog ein Eisberg durch die bläuliche Abenddämmerung, und ich bekam plötzlich Lust, ein Loch in diese ganze beschissene gute Laune zu reißen.

Lang und breit äußerte ich mich zu der These, das Eis an den Polen verschwinde schneller als erwartet, der Meeresspiegel würde steigen und viele Arten aussterben. Die Einzige, die ich auf meine Seite ziehen konnte, war Linda. Sie nickte mit unheilverkündender Miene und sagte: »Mit der Menschheit ist es bald aus!«

»Ha!«, schnaubte Alba. »Wäre die Menschheit auf ihrem kollektiven Hintern sitzen geblieben und hätte auf Leute wie euch gehört, hätte sie nicht einmal das Feuer erfunden, sondern nur über die schreckliche Dunkelheit gejammert!«

»Optimist zu sein ist ja eine schöne Sache«, erwiderte Linda herablassend, »aber man weiß doch, wie die Leute sind! Auf ihre Privilegien wollen sie nicht verzichten, geschweige denn auf Öl und elektrischen Strom!«

Sie sprach, als gehörte sie nicht zur Kategorie »Leute«.

Da meldete sich Wilma zu Wort.

»Mensch, diese Privilegien genießen doch nur wir in der westlichen Welt! Außerdem haben wir vor gar nicht allzu langer Zeit auch noch ohne Benzin gelebt! Glaubst du etwa, die Leute wären früher nicht glücklich gewesen? Haben sie sich gegrämt und nach Geländewagen und Whirlpools verzehrt? Waren sie deprimiert, weil sie nicht nach Thailand fliegen konnten, sondern mit dem Fahrrad zum Zelten fahren mussten?«

»Mein liebes Fräulein«, Linda wandte sich ihr mit gebleckten Zähnen zu, »Sie wollen sich doch wahrscheinlich auch ein wenig in der Welt umsehen, oder nicht? Was meinen Sie, wie viel Kohlendioxid Sie auf dieser Reise bereits ausgestoßen haben?«

Wilma schwieg, aber Alba nahm Linda ins Visier.

»Als ich vor hundert Jahren klein war, sind wir einmal mit der Klasse nach Stockholm in den Vergnügungspark Gröna Lund gefahren. Ich wette, wir haben uns damals genauso amüsiert wie die Kinder von heute im Kids-Club in Phuket!«

Wilma versuchte das Thema zu wechseln und redete über die Überflussgesellschaft und die Unmengen von Wasser, die benötigt werden, um ein T-Shirt zu färben.

»Erzählen Sie das mal meiner Schwester«, lachte Linda, »die geht mit Vorliebe shoppen! Haben Sie gesehen, wie *die* heute in Grytviken zugeschlagen hat?«

Lisa verschlug es fast den Atem. Ihre Hände begannen zu zittern, sie schluckte einige Male und schloss die Augen. Plötzlich erhob sie sich zur Hälfte und hielt eine etwas zusammenhanglose Brandrede.

»Du hast recht! Viel habe ich nicht gekauft, aber es wäre besser gewesen, ich hätte *gar* nichts gekauft! Wenn die Erde sich erwärmt, sind wir in den reichen Ländern schuld daran! Wir müssen unser Verhalten ändern und es so wie die Menschen in den armen Ländern machen. Die recyceln alles. Ich glaube an eine Secondhandgesellschaft! Große Hallen voller Sachen, die die Leute tauschen, anstatt sich ständig etwas Neues zu kaufen! Nichts, was man noch reparieren kann, wird weggeschmissen. Was glaubt ihr, was wir in einigen Jahren mit den Leuten machen werden, die Geländewagen fahren und um die Erde jetten? Wir werden sie lynchen!«

Bill hinter seiner Theke hörte auf, Gläser zu spülen, und lauschte ebenfalls, obwohl er gar nicht verstand, was Lisa sagte. Sie warf ihm einen Blick zu und lief wieder puterrot an.

Nun wurde es Linda zu viel. Mit ihrem nagelneuen Softroader in Dunkelblaumetallic hatte sie ganz schön angegeben.

»Du hast gut reden, meine Liebe, aber ich möchte dich mal in Müllbergen herumkriechen und etwas recyceln sehen. Zum Glück hast du eine große Schwester, die sich um dich kümmert. Wenn du eingeladen wirst, lässt du dir solche Luxusreisen nicht entgehen. Und jetzt ist es Zeit fürs Bett!«

Sie stürzte ihren Gin hinunter und rauschte davon,

ohne sich umzudrehen. Wie immer setzte sie voraus, dass ihre kleine Schwester, 42, ihr folgte. Und das tat sie auch, mit hängendem Kopf und verschämtem Blick. Nicht einmal in Bills Richtung schielte sie mehr.

Wilma

»Was war denn an eurem Tisch los?«, fragte Bill neugierig, nachdem Linda wutentbrannt mit der armen Lisa im Schlepptau abgezogen war. Wir erklärten es ihm, und er nickte nachdenklich.

»Ich persönlich bin wider Willen Optimist«, sagte er. »Als Barkeeper macht man sich über die Menschheit keine Illusionen, aber ich glaube an Gesetze und Verordnungen. Glaubt mir, man wird uns noch zwingen, nur noch Elektroautos oder Zug zu fahren und das Licht hinter uns auszumachen. Wenn man die Leute davon abhalten kann, in englischen Pubs zu rauchen, ist alles möglich.«

»Ein simpler, aber interessanter Standpunkt«, sagte ich, als wir wieder allein am Tisch saßen. »Vorschriften haben die Menschen dazu gebracht, Sicherheitsgurte zu tragen und ihre Kinder nicht mehr zu schlagen. Und diesmal können wir den Leuten sogar damit drohen, dass sie sterben müssen, wenn sie nicht gehorchen.«

Tomas sah mich müde an.

»Weißt du eigentlich, wie wenig Zeit uns noch bleibt, die Entwicklung zu stoppen?«

»Ist das etwa ein Grund, gleich aufzugeben?« Ich steigerte mich immer mehr hinein. »Hast du Shackleton vergessen, den du angeblich so bewunderst? Stell dir vor, du wärst dabei gewesen, als die Endurance im Eis stecken blieb. Du hättest dich wahrscheinlich seufzend zum Erfrieren niedergelegt. Keine Sekunde hättest du überlegt, ob du dich in einem winzigen Boot mehr als tausend Kilometer durchs Packeis kämpfen und dann ohne Aussicht auf Erfolg über eine Bergkette steigen solltest. Deine ganze Besatzung wäre mit dir gestorben. Ich hingegen werde mich mit all diesen jungen Leuten zusammentun, die sich auf Landebahnen legen, um den Flugverkehr zu behindern, oder die Reifen von Geländewagen aufschlitzen. Ich werde eine Gesetzlose werden! Meine Gruppe wird Shackleton heißen, und unser Schlachtruf soll lauten: Spart oder sterbt! Zuerst werde ich einen Aufruf zur Organspende verfassen!«

Plötzlich spürte ich, dass ich im roten Bereich war, wie Tomas es nennt. All meine Kraft verließ mich, und ich fiel rücklings auf die Bank und keuchte nur noch. Tomas betrachtete mich besorgt, doch ich schüttelte abwehrend den Kopf. Ich konnte ruhig die Märtyrerin spielen und mich vor einen Jumbo-Jet werfen, zu etwas anderem war ich ohnehin bald nicht mehr nütze.

Langsam leerte sich die Bar. Eine Gruppe von Ornithologen stapfte auf dem Weg zum Deck fröhlich an uns vorbei. Im Vorbeigehen wiesen sie uns darauf hin, dass sie das energiesparendste Hobby überhaupt hatten! Zu Hause verbrauchten sie keinen Deziliter Öl, weil sie die Vögel immer mit dem Rad verfolgten.

Ich verzog das Gesicht zu einem matten Lächeln. Mit dem linken Ohr hörte ich, wie Carola Spanderman sich über die Umweltvorteile von batteriebetriebenen Bügeleisen warmredete. Plötzlich spürte ich eine sanfte Hand auf meiner. Es war Tomas.

»Du hast etwas von Don Quijote«, sagte er. »Du hebst die Lanze und reitest mit erhobenem Haupt los, um gegen Windmühlen zu kämpfen. Ich weiß nicht, ob du klüger oder dümmer bist als andere Leute, aber das spielt auch keine Rolle. Du wirst eine richtig gute Mutter sein.«

»Ich kämpfe nicht mit Windmühlen«, murmelte ich beschämt. »Ich will nur, dass sie am Stromnetz angeschlossen werden!« Ich bereute es wahnsinnig, dass ich ihm die blöde Lüge von der Schwangerschaft aufgetischt hatte, aber nun war es zu spät, um den Irrtum aufzuklären. Meine Hand zog ich jedoch nicht zurück. Es war so schön. Mittlerweile wurde ich nicht mehr oft berührt.

Plötzlich sah mich Tomas lange und nachdenklich an.

»Ich frage mich, was passiert wäre, wenn ich dich vor Sanna kennengelernt hätte.«

»Die schimmligste Anmache des verheirateten Mannes«, sagte ich leichthin. »Habe ich das verdient?«

»Punkt für dich«, lächelte er. »Ich dachte allerdings eher daran, dass du von allem so felsenfest überzeugt bist. Bist du eigentlich wirklich so optimistisch oder machst du dir etwas vor? Manchmal werde ich nicht ganz schlau aus dir.«

»Meiner Ansicht nach bist du derjenige von uns beiden, der sich selbst betrügt«, gab ich zurück. »Du verfährst nämlich immer nach der Methode: Warum genießen, wenn man auch leiden kann?«

Eine Weile schwiegen wir einträchtig. Dann seufzte er.

»Ich wünschte, du würdest mich lehren, dieses Gute-Laune-Spiel zu spielen. Aber ich fürchte, dafür ist es leider zu spät. Ich würde dich immer mehr hinunterziehen, und wenn du schließlich so niedergeschlagen wärst wie ich, hätte ich die Nase voll von dir und würde einer anderen die Lebenslust heraussaugen.«

»Was weißt du schon von meiner Lebenslust?«, murmelte ich. Ich hatte es plötzlich satt, die fröhliche Rübe zu spielen, die den ollen Ratz aufmuntert. Er sah mich verwundert an, fasste meine Bemerkung jedoch nicht als Frage auf.

Nun waren wir die letzten Gäste in der Bar, und Bills Augen waren zu winzigen Schlitzen geschrumpft. Er machte die Abrechnung, trocknete die Gläser ab und wollte uns loswerden.

»Heute Nacht könnt ihr endlich schaukeln!«, sagte er. »Verschwindet jetzt und versucht, so viel Schlaf wie möglich zu bekommen. Hoffentlich habt ihr rechtzeitig eure Tabletten gegen Seekrankheit genommen!«

Das hatten wir nicht, jedenfalls ich nicht.

Alba

Es war wirklich interessant zu beobachten, wie dem furchteinflößenden Riesensturmvogel Linda der Krill im Halse stecken blieb. Zum Krill habe ich ihre bedauernswerte Schwester ernannt, die sie offenbar nur auf diese Reise mitgenommen hat, um sie aufzufressen. Als Proviant sozusagen.

Bis jetzt ist die Schwester in ihrem Kielwasser willenlos hierhin und dorthin geschleudert worden, aber offensichtlich hat sogar durchscheinender und kraftloser Krill irgendwann die Schnauze voll. Krill sollte man nie unterschätzen, er bildet die Basis unseres gesamten Ökosystems! Wer wäre Linda, wenn sie nicht Lisa herumkommandieren könnte? Darüber muss ich dringend nachdenken, damit ich es in die Unarten einarbeiten kann.

Allerdings scheint Lisa aus freien Stücken die Entgleisungen von Linda auszubügeln. So wie gestern, als ich zu spät zum Abendessen erschien. Sven winkte mir zu, er saß eingeklemmt zwischen Linda und Lisa. Das Schiff hatte allmählich angefangen zu rollen. Die russische Kellnerin wollte die Suppe servieren, musste sich aber wegen des Schwankens nach vorne beugen und kleckerte ein bisschen. Sven lachte, aber Linda veranstaltete einen großen Bohei, sprang kreischend auf und rubbelte mit der gestärkten Serviette wie eine Wilde auf einem unsichtbaren Fleck herum. Dann stammelte sie in ihrem jämmerlichen Englisch etwas von Schadensersatz und stapfte davon. Ich setzte mich schnell auf ihren Platz, während Lisa die Kellnerin besänftigte. »Very good soup! Very very good!«, sagte sie immer wieder. Armer kleiner Krill.

Wir verzehrten unsere Spargelcremesuppe mit einer gewissen Mühe, da sie praktisch im Teller rotierte. Anschließend machten wir mit unseren Gabeln Jagd auf die Koteletts. Das Dessert ließen wir ausfallen, nachdem wir ein ganzes Tablett mit kleinen Schüsselchen voll Erdbeermousse hatten umkippen sehen. Wahrscheinlich reichte es nun nicht mehr für alle.

Wir hatten inzwischen Südgeorgien hinter uns gelassen, waren in der Weddellsee unterwegs zur Antarktis, und es braute sich ein Sturm zusammen. In der Bar ging es am Abend ebenfalls stürmisch zu, die Diskussion über Umweltmoral war nach dem kleinen Disput zwischen Lisa und Linda noch längst nicht zu Ende. Haben wir eigentlich das Recht, mit einem Dieselschiff durch diese jungfräulichen Gewässer zu fahren? Was passiert, wenn die Touristenströme in den letzten unberührten Teil der Erde zunehmen? Als das Schaukeln heftiger wurde, zog sich einer nach dem anderen zurück und hangelte sich an den Haltestangen an den Wänden zu seiner Kabine. Bald saßen außer Tomas und Wilma nur noch dieser Göran und seine verschüchterte Ehefrau da. Er brüstete sich mit seinen Seefahrten.

Es ist unglaublich, wie stark ein Schiff auf offener See

schaukeln kann. Als der Wind zum Sturm auffrischte, hörte man überall Radau. Stühle kippten um und Türen schlugen zu. Auch ich begab mich zu meiner Kabine, zog mich am Geländer die Treppen hinauf und krabbelte in meine Koje. Etwa eine Stunde später kam auch Wilma und polterte ein bisschen herum, sie wurde fast zwischen den Wänden hin und her geschleudert.

In der Nacht wurde ich wach, weil es ihr nicht gutging, aber sie wollte keine Hilfe.

»Es kann nicht schaden, sich ab und zu klarzumachen«, keuchte sie, »was für eine Hölle Seeleute zu allen Zeiten ... auf den großen ... Segelschiffen ... durchgemacht haben ...«

Hier rappelte sie sich auf und flitzte zur Toilette.

Vor der Luke türmte sich eine gigantische Welle auf. Sie versetzte dem Schiff einen solchen Schlag von der Seite, dass die Sicherungen an meiner Kommode abbrachen und alle Schubladen samt meinen Klamotten auf den Boden fielen. Es war nicht daran zu denken, aufzustehen und die Sachen wieder einzusammeln, obwohl Wilma sie früher oder später vollkotzen würde. Nun fuhren wir Achterbahn! Ich klammerte mich mit aller Kraft an meine Koje und machte die ganze Nacht kein Auge zu. Auf meine Tabletten gegen Seekrankheit war jedoch Verlass, und so war ich am nächsten Morgen eine der wenigen, die zum Frühstück kamen. Nur sechzehn von fünfzig Personen erschienen im Speisesaal, sogar der Service war spärlicher besetzt als sonst. Görans Frau war ausnahmsweise ohne Göran gekommen, plauderte fröhlich mit allen möglichen Leuten und hatte richtig Farbe im Gesicht.

Tomas erkundigte sich nach Wilma, worauf ich ihm erklärte, dass sie im Moment wohl keinen Besuch empfange. Ich nahm an, er wollte wie üblich wegen irgendetwas bedauert werden, denn er blickte noch finsterer drein als sonst. Und nun war sie nicht da. Ach, Mann!

Ich wechselte ein paar Worte mit Sven, der die ganze Nacht mit seinem Arztköfferchen von einer Kabine zur anderen gesaust war.

»Eigentlich sollten alle Menschen in regelmäßigen Abständen seekrank werden«, brummte er. »Man wird so demütig und freundlich davon, und man begreift, dass man gegen die Natur ziemlich machtlos ist. Ich glaube, ich werde eine Tablette erfinden, von der man seekrank wird. Die könnte man machthungrigen Herrschern in den Rachen schmeißen, bevor sie in ein anderes Land einmarschieren, einen Wald abholzen oder ihre Frau verprügeln. Genau das werde ich tun. Das Gegengift werde ich ebenfalls erfinden, und dann habe ich meine Schäfchen im Trockenen.«

Ich glaube, Sven ist ein Blauwal. Er ist groß, rund und hat ein sanftes Gemüt. Manchmal lässt er etwas Druck ab und versprüht harmlose Schauer. Und auf irgendeine merkwürdige Weise kommuniziert er unter Wasser mit anderen, so dass sie sich in seiner Gesellschaft sicher fühlen. Ich konnte mich jedoch nicht lange mit ihm unterhalten. Ulla und Margareta, zwei Raubmöwen auf der Jagd, umringten ihn und fütterten ihn mit ihren Symptomen. Ich wackelte zur Kajüte zurück und verkroch mich unter der Decke.

Wie sehr man sich doch nach etwas so Einfachem sehnen kann, wie dass der Boden stillsteht!

Wilma

Ich hatte mich gewaschen und mir, soweit es der heftige Seegang zuließ, die Zähne geputzt. Als ich mich ans Waschbecken klammerte und in den Spiegel sah, bemerkte ich, dass mir die Zahnpasta am Kinn und im Haar klebte. Jedes Mal, wenn das Schiff krängte, wurde ich gegen die Kupferrohre der Dusche geworfen und holte mir eine kleine Brandblase. Ich sah schon aus, als hätte ich die Masern. Schließlich erreichte ich meine Koje, und dann begann die Tortur.

Zuerst verstand ich nicht, was es war. Offenbar hatte mit den Krabben zur Vorspeise etwas nicht gestimmt, dachte ich, aber dafür konnte ja das Küchenpersonal nichts! Das Unwohlsein wuchs, legte sich wie ein Stein auf meine Brust, und plötzlich …

Tja, das Abendessen hätte ich mir wohl sparen können. Es verließ mich auf demselben Wege, auf dem es hereingekommen war. Ich versuchte, nicht auf Albas Geplapper und das Wehklagen zu hören, das mich so irritierte, bis ich begriff, dass ich diejenige war, die wimmerte. Seekrankheit! Es war genauso wie in den Erzählungen und noch ein bisschen schlimmer.

Zu Beginn gelang es mir, mich zur Toilette zu schleppen, wenn die Attacken kamen, doch bald überwältigten sie mich. Unter wahnsinnigen Anstrengungen kramte ich einen wasserdichten Beutel aus meinem Gepäck und legte ihn neben mein Kopfkissen. Dann spuckte ich schamlos die halbe Nacht hinein. So wurde er wenigstens benutzt! Ich fragte mich, ob Tomas wohl auch flachlag und ob aus seiner journalistischen Spürnase nur noch ein klägliches Röcheln kam. Ein investigativer Journalist, reduziert auf ein Häuflein Elend? Alba schlief unbekümmert, hielt aber noch im Schlaf den Haltegriff am Kopfende umklammert.

Gegen vier Uhr nachts heulte ich laut. Ich wusste zwar, dass ich nicht sterben würde, zumindest nicht hier und jetzt, aber mir ging nur ein Gedanke durch den Kopf: Niemand auf der Welt würde es übermäßig bedauern, wenn es doch passierte. Vermutlich fühlte ich mich ungefähr so wie Tomas, wenn er sich in Selbstmitleid suhlt. Auch körperlich war ich völlig am Ende. Wenn das Schiff heftig schwankt, ist es ganz schön anstrengend, sich am Bett festzuhalten. Man wird ganz mürbe davon. Hör endlich auf damit, Schiff!

Erst jetzt konnte ich mir vorstellen, wie es für die Menschen gewesen sein muss, die vor hundert Jahren nach Amerika ausgewandert sind oder als Sklaven, aneinandergekettet im Dunkeln, dorthin verfrachtet wurden. Die Schreie, das Stöhnen, die Gerüche und die Todesangst. Erwachsene und Kinder, Frauen und Männer. Woche für Woche.

Und wie muss es sein, unter Deck eines Segelschiffs zu stehen und eine Kanone abschießen zu müssen – wenn es einem so geht wie mir! Gleichzeitig werden ringsherum die Planken von Kugeln zersplittert und das Schiff brennt!

Manche Menschen haben schreckliches Leid überlebt, und ich werde nie begreifen, woher sie die Kraft nahmen. Ich lag da und versuchte, mich zu freuen, dass ich zumindest nicht an eine Ruderbank geschmiedet war oder ein Kleinkind trösten musste, während es mir selbst so schlechtging …

Gegen fünf schlich Alba los und holte Sven. Er gab mir eine Spritze, und plötzlich ging es mir wieder einigermaßen, obwohl ich so erschöpft wie nach einem Marathon und lammfromm war.

Ich ertappte mich dabei, dass ich Sehnsucht danach hatte, Tomas etwas vorzujammern.

Tomas

Der Sturm setzte dem Schiff ordentlich zu. Obwohl man uns davon abgeraten hatte, ging ich eine Weile an Deck. Es wehte so heftig, dass beinahe die Tür gegen die Wand schlug. Ringsherum war nur noch eisgraue Dunkelheit zu sehen. Ich öffnete den Mund, und der Wind blies ihn auf, bis die Wangen so prall gefüllt waren wie bei einem Trompeter.

Ich fragte mich, wie es Wilma ging. In der Bar hatten wir gescherzt, ich solle ein Foto von ihr machen, falls sie grün im Gesicht würde. Das könnte sie dann als hübsche Weihnachtskarte in fröhlichem Rot und Grün verwenden!

Plötzlich glitt ich auf einem Eisfleck aus und kam der Reling gefährlich nah, die hier nur aus einem Geländer bestand. Ich fiel hin und verspürte einen Moment lang Panik – was, wenn ich nun unter dem Geländer hindurchrutschte und in einer dieser Wellen verschwand, die unser Schiff so grausam attackierten? Einige von ihnen waren bestimmt sieben oder acht Meter hoch, und es war ohnehin unbegreiflich, dass die Orlowskij noch vorwärtskam.

Interessante Überlegung. Nehmen wir an, ein Selbstmörder bekommt seinen Tod auf dem Tablett serviert – bitte schön, Sie brauchen nur noch loszulassen. Was tut er? Ich glaube, sein unbewusster Lebenswille würde sich melden. Wie viele Menschen bringen sich schon um, wenn sie sich sowieso in Lebensgefahr befinden? Für einen solchen Schritt braucht man eben Ruhe.

Es kostete mich eine gewisse Mühe, mich wieder ins Innere des Schiffes zu begeben. Zeit, in die Falle zu gehen, aber ob ich auch Schlaf finden würde? Auf dem Weg zu meiner Kabine hörte ich hinter mir schwere Atemzüge. Dieser Göran ruderte mit schwingenden Armen an mir vorbei. Er hatte es so eilig, dass er sich nicht einmal an den Haltestangen festhielt, sondern sich wie eine Flipperkugel von Wand zu Wand schießen ließ. Sein spärliches Haar klebte feucht an der hohen Stirn, die Lippen hatte er fest zusammengekniffen, und seine Haut sah aus wie Fensterkitt. Er wich meinem Blick aus und steuerte nur auf seine Kabine zu.

Wenn man mich fragt, war das ein Mann, der es tief bereute, sich in der Bar mit seinen Seefahrten gebrüstet zu haben.

Wilma muss während der Überquerung der Weddellsee ziemlich gelitten haben. Sie ließ sich kaum blicken, und als sie gestern Abend auftauchte, einen Zwieback in sich hineinmümmelte, sich darauf konzentrierte, ihn bei sich zu behalten, und gleichzeitig krampfhaft lächelte, da hatte sie wahrlich keine Ähnlichkeit mit einer fröhlichen Bulldogge. Ihr Anblick war so rührend, dass ich sie ausnahmsweise nicht ärgerte. Was ist man doch für ein Mensch geworden. Wenn man, was äußerst selten vorkommt, jemanden wirklich mag, zeigt man es ihm, indem man ihm nicht auf die Nerven geht. Etwas Netteres fällt einem gar nicht mehr ein. Als kleiner Junge war ich ein richtiger Sonnenschein. Jedenfalls behauptete das meine Großmutter, aber nur im Zusammenhang mit Klagen über meine heutige Griesgrämigkeit. Sie glaubte immer, ich würde Pastor werden. Stattdessen wurde ich Journalist und deckte auf, dass ihr Lieblingspastor seine Finger nicht vom Klingelbeutel lassen konnte. Das verzieh sie mir nie.

Kabine 502, Jansson, Lennart – Jansson, Brittmarie

Ich weiß, was ich will, und ich weiß, was sie verdient, und die Sache wird stattfinden. Sie ist schlimmer als je zuvor. Sie teilt dem Koch mit, dass sie sein Essen liebt, sie leckt sich die Lippen, schnalzt und blickt ihm tief in die Augen. Ständig schleicht sie zischend um die russischen Matrosen herum. Gestern hat sie den Steuermann umarmt, weil er ihr etwas gezeigt hat …

Warum soll ich es mir so wahnsinnig schwermachen? Allmählich passiert das Gleiche wie überall. Zuerst habe ich so viele Pläne, aber dann kann ich mich nicht entscheiden und unternehme gar nichts! Letztes Jahr in dieser Tropfsteinhöhle auf Mallorca war ich so nah dran, aber gerade als ich einen dunklen Winkel gefunden hatte, wo niemand ihre Leiche finden konnte, bevor sie zu stinken begann, kam ein beschissenes Orchester und spielte rings um den nächstgelegenen Stalaktiten Mandoline. Nun bin ich schon wieder gescheitert, weil ich mir immer so komplizierte Dinge ausdenke. Warum gehe ich nicht einfach mit ihr an Deck und stoße sie über die Reling? Okay, man würde mich möglicherweise verdächtigen, aber man könnte mir nichts beweisen. So etwas in der Art müsste es sein.

Hm … wie kriege ich sie bloß an Deck? Wenn ich sie frage,

ob sie mit mir allein den Mond anschauen will, ahnt sie sofort, dass etwas faul ist. So etwas tun wir nämlich nie. Es müsste anders laufen … Oh, jetzt hab ich's! Es ist so einfach.

Ich lasse ihr eine Nachricht zukommen, unterschrieben mit … Bengt vielleicht? Oder vom Kapitän? In miserablem Englisch? Ja, genau!

»Deer madame 502, weesh to meet you on top deck thiss night at 12 clock, yees? Captain Grigorij Stokovskij«.

Ich habe doch keine Ahnung, wie der Idiot mit Nachnamen heißt, aber das weiß sie schließlich auch nicht. Sie wird todsicher darauf reinfallen. Und wer tritt hinter dem Schlot hervor, wenn sie leichtbekleidet und dick geschminkt angetippelt kommt? Der Mann, mit dem sie seit siebenundzwanzig Jahren verheiratet ist. Überraschung!

Ich bitte die russische Kellnerin, ihr den Zettel beim Abendessen zuzustecken. Das wird gut! Es wirkt glaubwürdig. Heute Abend beim Dessert. Ich bin schon gespannt auf ihr Gesicht.

Drei Stunden später

Wo steckt sie bloß? Ich habe Irina den Zettel gegeben, aber sie sagte, Madame sei gar nicht zum Abendessen erschienen. Wo ist sie? Ich habe alle an Bord gefragt, sogar die Vogelgucker, die jede Schwanzfeder registriert haben, die im Laufe der vergangenen Woche an diesem Schiff vorbeigeflattert ist. Aber Brittmarie haben sie angeblich nicht gesehen, behaupten sie und werfen mir so seltsame Blicke zu. Und diese junge Dame, die sich aus allen Richtungen beim Bügeln vor einem Eisberg fotografieren ließ, hat Brittmarie auch nicht gesehen. Ich habe unsere Reiseleiter Bengt, Mirja und Magnus gefragt, aber auch die sehen sich bedeutungsvoll in die Augen und sagen, sie wür-

den auf die Suche gehen. Dann gehen sie zielstrebig in verschiedene Richtungen. Was ist hier eigentlich los? Sie wird doch nicht über Bord gefallen sein? Das Schiff schwankt bereits ganz ordentlich!

Alba

Während des Sturms ist auch etwas Komisches passiert, und zwar gleich nach dem Abendessen. Vielleicht war es auch tragisch, das ist Ansichtssache. Es fing damit an, dass dieser bösartige kleine Lelle vom fünften Deck jeden fragte, ob er seine Frau Brittmarie gesehen habe. Das hatte jedoch niemand. Er wurde immer lauter und brüllte die Leute an, irgendjemand müsse sie doch gesehen haben. Man merkte ihm an, dass er eigentlich nicht wütend war, sondern sich Sorgen machte. Er war kurz vorm Durchdrehen. Niemand hatte große Lust, mit ihm das Schiff abzusuchen, denn der Wind hatte kräftig aufgefrischt. Beim Abendessen waren mehrere Plätze leer geblieben. Ich fragte ihn, ob er schon in der Kabine nachgesehen habe, vielleicht sei ihr nicht wohl. Er aber runzelte nur die Stirn und sagte, dort sehe er alle zehn Minuten nach, doch da sei sie nicht.

Am Ende fand er sie, und ich war diejenige, die ihn unabsichtlich zu ihr führte. Ich wollte meine Stiefel umtauschen, weil das Paar, das ich bekommen hatte, undicht war. Die Stiefel werden in einem großen Schrank im Vorlesungssaal auf Deck drei verwahrt. Um diese Zeit ist der Raum natürlich abgeschlossen und dunkel, aber

Bengt hatte mir den Schlüssel gegeben. Ich war gerade mit einer gewissen Mühe die Treppe heruntergekommen – weil das Schiff inzwischen ordentlich schaukelte, musste ich mich mit beiden Händen am Geländer festhalten –, als ich Lelles Stimme im Flur hörte.

»Vorlesungssaal? Glauben Sie, sie könnte da drin sein?« Er hatte nur die Schlampe im Kopf, mit der er verheiratet war. Hier hätte ich sie zuletzt vermutet, aber um ihn zu beruhigen, schloss ich die Tür auf und schaltete das Licht ein.

Und da war sie.

Splitternackt auf einer Matratze. Über ihr ein grobschlächtiger Kerl aus der russischen Besatzung. Ein unanständigerer Anblick ist mir in meinem ganzen Leben nicht begegnet, und die Tatsache, dass sie sich im Vierfüßlerstand befand und soeben direkt auf den Fußboden kotzte, machte die Sache nicht besser. Der russische Matrose stieß laute Flüche auf Russisch aus und blinzelte ins Licht. Und was machte unser böses kleines Rumpelstilzchen?

Das flötete: »Brittmarie! Brittmarie, da bist du ja!«, schnappte sich eine orangefarbene Ersatzjacke aus dem Schrank, ging geradewegs auf die Matratze zu, rutschte im Erbrochenen aus, würdigte den Seemann keines Blickes und stellte seine Frau so behutsam auf die Füße, als hätte sie sich das Rückgrat gebrochen. Dann legte er ihr die Jacke um, flüsterte dabei zärtlich in ihr Ohr und geleitete sie sanft aus dem Saal. Im Flur hörte ich sie laut schluchzen.

Der Russe glotzte mich an, während er sich anzog. Er wusste genau, dass man ihn wegen so etwas feuern konnte. So ungezwungen sollte die Besatzung nicht mit den Passagieren fraternisieren. Ängstlich über seine Schulter blickend, schleifte er die Matratze hinaus. Ich nickte ihm wohlwollend zu, legte den Finger an die Lippen und machte ihm klar, dass ich schweigen würde wie ein Grab. Was hatte ich davon, wenn ich ihn verpetzte?

Eine so unheilbare Leidenschaft wie die von Lelle findet man selten. Langstielige Rosen verschicken und heiße Worte hauchen kann jeder, aber wer ist schon bereit, die Kotze der Angebeteten aufzuwischen? Kurz nachdem man sie den Armen eines Fremden entrissen hat? Ich empfand Hochachtung vor Lelle. Hoffentlich begreift sie, was sie an ihm hat, bevor er seelisch vor die Hunde geht und sie beide umbringt.

Ich fand ein Paar Stiefel und ging mit meinem Notizbuch in die Bar. Empfinden Tiere Leidenschaft füreinander, ich meine, für ein bestimmtes Exemplar des anderen Geschlechts? Oder des eigenen, warum nicht? Ich habe von einem schwulen Pinguinpärchen im Zoo gelesen, das einträchtig versuchte, einen Stein auszubrüten. Interessante Frage. Muss dringend mit Sven darüber reden.

Kabine 412, Alvenberg, Mona – Alvenberg, Göran

Hach, was haben wir doch für nette Mitreisende!

Wenn Göran nicht so furchtbar seekrank geworden wäre, hätte ich das nie erfahren. Er liegt immer noch flach und wimmert nur, wenn ich nach ihm gucke. Das tue ich allerdings so selten wie möglich, denn in der Kajüte riecht es nicht besonders angenehm.

Am ersten Tag auf der Weddellsee fühlte ich mich auch nicht wohl, aber ich habe mich rechtzeitig mit Reisetabletten vollgestopft und alle Anweisungen befolgt, die Sven uns am Abend vorher in der Bar erteilt hat. Ich aß mäßig, trank keinen Alkohol und ging früh ins Bett, obwohl Göran noch sitzen blieb und jedem, der es hören wollte, erzählte, dass er noch nie seekrank gewesen sei. Das ist wohl wahr, aber er erwähnte nicht, dass er auch noch nie auf See war. Er ist mal auf dem Vänern Motorboot gefahren und da hat, seinen eigenen Angaben zufolge, einmal eine »steife Brise« geweht. Ich begreife nicht, wie er so unvorsichtig sein konnte, das Maul so weit aufzureißen, aber da einige schon nach dem Abendessen unruhig wurden und sich zurückzogen, war er wohl allen Ernstes überzeugt, für Seekrankheit nicht anfällig zu sein.

In der Nacht wachte ich auf, weil er sich in der Toilette kräftig übergab. Mir wurde von den Geräuschen zwar etwas mul-

mig, aber ich machte die Augen wieder zu und schlief weiter. Ich wusste, dass ich ohnehin nichts für ihn tun konnte. Wenn man bereits seekrank ist, ist es für die Tabletten zu spät, sie bleiben ja nicht mehr drin. Irgendwie gelang es mir, mich selbst so zu hypnotisieren, dass ich wieder einschlief, obwohl das Schiff inzwischen so stark rollte, dass man sich kaum in der Koje halten konnte. Es ging die ganze Nacht so weiter, und ich wurde immer wieder wach. Er schleppte sich zwischen Bett und Toilette hin und her.

Am Morgen war es etwas ruhiger geworden, aber das Meer hat ein ausgeprägtes Gedächtnis und warf noch immer eine kräftige Nachdünung gegen das Schiff. Göran hatte den Vorhang vor seiner Koje zugezogen. Als ich fragte: »Schläfst du?«, stöhnte er nur. Er versuchte gar nicht mehr, es bis zur Toilette zu schaffen, sondern erbrach sich in eine Plastiktüte neben dem Kopfkissen. Auf den Boden hatte er auch gekotzt.

»Soll ich nicht Sven Bescheid sagen? Er kann einem doch eine Spritze geben, wenn es richtig schlimm ist.«

Ich durfte jedoch zu niemandem ein Sterbenswörtchen sagen. Die russische Kabinenputzfrau sollte ich auch nicht holen, denn diesen kleinen Gefallen könne ich ihm doch selbst tun.

Offenbar wollte er, dass ich bei ihm in der Kajüte blieb und nicht zum Frühstück hinunterging, aber ich tat, als würde ich nicht verstehen, was er meinte, wischte den Fußboden und machte mich fertig. Er war zu schwach, um zu protestieren.

»Soll ich dir irgendetwas mitbringen? Ein bisschen Tee und Zwieback vielleicht?«

Zuerst hörte ich ein Stöhnen hinterm Vorhang, dann ein Husten. Er kotzte wohl wieder in seine Tüte. Vermutlich kam nur noch Galle. Ich ging zur Tür.

»Wenn jemand nach mir fragt, sag einfach, ich sei heute

schon früh auf den Beinen gewesen, um Vögel zu beobachten«, hörte ich ihn murmeln.

Pah, dachte ich, wer sollte schon nach dir fragen? Da er immer dafür sorgte, dass wir unter uns blieben, hatten wir noch kaum Kontakt mit den anderen Passagieren. Er hatte sogar etwas dagegen, wenn die Reiseleiter versuchten, nett zu sein und mit uns zu plaudern.

»Die sollen sich um ihre Arbeit kümmern, das reicht. Wir brauchen keine Gesellschaftsdamen oder -herren«, sagte er mehrmals.

Der Speisesaal war spärlich besetzt. Diejenigen, die auf den Beinen waren, balancierten breitbeinig ihre Tabletts, hier und da kippte ein Glas Saft oder eine Tasse Kaffee um und spritzte über den Fußboden. Alle lachten und erzählten sich gegenseitig, wie schlecht es ihnen gegangen sei. Die Stimmung war nett und freundlich. Ich setzte mich an einen der Tische in der Mitte und plauderte mit mehreren Leuten. Ulla und Margareta, zwei Frauen in meinem Alter, hatten sich zu den alleinreisenden Herren an den Tisch gesetzt, dort ging es richtig ausgelassen zu. Die alte Dame, die meines Wissens Alba heißt, lächelte mich an.

»Sieh mal einer an, Sie sind auf freiem Fuß?« Ich wusste nicht genau, was sie damit meinte, wurde aber trotzdem rot. Dann saß ich einige Zeit in der Bar und unterhielt mich mit einer jungen Frau namens Carola, die mir so interessante Dinge über ihr Bügeleisen erzählte. Sven kam zu mir und fragte mich, wie es aussehe, aber ich antwortete pflichtbewusst, Göran sei draußen und beobachte die Vögel. Er lachte nur.

Göran war fast zwei Tage krank. Erst als wir uns dem antarktischen Festland näherten, kam er wieder auf die Beine, und bis dahin hatte ich mich schon mit fast allen auf dem Schiff unterhalten. Die Leute, die ich nun kannte, kamen zu uns und fragten Göran nach seinem Befinden, aber er antwortete immer, er müsse etwas Verdorbenes gegessen haben. Etwas anderes wird er auch niemals zugeben.

Alba

Am ersten Tag auf dem offenen Meer wurden interessante Vorträge angeboten. Irgendjemand schien den Vorlesungssaal nach Brittmaries Abenteuer geschrubbt zu haben. Vielleicht ihr Russe? Es schaukelte noch immer ganz ordentlich, bleiche Passagiere mit kaltem Schweiß auf der Stirn tauchten auf und wollten etwas über die grausame Geschichte des Walfangs, Pinguinarten und tapfere Entdecker lernen. Einige fehlten, unter anderem Wilma, die ich jaulend in der Kajüte zurückgelassen hatte.

Es erstaunt mich immer wieder, dass die Leute Ernest Shackleton so vorbehaltlos bewundern. Soweit ich weiß, war er ein ziemlich eitler Herr, der mit seinem eleganten Mittelscheitel und dem gezwirbelten Schnauzbart gern auf Gartenpartys und in Mädcheninternaten von seinen Abenteuern erzählte. Man scheint sich ebenfalls nicht daran zu stoßen, dass er von den Zielen, die er sich gesteckt hatte, kaum eins erreichte. Ich meine, er wollte doch als Erster zum Südpol, aber auf dieser Reise erreichte er nicht einmal das antarktische Festland!

Diese Jungs waren damals wohl alle recht angetan von sich selbst – es ist ja nicht aus Zufall jede kleine Landspitze, Insel oder Meerenge nach jemandem benannt worden, der einmal dort war. Amundsen, Scott, Weddell, Paulet, Gerlach, Lemaire, Ross … Der Traum, der Welt einen Stempel für die Ewigkeit aufzudrücken. Der Südpol als ultimatives Phallussymbol!

Am zweiten Tag auf offener See waren unsere Expeditionsleiter einmal richtig flott gewesen und hatten trotz des Sturms und aller anderen Unannehmlichkeiten eine Diashow mit den spektakulärsten Ereignissen dieser Reise zusammengestellt. Sie handelte von einem Seeungeheuer im richtigen Leben.

In meiner Kindheit in Hälsingland besuchte ich dieselbe Dorfschule wie ein Bengel namens Sven-Erik. Wir waren gleichaltrig, und er war auch nicht viel größer als ich oder unsere Klassenkameraden, aber auf dem Schulhof war er der König und benahm sich absolut widerlich. Ich habe mich oft gefragt, warum wir ihm eigentlich alle aus dem Weg gingen und auf seinen kleinsten Wink reagierten. Es muss daran gelegen haben, dass er um jeden Preis die Macht haben wollte und keine Hemmungen kannte. Kinder spüren so etwas und respektieren es. Wenn Svempa mit irgendjemandem nicht zufrieden war, funkelte er uns an wie ein Stier und ging mit einem Hockeyschläger, einem Ast, seinem Ranzen oder mit bloßen Fäusten auf uns los. Manche Stellen auf dem Schulhof hatte er zu seinem alleinigen Revier bestimmt. Dort durfte nur er stehen, sein Fahrrad abstellen oder Fußball spielen. Wenn sich jemand nicht daran hielt, kriegte er eins auf die Mütze. Wenn er schaukeln wollte, gehörte die Schaukel ihm. Es war sinnlos, ihm seine Position als Platzhirsch streitig zu machen, weil er sich immer durchsetzte. Wenn nicht, kassierte irgendjemand

Prügel. Und wehe dem, der beim Essen auf seinem Platz saß!

So. Die Bilder, die sie zusammengestellt hatten, stellten also Svempas Pendant im Tierreich dar, den Seeleoparden. Wir hatten ihn aus nächster Nähe erlebt.

Als wir nach dem letzten Landgang in Südgeorgien zwischen Eisbergen und blaugrünen Eisskulpturen hindurch zurück zur Orlowskij schipperten, tauchte plötzlich dicht neben uns ein dreieckiger Kopf aus dem Wasser. Er sah aus wie ein Dinosaurierschädel.

»Ein Seeleopard!«, sagte Magnus, der am Steuer unseres Schlauchboots saß. »Da habt ihr aber Glück, die sieht man selten!«

Die Robbe war über drei Meter lang, glatt, biegsam und im klaren Wasser deutlich zu erkennen. Sie wälzte sich auf den Rücken und vollführte Drehungen, die zuerst wie ein anmutiger Tanz aussahen. Magnus fuhr langsamer und rief per Funk die anderen Zodiacs. Nun betrachteten an die fünfzig Passagiere in fünf dichtgedrängten Schlauchbooten hingerissen die Robbe. Die düste pfeilschnell in unsere Mitte, streckte ihren Kopf in die Höhe und nahm jedes Boot einzeln in Augenschein. Anfangs jauchzten die Leute vor Begeisterung und zückten die Kameras, doch die Stimmung kippte allmählich, als die Robbe zum Angriff überging. Sie tauchte mal auf der einen, mal auf der anderen Seite des Schlauchboots auf, raste dann wie verrückt herum und biss der Reihe nach in unsere Gummiboote.

Carola Spanderman, die soeben ihr Bügeleisen in Position gebracht hatte, damit es mit der Robbe aufs Bild kam, kreischte. Tomas und Wilma klammerten sich, ich glaube unbewusst, aneinander, und die gute Brittmarie nutzte die günstige Gelegenheit, um sich Magnus an den Hals zu werfen, doch der wehrte sie mit coolem männlichem Lächeln ab und sagte: »Keine Angst, das Gummi ist stabil! So etwas kann schon mal vorkommen!«

Auf den Schlauchbooten breitete sich eine mulmige Stimmung aus. Der Seeleopard riss sein Maul mit den spitzen Zähnen auf und biss kräftig zu, rutschte jedoch an den prallen Luftpolstern ab.

»Die … die … fressen Pinguine«, sagte Magnus etwas kleinlauter. »Mit uns spielt er nur!«

»Mit diesen Hauern ist nicht zu spaßen«, brummte ein Ornithologe. »Wenn der damit ein Loch in eine Luftkammer reißt, sind wir geliefert! Ich glaube, er verteidigt sein Revier.«

Der Seeleopard setzte seine wahnsinnigen Attacken noch zwanzig Minuten fort, und wir wurden immer blasser und schweigsamer. Plötzlich schien er erschöpft. Er legte sich keuchend neben eine Eisscholle und hielt die Augen halb geschlossen. Als wir nach etwa dreißig Sekunden aufatmeten, hatte er sich offenbar erholt und griff erneut an, doch da hatten wir genug und flüchteten zur Orlowskij. Er folgte uns ziemlich lange im Kielwasser und sprang immer wieder wie ein Delphin aus dem Wasser. Schließlich entfernte er sich.

»Er wollte bestimmt nur spielen.« Magnus hatte wieder Farbe im Gesicht.

Aber ich wusste es besser. Ich hatte Svempas wahnsinnigen Blick wiedererkannt. Wir sollten einfach aus seinem Revier verschwinden. Momentan ruhte er sich wahrscheinlich befriedigt aus, genau wie Svempa das nach einem Sieg immer getan hatte. Immerhin hatte er fünf Zodiacs in die Flucht geschlagen, die alle mindestens einen Meter länger waren als er.

Über die Entstehung der Unarten

Es gibt viel zu viele Seeleoparden auf dieser Welt. Man muss immer auf der Hut sein und zusehen, dass die Luftkammern stabil genug sind, denn sie lassen nicht mit sich diskutieren. Man sollte ihnen nie eine Machtposition oder ein eigenes Revier überlassen. Menschliche Exemplare sind u.a. Stalin, Dschingis Khan und Sven-Erik Johansson.

Tomas

Nun haben wir unseren ersten Landgang in der eigentlichen Antarktis hinter uns. Bei halbem Schneesturm betraten wir Paulet Island, eine Insel mit wahnsinnig vielen Adéliepinguinen. Bengt sagte, es seien an die hunderttausend, aber die standen ja nicht alle am Strand und warteten auf uns, denn sie waren vollauf beschäftigt.

Wilma watschelte wie ein Pinguin den Strand entlang, und dann stolperte sie verwundert über einen Steinhaufen, in dem vor über hundert Jahren irgendwelche Polarforscher gewohnt haben. Sie weinte fast vor Mitleid. Ihr Herz ist so geräumig, dass es irgendwo bei den Knien anfangen und bis zu den Schultern gehen muss. Ich müsste lügen, wenn ich behaupten wollte, dass sie mir nichts bedeutet. Verflucht, abgesehen von den Kindern bedeutet sie mir mehr als je ein Mensch zuvor! Auch mehr als Sanna, klar. Es ist mir ein Rätsel, aber warum sollte ich mir jetzt noch etwas vormachen? Wenn ich noch ein Leben hätte, zu dem ich zurückkehren könnte, würde ich meine Mütze abnehmen, mich tief vor ihr verbeugen und sie bitten, es mit mir zu teilen. Aber ich habe kein Leben mehr. Das weiß ich jetzt. Mich gibt es gar nicht, und nun muss ich sie nur noch davon überzeugen. Ich weiß zwar noch nicht, wie, aber ich muss alle Leinen hinter mir kappen.

Manchmal habe ich ihr ewiges Mitgefühl so satt, dass ich gemein zu ihr sein muss. Sie, ja, sie hat ein Leben! Sie hat alles noch vor sich, sie erwartet ein Kind und wird eine richtig gute Mutter und tierisch glücklich sein, und selbst wenn der Vater von der Bildfläche verschwunden ist, wird das Kind auf dieser christlichen Heimvolkshochschule auf dem Land in einem liebevollen und großzügigen Umfeld aufwachsen. Übrigens möchte sie nie über ihn sprechen. Gehört sie vielleicht auch zu den Frauen, die Kinder als rein weibliche Domäne betrachten? Letzten Abend habe ich etwas in der Art zu ihr gesagt, ich imitierte ihre Weise, mich zu trösten, und sang mit verstellter Piepsstimme: »Somewhere over the rainbow«. Ich konnte nicht anders, weil ihr Himmel immer so schrecklich blau ist. Und dann warf ich ihr vor, sie habe den Kindesvater wohl absichtlich aus ihrem Leben gedrängt. Sie versuchte, nett zu bleiben, und da schämte ich mich bereits, aber irgendwann muss sie ja sowieso lernen, mich nicht zu mögen. Möglicherweise empfindet sie auch diese seltsame Vertrautheit zwischen uns, und die sollte sie sich schleunigst abgewöhnen. Ich würde sie nur runterziehen. Ich will nicht, dass sie mich vermisst. Niemand soll mich vermissen. »Wer jetzt allein ist, wird es lange bleiben … und in den Alleen hin und her unruhig wandeln, wenn die Blätter treiben …«

Ich weiß, das hört sich pathetisch an, aber ich weiß auch, warum ich hierhergekommen bin, und ich habe nicht vor zu kneifen. Was tut man gegen die Kälte, die sich einem ins Herz frisst? Soll man nicht Gleiches mit

Gleichem bekämpfen? Ich reagiere mit Kälte ... Denn eigentlich hat sich nichts verändert. Wider besseres Wissen hatte ich gehofft, dass die Kinder sich melden würden. Sie haben schließlich die E-Mail-Adresse und die Telefonnummer vom Schiff, wahrscheinlich gibt es hin und wieder technische Probleme, weil die Datenübertragung über Satellit läuft. Aber ich habe von niemandem etwas gehört. Nur von Markus, der eine Auszahlung überprüfen wollte. Er erwähnte auch, dass er das Haus verkauft hatte. Es erschien mir völlig belanglos.

So ist es nun mal.

Wahrscheinlich fühlen sie sich im kalifornischen Klima sauwohl, der Hulk bringt ihnen das Surfen bei, liest Asta Märchen vor, boxt Arvid gegen die zarten Oberarme und sagt: Give me five, Kid! Und dann legen er und Sanna sich ein bisschen hin. Ich könnte wetten, dass sie Meerblick und wehende weiße Vorhänge im Schlafzimmer haben, wo sie zusammen lachen und sich wälzen, bis sie schweißnass sind, und am nächsten Morgen wachen sie vor den Kindern auf und laufen Hand in Hand lachend zum Strand und hinterlassen feuchte Fußspuren, wenn sie im Sonnenaufgang mit wehendem Haar über den Strand joggen, und der Hulk küsst Sanna auf dieses sternförmige Muttermal an ihrer Schläfe, und falls irgendjemand sich noch an diesen Griesgram von Vater oder Ehemann erinnert, den sie in diesem kalten Land zurückgelassen haben, schütteln sie die Erinnerung sicher schnell wieder ab.

So ist es nun mal.

Langsam habe ich genug von den Pinguinen und den alten Polfahrern. Ich bin nicht zum Vergnügen hier.

Dann passierte etwas Peinliches, aber ich glaube, es hat niemand bemerkt. Ich schlenderte am Strand auf eine Kolonie von Pinguinen zu, die zum Teil schon ihre Eier ausbrüteten.

Einer von ihnen versuchte – ich weiß, es klingt total verrückt –, eine alte Batterie auszubrüten! Wie auch immer die auf dieser Insel gelandet sein mag. Das Tier saß auf dem eckigen Ding und hielt es warm. Ich fing an zu heulen, ja, ich schluchzte richtig hemmungslos. Es erinnerte mich so an mein eigenes Familienprojekt. War es ebenfalls von Anfang an zum Scheitern verurteilt gewesen?

Im Augenwinkel sah ich eine besorgte Wilma näherkommen. Ich wette, sie könnte sogar eine rostige Autobatterie ausbrüten, bis kleine frisch aufgeladene Knopfzellen herauskommen … Schnell ging ich in die andere Richtung und machte sogar eine abwehrende Geste. Sie sah gekränkt aus, aber was soll's.

So ist es nun mal.

Wilma

An die Tage nach diesem Streit in der Bar werde ich nie wieder einen Gedanken verschwenden, aber ich werde ganz bestimmt den Apotheker verklagen, der mir diese vollkommen wirkungslosen Reisetabletten angedreht hat. Es dauerte eine stürmische Nacht, bis wir die Weddellsee überquert hatten. Am Tag darauf kämpfte sich das Schiff durch einen dicken Packeisgürtel. Tagsüber vermied ich es, Nahrung zu mir zu nehmen, doch am Abend verleibte ich mir mit zitternden Händen ein Butterbrot ein. Schon am zweiten Tag saß ich wieder oben auf der Brücke und genoss die Aussicht. Es war zwar nicht leicht, mit meinen wackligen Beinen dort hinaufzukommen, aber ich wollte den verlorenen Tag wieder aufholen.

Am dritten Tag erblickten wir das endlose und blendend weiße Festland der Antarktis. Auf der Brücke wurde laut gejubelt, und die Ornithologen rasten mit ihren Ferngläsern an den Bug. Der Himmel war grau und bedeckt, aber der Sturm hatte sich gelegt.

Unser erster Kontakt mit festem Boden sollte auf einer winzigen Insel namens Paulet Island stattfinden. Wir tauchten unsere Stiefel ins Desinfektionsmittel, drehten unsere Plättchen auf »nicht an Bord«, streiften die Schwimmwesten über und stiegen in die Zodiacs. Ich war so steif, dass ich es kaum schaffte. Der russische Matrose und Magnus packten je einen Arm und reichten mich daran hängend an Tomas weiter, der mich neben sich setzte, mir die Mütze über die Ohren zog und mich aufforderte, die Fäustlinge anzuziehen. Da er an Kindermangel leidet, hat er sich schon oft so verhalten, aber diesmal geschah es vollkommen unbewusst, als wäre er gar nicht wirklich anwesend. Aus dunkel umschatteten Augen blickte er finsterer drein als je zuvor. Er hatte sich in den hungrigen Raubvogel zurückverwandelt. Ich überlegte, ob er auch krank gewesen war, doch es widerstrebte mir, ihn danach zu fragen.

Paulet Island war großartig. (Ich weiß, das habe ich über jeden Ort gesagt, an dem wir an Land gegangen sind, aber es war tatsächlich jedes Mal wahr.) Hier gab es all die Pinguine, die wirklich so aussehen, wie man sie sich immer vorstellt – schwarz mit weißem Bauch. Sie heißen Adéliepinguine und bewegten sich vorwärts wie Zweijährige, die erst seit kurzem laufen können. Sie sind eher rund und dick und strecken die Flügel seitlich von sich, um das Gleichgewicht zu halten. Manche rannten in großer Eile mit wackelndem Hinterteil an einem vorbei. Einige rutschten auf dem Bauch die Abhänge hinunter und warfen sich scharenweise ins Meer. Massen von Pinguinen! Und auf den Eisbergen, die durchs klare Wasser schwammen, standen noch mehr, offenbar Tramper.

Am meisten beeindruckte mich jedoch die Steinhütte.

Sie stand ganz allein ein Stück vom Strand entfernt und war aus den flachen schwarzen Steinen erbaut worden, die dort überall herumlagen. Es waren nur die Wände von zwei Räumen vorhanden, und man konnte noch erkennen, wo einst die Türen gewesen waren. Das ganze Gebäude maß etwa fünfzehn bis zwanzig Quadratmeter.

Hier fanden die dreiundzwanzig Männer im Winter 1903 Unterschlupf, nachdem das Eis ihr Schiff, die Antarctic, zerquetscht hatte. Damals hatte die Hütte jedoch ein Dach aus Holz und Segeltuch, das aus den Resten des Schiffs gebaut worden war. Kapitän Larsen und seine Norweger und einige Schweden lagen hier dichtgedrängt wie die Heringe. In der Mitte blieb nur ein schmaler Gang, den sie nach der Hauptstraße von Oslo Karl Johan nannten. Sie jagten Robben und Pinguine und verspeisten sie als Suppe. Sie scherzten miteinander, munterten sich gegenseitig auf und hielten sich fit, indem sie auf einem Pfad den Inselberg bestiegen. Der Pfad existiert heute noch. Sie waren mit der Nordenskjöld-Expedition gekommen, hatten aber Schiffbruch erlitten. Ihr Boss saß im Basislager auf Snow Hill und fragte sich, wo sie steckten und warum sie ihn nicht endlich dort abholten. Es bestand wenig Hoffnung, dass sie jemals gerettet würden, aber keiner von ihnen legte sich zum Sterben nieder. Woher nahmen sie die Kraft? Wie haben sie sich wohl gefühlt in dieser Kälte und mit nichts als ein bisschen Pinguinfleisch im Magen? Und wie mögen sie gerochen haben?

Ich bin so froh, dass sie allesamt gerettet wurden. Richtig froh, obwohl es über hundert Jahre her ist.

Eigentlich wollte ich mit Tomas darüber sprechen. Ich wollte ihn darauf hinweisen, dass Wunder geschehen können, wenn man die Hoffnung nicht aufgibt. Aber er machte ein Gesicht, als wisse er bereits, was ich sagen wollte, und wendete sich ab.

»Jetzt reicht es mir aber, du blöder Affe. Wie könnte ich es wagen, dich beim Leiden zu stören!«, dachte ich verärgert. »Mach's gut, Ratz! Rübe zieht sich dezent zurück …«

Ein klein wenig habe ich jedoch das Gefühl, dass er sich so verhält, weil wir uns vor ein paar Tagen so nahe waren. Das kann man sich nur schwer wieder wegdenken. Irgendetwas muss in den letzten Tagen passiert sein. Er hat sich zu einem richtigen Widerling gemausert.

Kabine 311, Båvén, Ulla – Knutsson, Margareta

Die Reise ist schon halb vorbei, und noch immer hat keiner angebissen! Wahrscheinlich werde ich meine Taktik ändern müssen. Ich bin zu dem Schluss gekommen, dass Lasse aus Västerås gut zu mir passen würde. Er ist nett, freundlich und seit zwei Jahren Witwer. Das ist ein guter Zeitraum. Da können sich die Männer noch an die Vorteile der Ehe erinnern, haben aber noch keine eigensinnigen Junggesellenallüren entwickelt. Er hat zwar eine Glatze und trägt, weil er sich deswegen schämt, auch im Haus oft eine Mütze, aber das stört mich nicht. Ich habe irgendwo gelesen, dass Männer umso kahler werden, je mehr männliche Geschlechtshormone sie produzieren. Das ist es wert. Schwedischen Männern quillt das Testosteron ja nicht direkt aus den Ohren, zumindest nicht, wenn sie über fünfzig sind – oder sie sind möglicherweise zu schüchtern, es zu zeigen. Falls sie doch einen saftigen Hormonspiegel haben, entledigen sie sich des Problems angeblich bevorzugt in Thailand. Da ist das Rohmaterial hier auf der Orlowskij doch viel ansprechender, an einigen Kerlen habe ich einen richtigen Narren gefressen, sie haben so viele gute Seiten! Ob ich mir eine Sammlung anlegen sollte?

Während der Überfahrt von Südgeorgien zur eigentlichen Antarktis haben Margareta und ich das Feld sondiert. Sie hat glücklicherweise Verner ins Visier genommen, einen geschiedenen Biologielehrer aus Eskilstuna, der in seiner Freizeit Schlittschuh läuft und Flöte spielt. Obwohl Margareta im ganzen Leben noch nicht auf zwei Kufen gestanden hat, konnte sie ihm weismachen, sie wäre in jüngeren Jahren oft und gern auf dem Eis gewesen. Meiner Meinung nach schießt sie sich damit ein Eigentor.

»Hast du mal darüber nachgedacht, dass du Schlittschuhlaufen lernen müsstest, falls er es genau wissen will?«

»Bedauerlicherweise habe ich mir vor zehn Jahren so heftig den Knöchel verstaucht, dass der Arzt mir das Schlittschuhlaufen verboten hat«, erwidert sie unbeschwert. »Wusstest du eigentlich, dass die Flöte immer mein Lieblingsinstrument war?«

»Was? Du kannst doch ein C nicht von einem A unterscheiden!«

»Und wie willst du mir das beweisen?«

Aber ich muss an meiner Taktik arbeiten. Bei diesen Typen bringt es nichts, das Dummchen zu spielen, die sehen einen nur verständnislos an und schrauben an ihren Ferngläsern. Meine neue Strategie erfordert, dass ich mich in diese dämlichen Vögel einlese, damit ich ganz lässig sagen kann: »Hast du gesehen? Da war eine patagonische Dampfschiffente!«

Falls es überhaupt möglich ist, einen solchen Satz lässig über die Lippen zu bringen … Falls Maggie mich hört, werden wir auf dem Deck zusammenbrechen und uns vor Lachen die Bäuche halten. Ich glaube trotzdem, dass es funktioniert. Kürzlich erkannte ich mit großer Mühe einen Kapsturmvogel. Anschließend plauderten Lasse und ich eine Weile über Sturmvögel im Allgemeinen. Nun habe ich einiges über Scheidenschnäbel, Raubmöwen, Sturmschwalben und Albatrosse und Gott weiß was gelesen. Es ist schlimmer als in diesem grässlichen Biologie-

unterricht in der Schule, wo man Pflanzen pressen und Korbblütler von Doldenblütlern unterscheiden sollte. Allerdings konnte ich mir auf einer Exkursion einmal den attraktivsten Handballer der Schule angeln, irgendwie gerieten wir tief ins Gebüsch … Vielleicht ist die Natur ja doch auf meiner Seite.

»Hast du die schönen Zähne von Verner gesehen?«, fragt Maggie.

»Glaubst du etwa, die haben immer so gut ausgesehen?«, kontere ich.

»Was spielt das für eine Rolle. Wenn sie echt sind, wunderbar, dann hat er gute Gewohnheiten bezüglich seiner Körperpflege. Sind sie es nicht, hat er offenbar genug Geld für schicken Zahnersatz. Auch gut!«, keucht Maggie, die zwischen unseren Taschen und Stiefeln die verschiedensten Yogastellungen einnimmt.

Tomas

Wir standen an Deck und sahen am Horizont Deception Island auftauchen. »Deception« bedeutet Täuschung, und die Insel heißt so, weil sie den Betrachter täuscht. Von außen sieht sie wie ein massiver Berg aus, aber wenn man die enge Einfahrt findet, kann man in den besten Hafen der Antarktis gleiten. Deception Island hat die Form eines Hufeisens. Rasch steuerte Kapitän Grigorij darauf zu.

Ich sah mich um, aber Wilma ließ sich nirgendwo blicken. Gut! Carola Spanderman und mein Kabinengenosse Pelle standen am Bug. Sie schien ihr Bügeleisen ausnahmsweise nicht dabeizuhaben, vielleicht hat sie eine neue Leidenschaft entdeckt. Die Ornithologentruppe samt ihren Groupies Margareta und Ulla stand mit gezückten Ferngläsern an der Reling. Ich griff in meine Tasche und vergewisserte mich, dass ich die Flasche dabeihatte. Wilma war nicht zu sehen, und das war auch gut so.

Deception Island ist ein Vulkan, der bis vor kurzem noch aktiv war. Der Strand besteht aus schwarzem Lavasand, und an einigen Stellen entspringt aus vulkanischen Quellen sogar heißes Wasser. Die Orlowskij schob sich durch den nur zweihundert Meter breiten Durchlass in den Hafen, der von dem hohen Vulkankegel umgeben ist. Am Strand liegen immer noch rostige Wassertanks aus alten Walfangtagen, und es soll hier auch eine Forschungsstation geben.

Deception Island. Deception kann sowohl Schwindel als auch Täuschung bedeuten. Beides würde hier passen, dachte ich und blickte verstohlen zum Kraterrand hinauf. Gemeinsam mit Bengt, Magnus und Mirja drehten wir in kleineren Gruppen ein paar Runden, besichtigten die alten Tanks und die anderen Überreste des Walfangs, kletterten ein Stück den Berg hinauf und entdeckten die große Kolonie von Zügelpinguinen, die es hier gibt. Sie hatten massenhaft Junge. Zügelpinguine, Adéliepinguine, Felsenpinguine – ich spürte, dass ich nun nicht mehr zu den Lebenden zählte, die genügend Kraft und Interesse aufbringen, um sich zu fragen, welcher Pinguin hier watschelt und welcher Vogel da oben flattert. Ich kann nachvollziehen, dass die Leute sich für so etwas interessieren, aber persönlich habe ich keinen Sinn mehr dafür. Bald habe ich mein Ziel erreicht, nichts mehr zu empfinden.

Ich hatte in mehr als einer Hinsicht Glück. Nachdem wir alle Besonderheiten der Insel angeglotzt hatten, versammelten wir uns bei den rostigen Tanks, wo die Reiseleiter uns grinsend mitteilten, wozu wir Handtücher und Badehosen hatten mitbringen sollen. An dem schwarzen Strand konnte man nämlich baden, und wenn man Glück hatte, war das Wasser richtig warm. Das kommt anscheinend von irgendeiner geothermischen Unterströmung vulkanischen Ursprungs. Jubel brach aus.

Kichernd bedeckten sich die Leute mit ihren Badelaken und zogen sich um. Jeder, der sich ins Wasser wagte, würde ein Diplom bekommen …

Niemand merkte, dass ich mich entfernte, als der Trubel am größten war. Hastig stieg ich auf dem Trampelpfad den Berg hinauf, bog vom Weg ab und verschwand hinter einem Felsblock. Von dort aus stapfte ich ein gutes Stück weiter, bis ich zwischen den Felsen ein Versteck fand, wo man mich weder vom Strand noch vom Wasser aus sehen konnte. Ich zog die orangefarbene Jacke aus, die kilometerweit leuchtet, und drehte sie auf links, so dass das dunkle Innenfutter außen war. Die Schwimmweste hatte ich in meinen Rucksack gesteckt, damit sie nicht verräterisch am Strand herumlag. Ich setzte mich auf die Jacke und packte meine kleinen Freunde aus – die Whiskyflasche, die ich am Abend zuvor gekauft hatte, und eine große Packung Schlaftabletten. Es dauerte eine Weile, bis ich sie mit dem Whisky hinuntergewürgt hatte. Wasser wäre geeigneter gewesen, aber auf der anderen Seite wurde mir auf diese Weise bald warm. Aus rein medizinischer Sicht wäre es eine interessante Frage, dachte ich, ob mir zuerst die Kälte oder die Tabletten den Garaus machen würden, doch das würde niemand je erfahren.

Ich überlegte, wann sie wohl merken würden, dass ich mich nicht an Bord befand. Nach vierundzwanzig Stunden? Zu dem Zeitpunkt würde es zu spät sein, selbst wenn sie herausbekamen, dass ich hier steckte. Wie sollten sie überhaupt darauf kommen? Da mein Plättchen auf »an Bord« gedreht war, müssten sie annehmen, dass ich während der Fahrt über Bord gegangen wäre, und nach solchen Leuten sucht man nicht. Es ist zwecklos.

Hätte ich mich von irgendjemandem verabschieden wollen? Bestimmt nicht von den Kindern, denn ich verbot mir jeden Gedanken an sie. Anders wäre es gar nicht gegangen. Von Sanna auch nicht. Freunde und Verwandte? Sollte ich sie per Satellit anrufen, um ihnen zu sagen, was ich vorhatte und dass mich niemand davon abhalten konnte? Wozu sollte das gut sein, sie hatten ja mit ihren eigenen Traumata genug zu tun.

Und Wilma? Ich wusste, dass ich ihr nichts sagen durfte, denn sonst hätte sie sich Vorwürfe gemacht, weil sie es nicht früher begriffen oder gar eingegriffen hatte. Sie wäre stinksauer, weil ich sie nicht auf dem Laufenden gehalten hatte.

Inzwischen musste eine Stunde vergangen sein. Am Strand hörte ich leise die Zodiacs anspringen. Gut. Niemand vermisste mich. Allmählich wurde ich schläfrig und richtig betrunken. Ich schloss die Augen. Bilder von der Hollywoodschaukel vorm Haus zogen an meinem inneren Auge vorbei. Ich glaubte, darin zu liegen, und hörte ein Klirren. War das Sanna mit einem Tablett voller eisgekühlter Drinks? Der Wind rauschte durchs Blätterdach. Die Hollywoodschaukel war ganz neu und in blassgrünen und blauen Farbschattierungen gehalten, die gut zu unseren Fensterrahmen passten. Sanna hatte sie ausgesucht, und nun wollte sie unbedingt, dass ich daneben einen Grill mauerte. Asta und Arvid spielten Krocket auf dem Rasen und stritten sich über die Positionierung der Tore.

Plötzlich fühlte ich mich beobachtet. Ich öffnete die Augen. Ein Zügelpinguin stand neben mir und glotzte mich mit schiefgelegtem Kopf an.

»Verpiss dich!«, lallte ich. »Kann man nicht einmal in einem solchen Moment allein sein? Geh mit deiner Alten brüten!«

Er – oder sie? – starrte mich mit seinen Knopfaugen unverwandt an. Plötzlich gab er ein schrilles Gackern von sich, aber vom Fleck rührte er sich nicht. Ich bildete mir ein, wegen seines ohrenbetäubenden Geschreis werde er Steinerweicherpinguin genannt. Glaubte er, an mir wäre ein saftiger Bissen dran, oder hielt er mich nur für einen Eindringling?

In meinem Rausch kam ich auf die glänzende Idee, dass er vielleicht ein Schwätzchen mit mir halten wollte. Sie können mich gerne auslachen, aber ich fing an, mich vor ihm zu rechtfertigen. Pinguine sind nämlich so vorbildliche kleine Kerle und total politisch korrekt, sie helfen beim Brüten und sind ihrer Partnerin treu …

»Ich habe doch nicht gewollt, dass es so weit kommt!«, schluchzte ich. »Ich wollte auch wie ein Pinguin leben. Was würdest du tun, wenn du mit dem Bauch voller Krill für die ganze Familie vom Meer zurückkämst – und die hätten sich einfach einen anderen Versorger gesucht und würden auf dich pfeifen?«

Der Pinguin schwieg. Er stand mit seiner albernen kleinen Mütze einfach nur da und sah mich vorwurfsvoll an.

»Weißt du was«, stammelte ich, »es ist totaaal anstrengend, Krill zu sammeln … wenn man ein Mensch ist. Man darf nicht zu anspruchsvoll sein, sondern muss sich nach der Decke strecken und auch mal was runterschlucken! Natürlich bin ich kein Engel gewesen …«

Plötzlich trieb mich mein Rausch in den Zorn.

»Aber das kann dir ja egal sein, du Armleuchter!«

Ich warf mit der leeren Flasche nach ihm. Der Pinguin drehte sich um und watschelte von dannen.

An mehr kann ich mich nicht erinnern.

Wilma

Irgendwie war Tomas nun abends in der Bar anders, und ich begriff einfach nicht, warum. Als wir auf Paulet Island an Land gingen, erlebte ich zum ersten Mal, wie er aus heiterem Himmel richtig widerlich wurde. Später war er wieder freundlicher, aber noch immer zerstreut und starrte viel aus dem Fenster. Hätte ich es nicht besser gewusst, hätte ich ihn für einen Vogelgucker halten können.

Auf einmal spürte ich, dass mein Arm, der auf dem Tisch lag, unkontrolliert zu zittern anfing. In solchen Fällen muss ich meinen ganzen Willen einsetzen, um das Zittern in Schach zu halten. Ich stand auf.

»Willst du noch ein Glas? Da du heute einen einigermaßen vernünftigen Eindruck machst, verträgst du wohl noch einen, was?«

Er nickte abwesend, und ich holte uns zwei Gläser Whisky. Wir plauderten über alles Mögliche und kamen plötzlich auf den Tod und berühmte letzte Worte zu sprechen.

»Was soll eigentlich auf deinem Grabstein stehen?«, fragte mich Tomas unvermittelt.

»*Hier ruht sich Wilma aus!*«, antwortete ich. »Das ist zwar nicht von mir, aber es ist gut.«

»Ich kenne etwas, das noch besser zu dir passen würde«, erwiderte Tomas. »Vixit, dum vixit, laetus. Das steht auf dem Grabstein des Dichters Stjernhelm aus dem siebzehnten Jahrhundert.«

»Und was bedeutet es?«

»Solange er lebte, lebte er froh.«

»Es klingt aber anders. Außerdem bin ich nicht dumm!«

»Dumm und froh liegen vielleicht nahe beieinander. Wenn ich nicht so viel gegrübelt hätte, wäre ich vielleicht auch fröhlicher gewesen!«

»Offenbar ist es wirklich ein guter Text für einen Grabstein. Dass du einen Fehler zugibst, kommt höchst selten vor!«

»Danke, gleichfalls. Wenn wir zwei anfangen würden, uns gegenseitig unsere Fehler einzugestehen, wären wir heillos verloren. Sollen wir raus an Deck gehen?«

Bevor Bill seine Bar verriegelte, kaufte Tomas ihm eine halbe Flasche Whisky ab. Ich weiß noch, dass ich mich fragte, was er damit vorhatte. Wollte er sich heimlich in der Kajüte besaufen? Wir gingen hoch auf Deck vier und stellten uns an die Reling. Es war nicht besonders kalt, und da der Vollmond schien, leuchteten die Eisberge und Eisschollen, an denen wir vorüberglitten, wie von selbst in der blauen Dunkelheit. Etwas so Schönes habe ich noch nie gesehen, und ich werde es nie vergessen. Der eine oder andere Vogel, dessen Name mir vollkommen egal ist, flog durch die immer dunkleren Lüfte. Ich spürte plötzlich, dass ich weiterkämpfen wollte, um zumindest hin und wieder eine Nacht wie diese zu erleben. Wir sprachen kein Wort, aber unser Schweigen war still und friedlich. So wie früher mit meinem Vater auf dem Hochsitz. Tomas wirkte ruhig und abgeklärt. Seine Zornesfalten waren im Mondlicht nicht zu erkennen.

»Es war nett, dich kennenzulernen«, sagte er schließlich. Ich nickte und klopfte ihm zart auf die Mütze. Erst als ich in der Koje lag und einzuschlafen versuchte, fiel mir auf, was für eine eigenartige Bemerkung das gewesen war. So endgültig irgendwie.

Am nächsten Morgen kam ich kaum aus dem Bett. Mein ganzer Körper war steif wie ein Brett, und ich brauchte zwanzig Minuten zum Zähneputzen. Am Ende gab ich es auf und bat Alba, mir etwas vom Frühstücksbüfett mitzubringen und Bengt, Magnus und Mirja mitzuteilen, dass ich an dem heutigen Ausflug nicht teilnehmen könne. Wir wollten auf einer seltsamen Insel an Land gehen, die vor kurzem noch ein aktiver Vulkan war. Deception Island war einst ein beliebter Walfanghafen, der aber seit vielen Jahren verlassen ist. Auf der Karte sieht die Insel wie ein Hufeisen aus. Es gibt dort unzählige Zügelpinguine, für die ich eine besondere Schwäche habe, weil sie mit ihren Mützchen so wichtigtuerisch durch die Gegend tapsen, aber ich spürte, dass ich lieber einen Tag in der Koje bleiben sollte.

Im Laufe des Tages packte mich eine merkwürdige Unruhe. Ich wurde immer rastloser. Als die Zodiacs voller glücklicher und rotwangiger Touristen zurückkehrten, die sogar gebadet hatten, konnte ich Tomas nirgends entdecken.

»Habt ihr Tomas gesehen?«, fragte ich Alba und Sven. Das hatten sie zwar nicht, aber sie hatten auf der Hinfahrt in einem Schlauchboot mit ihm gesessen, wussten also genau, dass er dort an Land gegangen war.

Ich machte mir immer größere Sorgen und raste hinunter zu der Tafel mit den Plättchen. Er hatte die Marke neben mir mit der Nummer dreiundvierzig. Sie war auf »an Bord« gewendet, aber das war er nicht!

Ich ging zu seiner Kabine. Pelle war ebenfalls an Land gewesen, hatte Tomas auf dem Rückweg aber auch nicht gesehen. Er war in keinem der Speisesäle, nicht in der Bar, nicht im Vorlesungssaal und ganz bestimmt nicht an Deck, ich drehte mehrere Runden. Die Ankerketten rasselten, wir wollten bald weiter nach Süden zum antarktischen Festland fahren. Ich trieb meine steifen Glieder zur Eile und raste auf die Brücke.

Dort oben stand Mirja und diskutierte mit Kapitän Grigorij. Sven war ebenfalls da, er stand mit dem Fernglas an dem breiten Panoramafenster und hielt Ausschau nach Walen. Irgendjemand hatte am Vormittag einen Finnwal gesehen. Keuchend vor Anstrengung berichtete ich von meiner Befürchtung: Tomas hatte uns absichtlich hinters Licht geführt und war auf Deception Island geblieben.

»Warum sollte er das tun?«, fragte Mirja skeptisch. »Außerdem lagen am Strand keine Schwimmwesten mehr.«

Sven trat mit ernstem Gesicht zu uns.

»Mirja, der Kerl ist depressiv, vielleicht ist er sogar selbstmordgefährdet. Wir rufen ihn jetzt über den Lautsprecher aus, und dann gehen wir zurück an Land.«

Kapitän Grigorij wirkte verärgert, aber Mirja stimmte Sven zu. Ein verlorener Passagier wäre nicht zuletzt für den Reiseveranstalter eine Katastrophe gewesen.

Sven, Bengt und Magnus gingen wieder an Land. Sie fanden seine Spur und folgten ihr den Berg hinauf. Er lehnte im Schnee an einem Felsen, wäre aber vom Strand nicht zu sehen gewesen. Von dem Whisky, den er am Abend zuvor gekauft hatte, war er sternhagelvoll. Außerdem hatte er eine ganze Packung Schlaftabletten intus. Sie waren die ganze Nacht mit ihm beschäftigt, aber da sich auf dieser eigenartigen Insel glücklicherweise eisige Kälte, vulkanische Asche und warme Luftströmungen abwechseln, hatte er nicht einmal einen erfrorenen Zeh.

»Wenn er über Nacht geblieben wäre, hätte man ihn vielleicht niemals gefunden«, sagte Sven am Abend in der Bar. »Da oben kommt niemand vorbei, die Besucher bleiben alle in der Bucht. Er hatte sich sogar die orangefarbene Jacke ausgezogen, damit man ihn nicht sehen konnte. Aber an dem Felsen, an dem er lehnte, war er nicht nur vorm Wind geschützt, sondern es wehte sogar eine warme Luftströmung über ihn hinweg. Morgen früh oder spätestens übermorgen ist er wieder wie neu.«

Sven erlaubte mir, am nächsten Morgen im Krankenzimmer nach ihm zu sehen. Tomas hatte die Arme im Nacken verschränkt, starrte an die Decke und lächelte mich bleich an.

»Deception Island«, sagte er. »Die trügerische Insel. Mich hat sie um den Tod betrogen. Oder warst du das?«

Alba

Als sie mit Tomas zurückkehrten, gab es auf der Orlowskij natürlich einen fürchterlichen Aufstand. Selbst die Ornithologen wandten den Blick für einen Moment von ihren Sturmvögeln und Scheidenschnäbeln ab und richteten ihre Ferngläser aufs Vordeck, wo ein Schlauchboot samt Tomas aufs Schiff gekurbelt wurde. Es wurde hin und her gefunkt, hierhin und dorthin gezeigt, und dann beförderten ihn vier Matrosen auf einer Trage rasch zur Krankenabteilung, wo Sven das Kommando übernahm.

In der Bar kursierten verschiedene Versionen: Er war von einem See-Elefanten angegriffen worden, einen Abhang hinuntergestürzt, hatte einen Herzinfarkt, eine Embolie oder einen allergischen Schock erlitten und so weiter. Natürlich kam niemand auch nur in die Nähe der Wahrheit. Ich glaube, selbst wenn sie bekannt gewesen wäre, hätte sie niemand geglaubt. Wer reist schon für teures Geld um die halbe Erdkugel, um etwas zu erledigen, das er zu Hause viel bequemer haben kann? Ich wusste natürlich, was los war, denn Wilma hatte mir ihre Sorgen mitgeteilt, als sie nach ihm zu suchen begann.

Erst beim Abendessen, das er in großer Eile hinunterschlang, sah ich Sven wieder. Wir setzten uns in eine Ecke, wo wir ungestört waren.

»Meine liebe Alba, du und ich wissen, was der Kerl vorhatte. Offiziell leidet er jedoch aufgrund eines Burn-out-Syndroms an Ohnmachtsanfällen. Er braucht jetzt vor allem Ruhe. Er muss zur Beobachtung in der Krankenabteilung bleiben. Ich wollte Wilma mit seiner Überwachung beauftragen. Was hältst du davon?«

»Aus den beiden werde ich überhaupt nicht schlau«, antwortete ich. »Sie kennen sich erst seit etwas mehr als einer Woche, zwischen ihnen scheint sich keine Romanze abzuspielen, und doch strahlen sie eine so enge Zusammengehörigkeit aus, als wüssten sie beide genau, was der andere denkt. Wie konnte es so schnell dazu kommen?«

»Von diesen Dingen habe ich keine Ahnung. Ich habe meine Frau bei unserer Konfirmation kennengelernt, und wir waren unser ganzes Leben zusammen«, seufzte Sven. »Sie war auch mein bester Freund. Frag mich also nicht, wie plötzliche Sympathie entsteht. So was kenne ich nur aus dem Kino.«

Ich zog eine Augenbraue hoch und sah ihn streng an. Er lächelte.

»Du weißt genau, dass diese Geschichte, mit der *wir* beide uns vor hundert Jahren die Zeit vertrieben haben, eher … eine Art Rausch war. Ich bekam den Kater meines Lebens und habe dich jahrelang vermisst.«

Ich rümpfte die Nase.

»Nehmt ihr Vogelgucker außerhalb eurer Ferngläser überhaupt etwas wahr?«, fragte ich. »Im Ernst, Sven, ich glaube, du weißt mehr, als du zugeben willst. Da wir gerade davon sprechen – was weißt du eigentlich über Wilmas Gesundheitszustand? Mit ihr ist etwas nicht in Ordnung.«

»Entweder weiß ich es wirklich nicht, oder ich unterliege der Schweigepflicht«, antwortete Sven ausweichend. »Aber nun muss ich mal nach ihm sehen. Wilma braucht auch Ruhe.«

Er stand auf und trottete mit nachdenklich gerunzelter Stirn hinaus. Ich ging in die Kabine und notierte mir etwas.

Über die Entstehung der Unarten

Es gibt eine menschliche Unart, für die ich niemals eine tierische Entsprechung finden werde. Wir haben heute ein Beispiel erlebt. Ich spreche von dem befremdlichen Vorhaben, sich absichtlich das Leben zu nehmen. Soweit ich weiß, tun Tiere so etwas nicht – aber warum nicht? Sie können niedergeschlagen und appetitlos sein, Affenjunge können an mangelndem Körperkontakt sogar sterben – aber offenbar beschließen sie nie, ihrem Leiden nun ein Ende zu machen, indem sie sich in einen Abgrund stürzen.

(Alles, was über Lemminge gesagt wird, ist übrigens gelogen.)

Können sich Tiere ihren Tod nicht vorstellen? Oder kommen sie aus reiner Phantasielosigkeit nicht auf die Idee?

Irgendwo hier schlief ich mit dem Buch auf der Nase hinter meinem blauen Vorhang ein. Als Wilma hereinschlich, wurde ich wach und sah auf die Uhr. Halb zwei.

Es schaukelte wieder, und sie hatte mit lautem Gepolter einen Stuhl umgeworfen. Manchmal bewegt sie sich wie ein junges Kalb.

»Alba?«, wisperte sie. Da ich keine rechte Lust hatte, eine Antwort zu geben, flüsterte sie lauter. »Aaalba!«

Hm. Wenn die Leute einen sowieso wecken wollen, können sie ja auch in normalem Tonfall sprechen. Falls nicht, sollten sie möglichst leise flüstern. Aber laut flüstern, was soll das?

»Ja?«, murmelte ich.

»Alba, Tomas will nicht mehr leben. Ich bin so böse auf ihn. Was soll ich tun?«

»Das weiß ich nicht, Wilma.«

»Ich bin so sauer, dass ich ihn am liebsten über Bord werfen würde, damit er so etwas nie wieder macht!«

»Sag ihm das, dann reißt er sich vielleicht zusammen. Vielleicht muss er wissen, dass es Menschen gibt, denen er etwas bedeutet.«

»Mir bedeutet er überhaupt nichts!«, schluchzte sie, und dann schliefen wir beide ein.

Am nächsten Morgen waren wir von blauen, gelben, grünen und durchsichtigen Eisbergen und hohen schneebedeckten Gipfeln umgeben, die von der gleißenden Sonne beschienen wurden. In gemessenem Tempo fuhren wir durch den Lemairekanal. Alle drängten sich an Deck und fotografierten die unglaublichsten Dinge. Ein Finnwal backbord auf elf Uhr! Riesiger Albatros fliegt hinter uns her! Delphine am Bug!

Nach dem Mittagessen stiegen wir in die Zodiacs und schwärmten in alle Richtungen aus. An einen Landgang war nicht zu denken, aber wir konnten die Pinguine aus nächster Nähe bei ihrem Treiben beobachten und fuhren so nah wie möglich an die Eisberge heran.

»Nicht zu nah!«, warnte Bengt über Funk. »Magnus, Magnus, Bengt! Du bist zu dicht dran!«

»Bengt, Bengt, Magnus«, knatterte Magnus zurück. »Findest du?«

Daraufhin lenkte Magnus unser Schlauchboot noch näher an den Eisberg heran. Er stand auf und hielt männlich die Hand vor die Stirn, damit die Sonne ihn nicht blendete, und ich könnte wetten, dass er sich in diesem Moment für Ernest Shackleton persönlich hielt.

Am Nachmittag durften wir bei einer britischen Forschungsstation das antarktische Festland betreten. Der Ort hieß Port Lockroy. Dort leben einige wenige Menschen in friedlicher Symbiose mit einer großen Kolonie von Eselspinguinen. Man nennt sie so, weil sich ihr Gackern wie ein lautes Blöken anhört. In dichten Trauben hatten sie sich um die Forschungsstation geschart, ein dunkelbraunes Haus mit hübschen knallroten Türen und Fensterrahmen. Dort war es etwas wärmer und windgeschützter. Der Leiter erzählte uns, dass diese neugierigen Tiere sogar in die Küche spazierten, wenn sie nicht immer die Tür geschlossen hielten.

Die Weibchen draußen brüteten je ein Ei in einem Nest aus, das sie aus kleinen Steinen, Holzstückchen, Schnürsenkeln und allem gebaut hatten, was in dieser kargen Umgebung zu finden war. Neben den Nestern standen die Ehemänner, echte Gentlemen, die immer wieder einen langen Hals machten und vom Nachbarnest einen Stein stibitzten. Diesen überreichten sie ihrer Gattin mit einer anmutigen Verbeugung, während die

Bestohlene verärgert kreischte und versuchte, den Dieb in den Popo zu zwicken, ohne sich vom eigenen Ei zu erheben. So beschäftigten sie sich.

Bengt erzählte seinem Harem – der meines Erachtens ständig wächst –, dass Forscher ein Experiment mit farbigen Steinen gemacht haben, um herauszufinden, wie die Dinger von einem Nest zum andern wandern. Sie hatten rings um jedes Nest nur eine Farbe ausgelegt, aber schon am nächsten Tag waren die Farben gleichmäßig über den gesamten Platz verteilt. Steinchen waren hier also heißbegehrt, und die Pinguine hatten untereinander überhaupt keine Hemmungen. Ich konnte mich nicht von ihnen losreißen.

Wie hätte ich mich wohl mit einem solchen Gentleman von Ehemann an meiner Seite gefühlt? Mein eigenes Experiment in diesem Metier fand bekanntlich mit einem Mann statt, der sein Leben lang von seiner Mutter verwöhnt worden war. Sie band ihm bis zum Abitur die Schuhe zu. Sie stellte ihm eine Kantine zur Verfügung, die rund um die Uhr eine bestimmte Anzahl von Gerichten anbot, servierte ihm jeden Morgen frische und knusprig gestärkte Hemden und hätte ihn abends am liebsten saubergeschleckt. Wenn sie verreiste, war er hilflos. Er hätte keine Ehefrau gebraucht, sondern eine Pflegerin. Es gibt einen speziellen Ausdruck dafür, er lautet »Mamismo«. Er konnte überhaupt nicht verstehen, warum ich mich weigerte, seine Pflege zu übernehmen, aber ich ahnte schon, worauf das Ganze hinauslief. Als ich einen Sohn bekam, stellte ich ihn vor die Wahl, entweder mein Mann oder mein Exmann zu sein, aber mein zweites Kind zu werden würde ich ihm nie gestatten. Er schrie, ich sei ein freches Biest, und nach damaligem spanischem Recht gehörte das Kind ihm. Also erhob sich der Albatros traurig in die Lüfte und landete viele Jahre nicht mehr. Ich habe es nie bereut.

Allerdings hatte er göttliche Bauchmuskeln und war am ganzen Körper behaart, das ist fast so schön wie ein Federkleid.

Unten am Strand waren noch einige Zodiacs mit Passagieren eines anderen Schiffes angekommen, die knallrote Jacken trugen. Der Ort war überaus beliebt, es gab sogar einen Briefkasten, wo man »Antarktis« auf seine Briefe stempeln lassen konnte. Eine üppige Amerikanerin versuchte gerade, die Arme um einen mäßig begeisterten Pinguin zu legen. »Ronald!«, rief sie. »Come and take a picture of me with these ducks!«

Ich ging ins Museum. Rekonstruktionen aus Pioniertagen, alte Lederkleidung, Pullover und Pelzmützen. Darunter, auf der bloßen Haut, trug man eine weiße lange Unterhose mit einer Klappe hinten, die mit einem langärmligen Unterhemd zusammengenäht war. Die Unterwäsche hing neben Socken und Fäustlingen wie zum Trocknen auf einem Gestänge über dem Agaherd. Vor dem Fenster balancierten seit Jahren die Eselspinguine mit ihren kleinen weißen Tonsuren über eine Steinmauer. Die Küche war voller britischer Konservendosen aus den Zwanzigern. Auf einem Tisch lagen ein scharfes Messer und eine kleine Robbe, die jemand während der sechsmonatigen schwarzen und eiskalten Winternacht geschnitzt hatte, um die Zeit totzuschlagen.

Die Menschheit ist schon ein interessantes Geschlecht.

Wilma

Ich hatte mir wirklich keine Dankbarkeit für die Rettungsexpedition erhofft, die ich Tomas hinterhergeschickt habe, aber dass ich mich dadurch zur Zielscheibe seines Zorns machen würde, hatte ich offen gestanden auch nicht erwartet. Er nahm es mir unheimlich übel, dass ich ihm das Leben gerettet hatte.

In den ersten Tagen sagte er kein Wort. Meistens schlief er, und manchmal rief er im Schlaf einen Namen, den ich nicht verstand – vielleicht meinte er seine Kinder. Ich verbrachte fast die ganze erste Nacht und große Teile der zweiten bei ihm. Schweigend drehte er sich zur Wand. Ich wusste nicht, wie ich an ihn herankommen sollte. Sven sagte mir, ich solle einfach Geduld bewahren, das Wichtigste sei jetzt, ihn nicht allein zu lassen, damit er sich nicht von der Reling stürzt.

Wir unterhielten uns flüsternd darüber, als wir dachten, er schliefe. Doch das tat er nicht. Plötzlich fiel er uns mürrisch und ohne sich umzudrehen ins Wort.

»Ihr könnt jetzt aufhören, zu gackern wie die aufgeregten Hühner. Ich weiß, wann ich mich geschlagen geben muss. Die tapfere Truppe mit der wunderbaren Pollyanna an der Spitze hat gewonnen. Hier darf man nicht einmal über sein eigenes Leben bestimmen. Das gehört nämlich den tüchtigen und einfühlsamen Lebensrettern mit den großen Herzen, die für uns arme Schlucker bluten …«

Der Satz ging in ein Murmeln über, das eine ganze Reihe von Flüchen zu enthalten schien. Ich warf Sven einen Blick zu, doch er lächelte mich beruhigend an.

»Da spricht nicht Tomas, den habe ich mit einer Spritze ausgeknockt. Wir müssen etwas gegen seine Depression unternehmen. Mach dir keine Sorgen.«

»Wer ist Pollyanna?«, fragte ich.

»Das willst du gar nicht wissen«, erwiderte Sven.

Tagsüber wollte er überhaupt nicht mit mir reden. Ich bemühte mich, einfach nur da zu sein und ihn nicht wie eine Schlachtenbummlerin zurück ins Leben zu hupen. Der Wilma, die ich einmal gewesen war, hätte das vielleicht mehr gelegen. Einmal legte ich ihm wortlos die Hand auf die Wange. Er stieß sie nicht weg, aber er zeigte auch keine andere Reaktion. Ich holte ihm etwas zu essen, und er aß in kleinen Portionen.

»Willst du mich etwa auch aufs Klo begleiten?«, fauchte er mich einmal an. »Oder soll ich dich rufen, wenn ich fertig bin?«

Ich blätterte ungerührt in dem Buch, das ich mir mitgebracht hatte. Er schielte in meine Richtung. Dann bekam er wieder einen Anfall.

»Darf man wenigstens mal an Deck gehen, ohne dass einen fünfzig bescheuerte Naturfreunde mit dem Fernglas verfolgen, die nur darauf warten, dass man endlich springt?«

»Niemand weiß, was passiert ist. Sven hat allen erzählt, dass du ausgebrannt bist und an Ohnmachtsanfällen leidest.«

Er hielt inne und überlegte.

»Ich hatte nicht beabsichtigt, eine öffentliche Angelegenheit daraus zu machen, sondern wollte mich ganz diskret zu meinen Vorfahren gesellen. Niemand trauert um mich, niemand ist verantwortlich dafür, eigentlich geht es niemanden was an. Oder ging. Mir ist irgendwie die Lust darauf vergangen. Jetzt habe ich das Gefühl, in einem schlechten Film mitzuspielen.«

Er weinte.

»Hast du dich mal gefragt, was Arvid und Asta gedacht hätten, wenn sie erfahren hätten, dass du dich einfach aus dem Staub gemacht hast, ohne dich von ihnen zu verabschieden?«

Ich dachte, jetzt schlägt er mich. Seine Augen blitzten.

»Man kann sich immer darauf verlassen, dass Wilma den wundesten Punkt findet und mit ihrer Bulldoggenschnauze reinbeißt.«

Au, das tat weh!

»Du Mistkerl! Zwei Kinder lieben dich, vermissen dich und leben in einem fremden Land, wo sie gern glauben würden, dass es dir gutgeht. Kinder lieben nämlich häufig ihre Eltern, weißt du? Auch wenn die das gar nicht verdienen! Ihr toter Vater hätte ihnen ihr Leben lang Alpträume bereitet!«

In seinen Augen leuchtete ein Hauch von Interesse auf.

»Oder irgendjemand hätte ihnen die Geschichte ein wenig versüßt, und sie hätten ihr ganzes Leben auf einer Lüge aufgebaut. O nein, der arme Papa wurde von einem

Wal gefressen! Es war ein Unfall, er hatte nicht genug aufgepasst. Oder noch schlimmer: Papa ist betrunken über Bord gegangen!«

Nun ging ich ein hohes Risiko ein. Entweder er knallte mir eine, oder er würde auf seinem Zorn an die Oberfläche surfen und die Trauer unter sich zurücklassen. Besser wütend als verzweifelt. Ich lenkte ihn wie ein Torero mit einem roten Tuch.

So etwas kann ich gut. Wie oft musste ich meinem Vater die Schrotflinte entreißen, wenn er sich besoffen und am Rande des Wahnsinns in den Kopf schießen wollte oder zumindest behauptete, dass er es vorhabe? Er hatte weder Frau noch Arbeit, die Forstwirtschaftsunternehmen wollten ihm seinen Wald wegnehmen, unsere alte Karre war wieder kaputt, und was sollte bloß aus dieser Tochter werden, die wie ein Junge aussah?

Wenn er in dieser Stimmung war, halfen kein Weinen und kein Händeringen, und es nützte auch nichts mehr, ihn in den Arm zu nehmen. Ich lernte zurückzubrüllen, bitte schön, schieß doch, ich nehme die Büchse dann nach dir und tue das Gleiche! Denn was sollte ich denn machen, wenn ich, die ich mutterseelenallein auf der Welt war, nicht einmal mehr einen Vater hatte? Schieß doch endlich. Man wird dich als Mörder in Erinnerung behalten. Da wäre Mama aber stolz auf dich!

Das stoppte ihn. Er warf die Flinte in eine Ecke. Einmal löste sich versehentlich ein Schuss, und unsere graugelbe Katze büßte ein Beinchen ein. Wir heulten und schluchzten gemeinsam um das arme Tier, das mein Vater so liebte und das auch mit drei Beinen zurechtkam. Danach kam es nicht mehr vor. Er wedelte hin und wieder mit einem Seil und ließ fallen, dass er sich aufhängen würde, aber das war alles. Inzwischen wussten wir beide, dass das nur hohles Gewäsch war. Eine Art, Dampf abzulassen. Das gönnte ich ihm, er hatte kein leichtes Leben.

Aber ich musste oft daran denken, dass er gesagt hatte, was soll nur aus der Tochter werden, die wie ein Junge aussieht.

Und laut Tomas eine Bulldoggenschnauze hat. Man tut so, als würde man nichts empfinden, aber das stimmt nicht.

»Ein gesunder normaler amerikanischer Vater«, sagte Tomas. »Kein lebensmüder Schwachkopf, der seine letzten Worte zu einem Pinguin spricht!«

Ich kam nicht mit.

Tomas lächelte ein schiefes, aber echtes Lächeln.

»Bevor bei mir die Lichter ausgingen, habe ich mich tatsächlich mit einem dämlichen Zügelpinguin unterhalten. Kannst du dir das vorstellen? Ich glaube, er hat mir sogar geantwortet.«

»Was hat er denn gesagt?«

»*Stirb, du alter Sack! Du hast hier nichts zu suchen!* Ich habe eine Flasche nach ihm geworfen.«

Ich kicherte.

»Du bist unglaublich, Wilma, weißt du das? Hast du kein einziges weibliches Hormon in dir? Warum hast du kein Mitleid mit mir? Warum weinst du nicht und legst mir dein Köpfchen auf die Brust?«

»Soll ich dich etwa bemitleiden? Das tust du doch selbst zur Genüge.« Ich bemühte mich, meine Stimme klar und fest klingen zu lassen. »Und Brüste habe ich eben nicht, wie dir wahrscheinlich aufgefallen sein dürfte. Ich nehme jetzt an einem Ausflug mit dem Zodiac teil. Wag es bloß nicht, deinem Leben ein Ende zu bereiten, bevor ich wieder da bin!«

»Klingt machbar«, brummte er.

Ich stand auf und torkelte zur Tür. Meine Beine waren wie eingerastet, sie wollten mir nicht mehr gehorchen. Ich hatte stundenlang auf einem Stuhl an seinem Bett gesessen.

Als wir zu einem unserer letzten Ausflüge dieser Reise aufbrachen, schien die Sonne kräftig auf den Lemairekanal. Das Wasser war türkisblau, und in der Nähe des Strandes konnte man meterweit in die kristallklare Tiefe blicken und bunte Pflanzen und Tiere erkennen. Mirja hatte am Vormittag einen Vortrag über sie gehalten, sie war eine geübte Taucherin in arktischen Gewässern. Ich saß einfach nur da und dachte, wie kann all diese unglaubliche Schönheit in diesem abartig kalten Wasser wachsen und gedeihen? Halleluja, danke für alles, wie kann man das nur freiwillig aufgeben wollen?

Eisberge können die verrücktesten Formen und Farben annehmen. Das Eis kann sogar schwarz sein, obwohl es vollkommen rein ist. Ich spähte mit meinem Fernglas an Land, wo die Pinguine an den Stränden emsig damit beschäftigt waren, Pinguine zu sein. Hohe, steile Berge in phantastischen Formationen und mit dicken weißen Schneehauben. Stille, sanfte Winde, die die Wasseroberfläche kräuselten, und zwischen den Zodiacs fröhliche Rufe. Ich seufzte.

Das alles war es wert. Ich musste die Zähne zusammenbeißen, weil ich solche Schmerzen hatte, aber ich nahm am Leben teil und öffnete mein gesamtes Ich dem Unbekannten. Wie sollte ich Tomas dazu bringen, das zu sehen, was ich sah?

Als wir wieder an Bord waren, warf ich einen vorsichtigen Blick in die Krankenabteilung. Er saß an Kissen gelehnt im Bett. Ich glaube, Sven hatte ihm wieder eine Spritze gegeben, denn er wirkte ruhig und aufgeräumt. Ich erzählte ihm, was wir im Lemairekanal gesehen hatten, und er nickte.

»Das hätte ich auch gern gesehen.«

»Das kannst du morgen. Wir fahren jetzt nach Norden zur Drakepassage.«

»Ich habe eine Entscheidung gefällt«, sagte er.

»Tu es nicht, dafür ist es zu früh!«, rief ich ängstlich. »Das sind die Spritzen.«

»Scheißegal, du bekommst jetzt ein Geschenk von mir.«

Er schwieg eine Weile.

»Du hast mein Leben gerettet, und deswegen gehört es jetzt dir. Ich will es nicht mehr haben, und deswegen möchte ich es verschenken. Mach damit, was du willst!«

»Was heißt hier verschenken?«

»Du entscheidest, was du damit anfangen willst. Mein Leben, mein idiotisches und rücksichtsloses Leben. Alles, was ich tue, ist lächerlich, ich spiele doch nur den Hamlet für Arme … Ich habe keine Verwendung mehr für mein Leben, aber offenbar ist es mir nicht gestattet, es einfach wegzuwerfen, wie ich es eigentlich gern tun würde! Bitte schön, es ist jetzt deins, genieß es in vollen Zügen!«

Ich starrte ihn erschrocken an. Plötzlich baute sich Sven, der die letzten Sätze gehört hatte, wie eine Gewitterwolke im Türrahmen auf.

»Hör sofort auf, dem armen Mädchen Angst einzujagen«, sagte er. »Ihr kleiner Zeh ist mehr wert als du! Was soll sie mit deinem schäbigen Leben? Übernimm endlich Verantwortung für dich selbst. Und widersprich mir nicht, denn sonst mache ich dir einen Einlauf, den du nie vergisst!«

Und dann, ob Sie es glauben oder nicht, krümmten wir uns alle drei vor Lachen.

Tomas

Lachen reinigt und heilt. Ich weiß nicht, wie es funktioniert, aber an Svens Stelle würde ich es oft verschreiben. »Die Psychopharmaka brauchen Sie nicht mehr, hier haben Sie ein Rezept für einen Chaplin-Film …«

Ich fühlte mich plötzlich unbeschwerter – wie jemand, der nichts zu verlieren hat. Der auf dem Grund war, sich aber abgestoßen hat und wieder zum Licht an der Oberfläche geschwommen ist.

Als ich genug gelacht hatte, nahm ich Wilmas Hand und küsste sie. Sie sah mich freundlich an und sagte, sie würde jetzt an Deck mittagessen, und falls ich wisse, was gut für mich sei, würde ich mitkommen. Als sie weg war, setzte sich Sven auf meine Bettkante.

»Sie hat recht«, sagte er. »Hoch mit dir!«

»Wilma hat immer recht«, maulte ich. »Sie hat immer so verdammt recht, dass ich die Wände hochgehen könnte. Wenn ich ihr fröhliches Gemüt hätte, würde ich jetzt an Deck stehen und mit einem Hütchen auf dem Kopf den Passagierchor dirigieren.«

So schnell wollte ich mein Elend nicht loslassen. Missmutig und gemein konnte ich doch noch ein bisschen bleiben.

»Glaubst du etwa, das kostet sie nichts? Meinst du, sie zwitschert aus reiner Lust und Laune so fröhlich herum?« Sven klang verärgert. Ich blickte ihn erstaunt an.

»Wilma ist doch ein richtiger Sonnenschein. Alle mögen sie, und sie muss sich überhaupt nicht anstrengen. Zu Hause wartet ihre Großfamilie, und im Bauch hat sie ihr unglaublich entzückendes Baby …«

Sven starrte mich an.

»Baby? Was für ein Baby?«

»Wilma ist schwanger. Wusstest du das nicht? Deswegen bewegt sie sich manchmal so tollpatschig und fühlt sich hin und wieder nicht gut.«

»Hat sie das gesagt?«

»Ja. Ich wusste nicht, dass es ein Geheimnis ist.«

Sven knallte sich seine riesige Faust an die Stirn.

»Mein Gott! Das arme Kind! Ob sie das wohl auch anderen erzählt hat? Ich muss Alba fragen.«

»Wieso armes Kind? Sie wird bestimmt eine gute Mutter. Und eine glückliche Mutter.«

»Ich meine Wilma. Sie ist nicht schwanger, du Idiot. Das muss sie sich ausgedacht haben, damit du dir keine Gedanken machst.«

Nun begriff ich gar nichts mehr.

»Was für Gedanken?«

Sven stöhnte.

»Mehr darf ich nicht sagen. Ich habe bereits zu viel gesagt. Wilma muss dir selbst erzählen, was sie für ein Problem – ich meine, falls sie überhaupt eins hat. Aber du kannst mir glauben, dass sie nicht schwanger ist und dass es wahnsinnig tapfer von ihr ist, so viel Freude zu zeigen. Wenn es dir so ginge wie ihr, würdest du längst auf dem Meeresgrund liegen, du verwöhntes Arschloch.«

Ich stand auf und zog mich an.

»Ich bin nicht verwöhnt, Sven. Ich hatte meine Gründe.«

»Na gut. Ich habe nicht vor, dich fertigzumachen. Aber ich glaube, es wäre gut für dich zu wissen, womit Wilma zu kämpfen hat und wie sie es tut. Ich werde …«

Alba steckte den Kopf herein und hielt Ausschau nach Sven.

»Wolltest du nicht zum Mittagessen an Deck kommen? Es ist herrlich draußen. Guter Wein und dazu Grillspieße mit Barbecuesauce und Vogelscheiße. Es ist wunderbar warm, das Ozonloch ist weit geöffnet!«

»Tu mir einen Gefallen«, sagte Sven. »Hol Wilma her.«

Alba gehört zu einer äußerst angenehmen Sorte Mensch. Sie stellt keine überflüssigen Fragen und hat Feingefühl. Innerhalb von wenigen Minuten kehrte sie mit Wilma im Schlepptau zurück.

»Wilma!«, begann Sven. »Ich möchte Tomas erzählen, wie es dir geht. Das braucht er. Er muss wissen, dass es Leute gibt, die trotz extrem widriger Umstände nicht den Mut verlieren. Erlaubst du es mir?«

Wilma zögerte ein bisschen, aber dann nickte sie. »Aber ich werde nicht danebenstehen und zuhören. Mein Spieß wird kalt.« Sie verschwand mit Alba. Ich sah Sven an.

»Wilma hat soeben das erste Stadium der Parkinsonschen Krankheit erreicht«, sagte Sven. »Was weißt du darüber?«

»Parkinson? Nichts. Da muss ich an alte Leute denken, die ganz doll zittern.«

»Ja, unter jungen Leuten ist die Krankheit seltener. Aber nicht weniger grausam. Es ist nicht ausgeschlossen, dass Wilma in wenigen Jahren ein Pflegefall ist. Parkinson beginnt mit Bradykinesie, Rigor und Tremor. Das heißt mit verlangsamten Bewegungen, Steifheit und unfreiwilligem Zittern in Ruhestellung. Es wird irgendwann anstrengend, eine Bewegung zu beginnen, also den ersten Schritt zu machen, wenn man loslaufen will. Von da an wird es nur noch schlimmer. Probleme mit dem Gleichgewicht, dem Schlaf, dem Stuhlg…, aber das brauchst du nicht zu wissen. Parkinson kann auch zu Depressionen und Demenz führen.«

Ich wusste nicht, was ich sagen sollte.

»Weiß Wilma davon?«

»Es ist unmöglich, von Parkinson nichts zu wissen. Sie hat die Diagnose im Frühjahr bekommen. Der Reiseveranstalter verwies sie an mich als Schiffsarzt. Sie fragte mich, ob ich glaube, dass sie an dieser Kreuzfahrt teilnehmen könne. Ich sagte ja, und sie kaufte sich das Ticket. Ich hatte die ganze Zeit ein Auge auf sie, und sie hat sich nicht ein einziges Mal beklagt. Obwohl wir sie sogar mit dem Kran an Deck hieven mussten! Was meinst du wohl, wie das für eine junge Frau ist? Ich war froh, als sie jemanden gefunden zu haben schien, mit dem sie sich wohl fühlte, aber es sieht so aus, als wärst du überhaupt nicht gut für sie. Natürlich bist du bedrückt, das sehe ich auch, aber Depressionen machen Menschen eigensüchtig, und Schwermut steckt an. Ich werde nicht zulassen, dass du sie mit hinunterziehst! Kannst du dir überhaupt vorstellen, wie es ihr geht? Sie hat hier neben dir auf einem harten Stuhl gesessen, bis ihre Arme so steif waren, dass sie kaum noch eine Kaffeetasse halten konnte … Machst du dir eine Vorstellung davon, woher sie die Kraft nimmt, dich zu trösten und gleichzeitig das Leben so zu lieben?«

Er sah mich scharf an. Ich wich seinem Blick aus.

»Gibt es kein Mittel dagegen? Ist es erblich? Kann ich irgendetwas …«

Er hielt die Hand hoch, um mich zu bremsen.

»Es handelt sich um Schäden in der *Substantia nigra* und einen Mangel am Botenstoff Dopamin. Die Erblichkeit ist umstritten, und es gibt nichts, was du tun kannst. Ich kann ihr auch kaum helfen. Sie bekommt Medikamente gegen die Symptome und macht ihre Krankengymnastik. Ich habe schon schlimmere Fälle gesehen, aber es muss schwer zu verkraften sein, dass es keine Heilung gibt. Nun weißt du Bescheid.«

Ich setzte mich und legte den Kopf in die Hände.

»Sven, ich muss nachdenken.«

»Tu das. Ich geh jetzt raus an Deck.« Er zog sich seine hässliche Wollmütze über den kahlen Schädel und verschwand.

»Du mit deiner blöden Bulldoggenschnauze!«, hatte ich zu ihr gesagt und unmissverständlich zum Ausdruck gebracht, dass ich ihre Munterkeit unerträglich fand. Und sie war darüber hinweggegangen. Obwohl sie eigentlich keine Schwierigkeiten hatte, mich anzubrüllen oder streng mit mir zu sein. Bruchstückhafte Erinnerungen an ihre steifen Bewegungen und die zitternden Hände tauchten vor meinem inneren Auge auf. Ihr vornübergebeugter Gang.

»Ich schaff das nicht«, jammerte das verwöhnte Kind in mir. »Soll ich mich nun auch noch um sie kümmern, obwohl ich sie vor zwei Wochen noch gar nicht kannte? Habe ich es denn nicht schon schwer genug?«

Doch das verwöhnte Kind ist nicht die Person, die ich sein möchte. Ich ging raus an Deck und holte mir eine ordentliche Portion Kartoffelsalat und einen Grillspieß. Seitdem mir der Magen ausgepumpt worden war, hatte ich nicht viel gegessen. Die Vogelgucker klopften mir auf den Rücken, dass die Daunenfüllung meiner Jacke staubte. Alba nickte mir lächelnd zu. Wilma saß neben mir und wich meinem Blick aus. Diese kleine Brittmarie, die jeden anbaggert, kam auf mich zugehopst und wollte mir Wein in meinen ohnehin schon randvollen Becher schenken.

»Sie Ärmster!«, sagte sie mit schiefgelegtem Kopf. »Wie geht es Ihnen denn jetzt? Soll ich Sie ein bisschen massieren? Das kann ich wunderbar. Es hilft gegen alles Mögliche. Wir können gern in Ihre Kabine gehen.« Erwartungsvoll streifte sie ihre Fäustlinge ab.

Auch gegen Weltschmerz? Warum nicht, dachte ich, lächelte aber und sagte: »Später vielleicht.«

Die Orlowskij lag vor Anker, die Leute unterhielten sich fröhlich und wetteiferten um den stärksten Sonnenbrand. Weiße Strände mit hohen kegelförmigen Berggipfeln umgaben uns, und Wasser und Luft strotzten geradezu vor Leben. Der Lemairekanal war eine einzige Orgie von Flügeln, die so nahe an einem vorbeisausten, dass man den Zug spürte, von Flossen, die plötzlich da und im nächsten Augenblick wieder weg waren, und blaugrünem Wasser, durch das tauchende Pinguine kreuzten. Eisberge schimmerten in allen Farben. Auf einmal begriff ich, wie wenig ich während der Reise von meiner Umgebung wahrgenommen hatte.

Ich sah einem kleinen schwarzen Vogel hinterher, der wie ein Schmetterling über die Wasseroberfläche flatterte.

»Oh, eine Buntfuß-Sturmschwalbe«, rief die Frau, die meines Wissens Ulla heißt, und blätterte eifrig in ihrem Bestimmungsbuch. Sie hakte sich bei einem Vogelgucker namens Verner ein, zeigte ins Buch und klimperte mit den Wimpern. Auf seiner anderen Seite stand ihre Freundin und zeigte auf eine Eisscholle. »Krabbenfresserrobbe«, schlug sie vor. Sein Schädel rotierte, als verfolge er ein Pingpongmatch zwischen den beiden. Es sah entzückend aus.

Auch Carola Spanderman und mein Kabinengenosse Pelle erkundigten sich nach meinem Befinden. Sie erwähnte ihr Bügeleisen mit keinem Wort, und Pelle ließ minutenlang sein Fernglas ruhen. Hand in Hand verschwanden sie in den Tiefen des Schiffs.

Menschen können sich verändern, dachte ich. Und das wird auch mit mir passieren. Das Leben will an sich selbst festhalten.

Bevor ich wusste, wie mir geschah, stand ich mitten in dem Haufen und grölte eine schauerliche Version von »What shall we do with the drunken sailor« mit. Bill, der Kaffee mit Whisky aus einem großen Behälter schöpfte, hielt sich lachend die Ohren zu.

Wilma stand an der Reling. Sie drehte sich um und lächelte mich an.

Plötzlich wusste ich, was ich zu tun hatte.

»Hoo-ray, and up she rises …«, johlte ich und bahnte

mir einen Weg zu ihr. Ich griff nach ihrer Hand, und gemeinsam gingen wir auf Deck sechs und setzten uns auf eine Bank. »Give him a dose of salt and water!«, brüllten die Sänger unter uns. Der Wind war frisch, aber der Blick war in alle Richtungen atemberaubend schön – der Himmel, das klare blaue Wasser mit dem Treibeis, die großen Eisberge in den erstaunlichsten Formen.

Ich unterbreitete ihr meine Idee, die mir so plötzlich gekommen war, wie meine Depression begonnen hatte abzuklingen. Noch hatte ich sie nicht durchdacht, aber ich wusste, dass sie gut war. Nun musste ich nur noch Wilma von der Sache überzeugen, doch das erwies sich als nicht ganz einfach. Sie glotzte mich an, als hätte ich eine Schraube locker. Ich wiederholte meinen Vorschlag, schmückte ihn mit einigen Details aus und sah sie erwartungsvoll an.

»Möglicherweise ist deine Depression weg«, sagte sie kurz angebunden, »aber du befindest dich offensichtlich in einer manischen Phase. Find erst mal dein inneres Gleichgewicht.«

»Wieso wirst du so wütend?«

»Ich weiß nicht. Vielleicht kann ich mit der Situation nicht umgehen. Mein Schädel ist momentan ein Flughafen, wo die Gedanken kommen und gehen. Ich komme nicht mehr mit.«

»Das musst du auch nicht. Wir haben noch einen Tag an Bord und ein paar Tage in Patagonien und in Buenos Aires. Bis dahin werden deine Gedanken bestimmt gelandet sein.«

Ich versuchte, ihr das Ganze näher zu erläutern, aber sie hob wie eine Verkehrspolizistin die Hand.

»Du, ich gehe eine Weile unter Deck.«

»Ist es … wie fühlst du … willst du meine Jacke?«, schleimte ich herum. Sie schüttelte den Kopf, und ich hatte den Eindruck, dass sie laut zischte. Dann öffnete sie ächzend die schwere Tür und verschwand. Und nun? Was in Gottes Namen sollte ich jetzt tun? Warum läuft eigentlich nichts so, wie man es sich vorstellt?

Wilma

Ich sah ihm sofort an, dass sich etwas verändert hatte. Er sah aus, als wenn die Kavallerie mit flatternden Fahnen und tutenden Trompeten endlich eingetroffen wäre. Mir wurde bewusst, dass ich ihn so noch nie gesehen hatte. Mich überkam sogar ein wenig Wehmut – schließlich hatte ich ihn in den zwei Wochen nur niedergeschlagen und selbstmordgefährdet erlebt. Ich war diejenige gewesen, die ihn getragen, gestützt, getröstet und manchmal zu seinem eigenen Besten zusammengestaucht hatte. Allmählich hatte er seine Sorgen auf meine Schultern geladen, und ich hatte gespürt, dass ich ihm immer mehr bedeutete. Was genau, das weiß ich nicht – ich glaube, er sah in mir eine Mischung aus Mutter, Klassensprecherin und persönlicher Assistentin. Ich war irgendetwas für ihn, das er brauchte.

Lächelnd kam er direkt auf mich zu.

Plötzlich packte mich eine Heidenangst.

Nun wusste er ja alles. Dass eigentlich ich die Schwächere von uns beiden war. Dieser Hornochse hatte das nicht einmal begriffen, als er sah, wie sie mich mit dem Kran an Bord hievten. Was sollte er denn jetzt noch mit mir anfangen?

Die Kavallerie war schließlich doch noch von irgendwoher gekommen. Vor mir stand ein starker und aufrechter Tomas, der übers ganze Gesicht strahlte. Der laut und falsch mit den anderen sang und *lachte*. Ein Mann, den ich überhaupt nicht kannte. Wir hatten zwar auch zusammen gelacht, aber nie lange. Nach kurzer Zeit wurde seine Stirn wieder von Wolken verschattet. Manchmal konnte nur ich sein Lächeln hervorlocken. Darauf war ich stolz.

Dieser Mann hier brauchte keine persönliche Assistentin. Und er konnte ohne fremde Hilfe lachen.

Es war, als wäre die Wippe in die andere Richtung gekippt. Das Gleichgewicht zwischen uns. Wenn ich streng mit mir ins Gericht ging, hatte ich immer die Rolle der beneidenswerten, der glücklichen Frau gespielt, deren Wärme er genoss. Deswegen suchte er meine Nähe. Denn er selbst war so schwach, dass er nicht einmal leben wollte. Ich sei Penatencreme für seine wunde Seele, hatte Alba gesagt. Ein Mann wie er hätte mich doch unter anderen Umständen kein zweites Mal angeguckt! Sein Unglück war mein bescheidenes Glück gewesen, und wenn ich mit der Taschenlampe sogar in die schummrigsten Winkel meiner eigenen Seele leuchte, muss ich mir eingestehen, dass ich es auch genossen habe. Ich habe mich stärker gefühlt, weil ich gebraucht und gemocht wurde, und habe meinen Gefühlen freien Lauf gelassen. Mit ihm fühlte ich mich sicher, denn er war ja von mir abhängig, zumindest ein bisschen.

Es blieb mir nichts anderes übrig, als den Tatsachen ins Auge zu sehen. Ich hatte meine Deckung vernachlässigt, und er war mir zu sehr ans Herz gewachsen. Nun würde ich die Rechnung dafür bekommen.

Als er mir seinen Vorschlag unterbreitete, hätte ich ihn am liebsten gebissen, so schockiert war ich. Ich habe meinen Stolz, aber das ist nichts, worauf ich stolz bin. Zu hochnäsig, um Almosen und milde Gaben anzunehmen. Man muss sehr großzügig sein, um aufrichtige Hilfe anzunehmen, man braucht dafür eine Demut, die man leider nicht hat, wenn man Wilma heißt, einen Unterbiss und Parkinson hat und sich den Platz im Rudel sein Leben lang hart erkämpfen musste.

Nun wollte er mal oben auf der Wippe sitzen, und ich sollte sein Wohltätigkeitsprojekt sein. Wir sollten in irgendein Haus in seiner Heimatstadt ziehen, und ich bräuchte nicht mehr zu arbeiten. Solange ich die Kraft dazu hatte, würden wir einfach das Leben genießen, die Welt bereisen und viel unternehmen, und mit der Zeit würde er Rampen, Treppenlifte und verstellbare Tische installieren lassen … ich bekäme ein tolles Elektromobil … Am liebsten hätte ich mir die Ohren zugehalten und laut geschrien.

Dann fiel mir ein Artikel über junge behinderte Frauen wieder ein. Nach Angaben von Pflegepersonal sind sie überraschenderweise als Partnerinnen heißbegehrt. Viele unsichere Männer wünschen sich eine schwache Frau, von der sie gebraucht werden und die sie total unter Kontrolle haben. Solche Männer haben es nämlich mittlerweile unter Nichtbehinderten recht schwer, eine Frau zu finden. War es das, wonach er suchte?

Ich ging in meine Kajüte, zog den Vorhang zu und fand keine Ruhe.

Ich hatte mich in ihn verliebt. Auf die ganz banale, herkömmliche Art. Ich dachte beim Einschlafen an ihn und sah ihn vor mir, wenn ich aufwachte. In so einem Fall träumt man nicht davon, dass der Mann, den man liebt, einem beizeiten die Bettpfanne leert …

Erschöpft von so viel Gemütsbewegung, schlief ich plötzlich ein.

Als ich fünf Minuten später aufwachte, weil Alba rosig und kichernd vom Saunieren mit Sven kam, wurden mir zwei Dinge klar.

Erstens: Ich hatte das Abendessen versäumt. Zweitens: Ich hatte darüber nachgedacht, dass sich unsichere Männer eine schwache oder gerne auch behinderte Frau wünschen. War es möglicherweise auch so, dass sich eine ganz bestimmte unsichere und schwache Frau einen seelisch gehandikapten, deprimierten und abhängigen Mann wünschte? Machte mir ein gesunder und starker Tomas vielleicht Angst?

Wie sollte ich mich überhaupt von ihm trennen, wenn wir wieder zu Hause waren? Tschüs, mach's gut, ich schick dir per E-Mail ein paar Fotos?

Alba

Heute Morgen landete ich beim Frühstück wieder neben den Schwestern und hatte das Vergnügen, Zeugin der wohl letzten Phase des Befreiungskampfes des Krills zu werden. Es ist ja der letzte Tag an Bord, und da überreicht man der Besatzung üblicherweise ein Trinkgeld. In den Reiseunterlagen war uns erläutert worden, dass dieser zusätzliche Obolus eine wichtige Einnahmequelle für die Angestellten sei und dass man pro Tag einen bestimmten Betrag veranschlagen solle. Wer besonders zufrieden sei, dürfe gern etwas drauflegen.

»Ich gebe ihnen ein bisschen mehr«, sagte Lisa leise zu mir. Sie hatte wohl Angst, dass ihre Schwester sie hörte. »Sie waren alle so nett. Vera, die immer unsere Kajüte putzt, hat mir geholfen, als es mir schlechtging. Und dieser deutsche Koch hat immer so gute Laune. Und … und Barkeeper Bill …« Sie bekam rote Wangen. Dass Bill so fröhlich mit ihr geflirtet hatte, hatte ihre Lebensqualität ganz offensichtlich gesteigert.

Die Borkmeyersche hatte mal wieder ihren eigenen Standpunkt. Mirja kam mit einer Liste vorbei und fragte Linda, ob sie das Trinkgeld bar oder mit Karte bezahlen wollten.

Linda seufzte, man könne doch wohl vom Dienstpersonal – sie sagte nicht Besatzung – erwarten, dass es seine Arbeit ohne zusätzliche Vergünstigungen mache. Mit diesen Extrawürsten würde man lediglich die Anspruchshaltung in die Höhe schrauben.

Mirja schien ihren Ohren nicht zu trauen.

»Es ist noch nie vorgekommen, dass jemand der Besatzung kein Trinkgeld gegeben hat«, sagte sie scharf, »aber wir können Sie ja nicht zwingen!« Aufgebracht ging sie an den nächsten Tisch.

»Unverschämte Person!«, schnaubte Linda. »Ich frage mich, wie viel sich die Reiseleiter von dem Trinkgeld wohl selbst unter den Nagel reißen. Das ist doch eine günstige Gelegenheit, ihren Kunden in die Tasche zu greifen.«

In Lisas Gesicht arbeitete es gewaltig. Plötzlich schien sie ein für alle Mal genug von ihrer großen Schwester zu haben.

»Ich werde ihnen alles geben, was ich noch in meiner Reisekasse habe!«, sagte sie. Linda starrte sie an.

»Aha, mein kleines Schwesterchen hat also etwas auf die Seite geschafft? Auf Kosten der Älteren? Hältst du es nicht für angemessener, das Geld mir zu geben?«

»Du hast doch wirklich genug«, murmelte Lisa.

La Borkmeyer stand so hastig auf, dass es Toastkrümel von ihrem Teller regnete. Unter ihren Füßen knirschte es, als sie ohne ein Wort hinausmarschierte.

»Nun wird sie kein Wort mehr mit mir reden, bis wir wieder zu Hause sind«, sagte Lisa. Auf ihrem Gesicht erstrahlte ein Lächeln. »Himmlisch!«

»Wenn du ein bisschen Geld für die letzten Tage brauchst, kannst du es dir von mir leihen«, sagte ich.

Sie nickte abwesend.

»Das Beste an dieser ganzen Reise ist, dass ich mich endlich entschieden habe. Eigentlich war geplant, dass ich nach der Reise zu ihr nach Sundsvall in den Anbau ziehe. Sie hat acht Zimmer für sich allein, und ich habe nur ein Zimmer zur Untermiete.«

»Es würde gewisse Risiken bergen«, sagte ich.

»Ich wäre ihre Putzfrau, ihr Spucknapf und ihr Laufbursche. So ein Leben ist nicht lebenswert. Man sollte nicht in der Schuld von Menschen wie meiner Schwester stehen.«

Sie schwieg eine Weile.

»Hoffentlich schaffe ich es, an dieser Entscheidung festzuhalten«, murmelte sie traurig. »Bis jetzt hat sie mich immer wieder überredet …«

»In anderen Städten gibt es auch Arbeit«, sagte ich. »Und in anderen Ländern. Gegen manche Dinge ist man einfach machtlos.«

Lisa zählte sorgfältig die wenigen Reiseschecks zusammen, die sie noch besaß. Dann ging sie entschlossen zu Mirjas Tisch.

Nun ja. Ich würde behaupten, dass ihre Chancen fifty-fifty stehen, aber ich drücke ihr selbstverständlich die Daumen. Zerstreut kritzelte ich einen Satz in meine Unarten.

Manche Menschen haben das Talent, rücksichtslos über andere zu herrschen. Ihre Worte sind wie Mückenstiche, die noch lange jucken und bluten. Man ist völlig überrumpelt von ihren erbarmungslosen Attacken und tut alles, um ihnen nicht zum Opfer zu fallen. Da sie keine Scham kennen, werden sie sich auch nie ändern. Daher ist es nicht feige, sondern klug, ihnen aus dem Weg zu gehen.

Wenn Lisa noch einmal von einem Mückenschwarm überfallen wird, ist sie verloren.

Tomas

Wilma hatte auf mein exklusives Angebot anders reagiert als erwartet. Ich blickte ihr verdutzt hinterher und ging kopfschüttelnd unter Deck.

Noch einmal wollte ich mich allerdings nicht kampflos geschlagen geben. Sannas Hulk hatte ich einfach das Feld überlassen, aber bei Wilma würde mir das nicht passieren! In meinem Kopf wimmelte es noch immer von Gedanken. Ich hatte das Gefühl, in meinem Innern würden ständig morsche Wände einstürzen und neue Strukturen entstehen. Erfüllt vom Tatendrang des Neuanfangs und von Zuversicht, ging ich duschen und mich umziehen. Meine Kajüte hatte ich seit drei Tagen und zwei Nächten nicht betreten. Ich blieb vor der Tür stehen.

Von innen waren seltsame Geräusche zu hören. Ein rhythmisches Klopfen, als fänden in der Kabine Bauarbeiten statt, und das Schreien eines Seevogels. Ich zögerte. Hatte Pelle, dieser Knallkopf, etwa eine Sturmschwalbe gefangen und in die Kabine gesperrt? Was wird wohl passieren, wenn ich sie versehentlich freilasse? Vorsichtig öffnete ich die Tür und warf einen Blick hinein.

Der Sturmvogel war Carola Spanderman, und das Klopfen wurde durch ihren lebhaften Beischlaf mit Pelle erzeugt. Das Holz knackte und knirschte, wenn er sich von der Wand abstieß, und Carola kreischte in regelmäßigen Abständen. Beide glänzten vor Schweiß und hatten selig die Augen geschlossen. Sie sah wirklich sehr wohlgestaltet aus, so viel bekam ich mit. Ihr Körper war genauso perfekt wie ihre weißen Zähne. Pelles Schulterblätter erinnerten zwar an Vogelflügel und sein dünnes Haar klebte ihm schweißnass am Schädel, aber an seinem Eifer war nichts auszusetzen. Sie bemerkten mich nicht und hätten es wohl auch nicht getan, wenn ich Trompete gespielt hätte. Lächelnd schloss ich die Tür wieder. Ich gönnte den beiden das Vergnügen und fand Pelle bewundernswert unternehmungslustig. Ein Schiff bietet wenig Raum für ungeplanten Sex, jedenfalls unter Deck. Ich empfand auch ein wenig Stolz, als ob ihr Liebesglück teilweise mein Verdienst wäre, weil ich mich ein Weilchen zurückgezogen hatte. Doch wo sollte ich jetzt hin? Ich ging wieder hinaus, stellte mich auf die Luvseite, hielt mich mit beiden Händen an der Reling fest und überlegte, wie es wohl war, bei mittelstarkem Seegang mit jemandem zu schlafen. Wahrscheinlich wunderschön. Ineinander verankert ganz still daliegen und dem Meer die Arbeit überlassen. Sich ohne Anstrengung wiegen lassen, nichts tun müssen, nur fühlen ... Mist, das hätte ich gern ausprobiert! Ob ich einer der russischen Kellnerinnen zu Leibe rücken sollte?

Völlig unbeabsichtigt sah ich plötzlich Wilma vor mir. Sie schloss hingerissen die Augen und winselte wie ein kleines Hündchen. Wilmer, mein bester Kumpel? Wie kam ich bloß auf *die* Idee? War das nicht fast Inzest?

Wie stand es denn mit Carola Spanderman? Sie sah

wirklich gut aus, aber ich hatte nicht vor, mich ihretwegen mit Pelle zu duellieren. Lustlos begann ich, von ihr zu phantasieren, aber auf ihrer Seite des Betts tauchte ständig dieses Bügeleisen auf. Ich grinste in mich hinein.

Dann war Wilma wieder da. Ihre langen schmalen Hände hielten meinen Nacken fest umklammert, und ihr rotes Haar war vom Hin-und-Her-Rutschen auf dem Kopfkissen ganz verfilzt. Es spannte in meiner langen Unterhose aus Mikrofaser. Ich konnte mich gar nicht mehr erinnern, wann mir das zuletzt passiert war. Offenbar war meine Libido eine Weile eingemottet gewesen, ohne dass ich sie vermisst hätte. Auf einmal rauschte das Leben wieder in meinen Unterleib, als wäre ein Damm gebrochen. Verstohlen sah ich mich um. Ich stand ganz allein hier an der Reling, die Gischt spritzte ganz ordentlich, und die Leute waren wohl hineingegangen, um ihre Sachen zu packen und sich für das Abendessen zurechtzumachen. Wie ein Heranwachsender steckte ich die Hand in die Hosentasche. Tatsächlich, er war noch da. Hallo, alter Freund!

Ich schloss die Augen. Wie würde es sich anfühlen, Wilmas Unterbiss zu küssen. Wäre es wie in den alten Hollywoodfilmen, wo es immer eine kleine Verschiebung gibt, so dass sich nie vier Lippen gleichzeitig berühren? Würde sie … oh …

Eine riesige Welle rollte heran, brach ganz plötzlich, und über mir ergoss sich ein eiskalter Wasserschwall, als hätte jemand einem geilen Rüden einen Eimer Wasser über den Kopf gekippt. Ich ließ die Reling los und ging vorsichtig in Richtung Tür.

Durch ein Bullauge konnte ich dem russischen Koch beim Gemüseschnippeln zusehen. Er hatte ein Bein um das Untergestell der Arbeitsplatte geschlungen, um nicht umzukippen. Sein Mund bewegte sich, obwohl er allein in der Küche war, ich nehme an, er sang. Manche Leute müssen eben arbeiten und haben keine Zeit, sich ihren schlüpfrigen Gedanken hinzugeben. Auf einmal kam Irina mit zwei schweren Eimern an ihm vorbeigewatschelt. Er drehte sich um und steckte ihr die Hand in den Ausschnitt, und da sie dagegen nichts machen konnte, ohne die Eimer loszulassen, ließ sie es geschehen. Sie schien es auch gar nicht schlimm zu finden.

Ich trottete weiter zur Krankenabteilung, um noch ein paar Sachen von mir abzuholen. Sven lächelte mich an.

»Du bist ein außerordentlich interessanter Fall«, sagte er. »Gestern lagst du noch im Bett, starrtest an die Wand und warst zu allen Menschen unfreundlich, und heute bist du fünf Zentimeter größer, weil du mit geradem Rücken gehst, und wie ich sehe, lächelst du sogar. Gestern hätte ich noch auf einen Gesichtskrampf getippt.«

Ich glaube, ich wurde ein bisschen rot. Dann erzählte ich ihm von meinen eben entdeckten Symptomen der Genesung und gestand ihm, dass ich plötzlich Lust hatte, jedes greifbare weibliche Wesen anzufallen. Was er aus rein medizinischer Sicht davon halte. Er lachte entzückt wie ein kleiner Junge.

»Das plötzliche Abklingen einer Depression ist in der Fachliteratur oft beschrieben worden«, sagte er. »Manche Patienten schildern es wie das Erwachen aus einem bösen Traum. Eines schönen Tages ist die schwarze Wolke einfach fort, als wäre sie nie da gewesen. Es ist zwar nicht der Normalfall, aber es kommt vor, und zwar häufig ohne erkennbaren äußeren Grund. Es ist nichts Besonderes passiert, aber der Schatten ist wieder weg. Und was könnte wohl der sicherste Beweis dafür sein, dass die Lebenslust zurückgekehrt ist? Unsere gesamte Lust am Leben ist stark an unseren Drang zur Vermehrung geknüpft. Viel Glück!«

»Ich frage mich …«, murmelte ich. »Also, das mit Wilmas Krankheit …«

Nun musste er laut lachen.

»Du kannst ihr keinen Schaden zufügen«, sagte er. »Gesünder wird sie davon wohl auch nicht, aber … Es ist wahrscheinlich wie mit dem großen Kognak gegen Erkältung. Sie geht davon zwar nicht schneller weg, aber das Warten macht etwas mehr Spaß.«

Während ich zur Kabine ging, um meine Sachen zu packen, summte ich vor mich hin. Pelle glotzte mich dämlich an, als ich hereinkam, vielleicht hatte er mich ja doch gesehen. Ich klopfte ihm auf den Rücken, und er grinste verschämt.

Ich zog mein schönstes Hemd an, ging hinunter in den Speisesaal und hielt Ausschau nach Wilma. Aber sie war nicht da.

Alba

Die letzte Etappe auf offenem Meer, die Drakepassage, verlief recht turbulent, kann aber laut Sven noch viel schlimmer sein. Die meisten Passagiere hatten jedoch inzwischen Seebeine und lachten nur, wenn sie wie Erbsen durch die Flure kullerten. Ich war ein wenig besorgt, weil Wilma am Abend zuvor nicht zum Abendessen erschienen war, und auch Tomas starrte ununterbrochen auf die Speisesaaltür. Hin und wieder sprang er auf und ging rastlos in den anderen Speisesaal, doch dort war sie auch nicht.

Nach dem Essen wollte ich nachsehen, ob sie in unserer Kabine war, aber zuerst begleitete ich Sven eine Weile an Deck. Er raucht ab und zu heimlich ein Zigarillo und will auf keinen Fall, dass ihn dabei jemand sieht, weil er beruflich Tag für Tag vor dem Rauchen warnt. Wir gingen aufs fünfte Deck und lehnten uns an die Reling. Das Wetter war nun ruhig, es dämmerte allmählich, und am Himmel leuchteten die Sterne. Spiegelblank lag der Beaglekanal zwischen den beiden Küsten. Sven seufzte.

»Ich sage heute Abend adieu. Dies ist meine letzte Reise als Schiffsarzt. Und anders werde ich mir diese

Reise nicht leisten können. Ich fahre jetzt nach Hause, beziehe meine Pension auf Kosten der Allgemeinheit, werde älter, verliere eine geistige Fähigkeit nach der anderen, und ich kann dir sagen, liebe Alba, dass ich mich darauf wahrhaftig nicht freue!«

Ich dachte nach. Was wird eigentlich aus Albatrossen, die ihr Leben gelebt haben? Ich glaube, sie landen im Gleitflug auf irgendeiner Insel und werden von einem hungrigen Seeleoparden wiederverwertet. Das schreckt mich nicht besonders. Manchmal habe ich mir überlegt, dass ich meinen menschlichen Körper gern mit einer tibetischen Vogelzeremonie bestatten lassen würde. Ich habe es einmal im Discovery Channel gesehen: Der Tote wird in einen Turm gelegt, und dann kommen die Geier und die Angehörigen sehen zu. Irgendetwas daran spricht mich an. Ich finde es besser, als in einem Ofen verbrannt zu werden, wo das Quecksilber aus den Amalgamplomben durch den Schornstein entweicht und die Umwelt verpestet.

»Älterwerden ist harte Arbeit und nichts für Feiglinge«, sagte ich. »Der Weg zum Gipfel wird immer steiler. Aber wenn man seine Sache gut gemacht hat, fügt sich ringsherum ein Einzelteil zum anderen, und man bekommt zur Belohnung eine Ahnung vom Ganzen. Das glaube ich jedenfalls. Ich glaube, das kommt bald – du weißt schon, wie ein Foto im Entwicklerbad allmählich immer deutlicher hervortritt.«

»Was für eine Verschwendung«, beklagte sich Sven. »Ich finde auch, dass man nun allmählich beginnt, diesen komplizierten Apparat zu beherrschen, den man Leben nennt, während man in der Jugend nicht einmal die Gebrauchsanweisung kapiert hat. Und ausgerechnet dann, wenn einem das eine oder andere Licht aufgegangen ist, fängt man an, alles wieder zu vergessen. Ich sage dir, ich will das nicht! Heute ist mir doch tatsächlich der Mädchenname meiner Frau nicht mehr eingefallen! Ich hörte meine Nachrufverfasser schon die Bleistifte spitzen!«

»Wozu sollte man sich auch an alles erinnern? Ich suche mir meine Erinnerungen aus, wähle nur die besten, poliere sie ein bisschen auf, füge, falls nötig, noch etwas hinzu und hole sie hervor, wenn ich sie brauche. Sie machen mich jeden Tag froh, und damit meine ich, dass ich froh bin, sie überhaupt gesammelt zu haben. Manchmal sehe ich mich selbst ganz deutlich im Spiegel und denke, dass sich irgendwo hinter meinem Gesicht mein Schädel über die viele heiße Luft amüsiert, die ich im Laufe meines Lebens produziert habe. Er wartet nur darauf, endlich ans Tageslicht zu kommen. Das war schon immer so.«

Sven verzog das Gesicht und sah mich an.

»Sag mal, bist du eine Dichterin oder bist du einfach nur morbid?«

»Möglicherweise ist das ein und dasselbe. Findest du es nicht auch schön, ein bisschen Gepäck abzuwerfen? Ich denke oft an diese Redensart, dass die Hand im Wasser keine Spuren hinterlässt … So übermäßig wichtig bin ich sowieso nie gewesen, und nun ist jemand anders dran. Es ist schön, so zu denken.«

Und das sage ausgerechnet ich, die beschlossen hat, der erste Mensch zu sein, der einhundertfünfundzwanzig Jahre alt wird. Aber da Sven gerade einen akuten Anfall von Trennungsschmerz durchmachte, konnte er ein bisschen Trost gebrauchen.

»Was habe ich denn mein ganzes Leben getrieben?«, murmelte er. »Jetzt, wo ich pensioniert werde, stelle ich mir solche Fragen. Soll ich zufrieden damit sein, dass meine vier Enkelkinder einigermaßen funktionieren? Ich habe nicht viel zu ihrer Entstehung beigetragen, dafür waren in unserer Familie die Frauen zuständig. Wir kauften uns ein solides Haus, richteten es ein, bauten es aus, bauten eine Veranda und ein Gartenhäuschen an, und dann verkaufte ich es und zog in eine Zweizimmerwohnung. Ich war in Vereinen aktiv, die es nicht mehr gibt, habe mich als Hobbyfotograf betätigt, und nun schaut sich niemand mehr Fotos an. Natürlich habe ich einige Leute zusammengeflickt und ihnen Pillen und in den letzten Jahren vor allem Spritzen gegen Seekrankheit verabreicht. Wenn sie zu Hause geblieben wären, hätte man mich überhaupt nicht gebraucht. Ich habe das Gefühl, mein Leben lang Sandburgen gebaut zu haben, die nun nacheinander niedergewalzt werden.«

»Aber Sandburgen sind doch dafür da, dass man sie plattmachen und neue errichten kann!«, sagte ich. »Das ist der Witz daran! Hat es dir denn keinen Spaß gemacht?«

Er nickte widerwillig, und wir schwiegen eine Weile.

»Weißt du, was mich am meisten stört?«, brach es aus ihm heraus. »All diese Listen mit den Vögeln, die ich beobachtet habe. Ich führe sie seit fünfzig Jahren! Das ist doch die sinnloseste Tätigkeit, die es gibt! Niemand interessiert sich auch nur im Geringsten für die Liste eines anderen, sofern er ihn nicht mit noch einzigartigeren Beobachtungen übertrumpfen kann. Für meine alten Listen interessiere ich mich ja selbst kaum noch. Aber ich habe sie alle sorgfältig aufbewahrt.«

Ich legte ihm die Hand auf den Arm.

»Weißt du, Sven, ich hätte dir wahrscheinlich recht gegeben, wenn du das zu Beginn der Reise gesagt hättest. Diese Vogellisten habe ich auch nie verstanden. Ich dachte nur immer, wie praktisch für die Angehörigen, dass es wenigstens keine Motorräder, Kronkorken, Kunstwerke oder Antiquitäten oder anderes Zeug ist, das nur Geld kostet und Platz wegnimmt. Aber gestern bekam ich plötzlich eine Ahnung davon, worum es dabei geht. Ich glaube, es ist eure Art, die Vielfalt des Lebens zu genießen. Ich kannte mal einen Mann, der Vögel in Adler, Spatzen und Enten einteilte – er dachte, er bräuchte nicht mehr. Aber für denjenigen, der nicht nur ›Ente‹ denkt, wenn er einen Seevogel sieht, sondern Kelpgans, Wanderalbatros, Schneesturmvogel oder Buntfuß-Sturmschwalbe, wird das Leben viel reicher …«

Plötzlich wurde es still.

»Man kann natürlich auch Autogrammkarten sammeln«, fügte ich hinzu. »Oder Bonsaibäumchen. Oder Witze.«

Sven sah mich an und lächelte zum ersten Mal.

Plötzlich wurde er am ganzen Körper stocksteif und zog sein Fernglas aus der Innentasche. Ein ziemlich großer, dunkler Vogel sauste nur etwa fünf Meter hinter der Reling an uns vorüber. Er stieg in die Höhe und kreiste ums Schiff. Nervös stellte Sven sein Fernglas scharf und richtete es auf den Vogel.

»Das ist ein *Pterodroma mollis*!«, sagte er eifrig. »Weißgefiederter Sturmvogel oder so ähnlich, auf jeden Fall ist er selten! Ich habe ihn noch nie gesehen, und die anderen an Bord haben ihn auch nicht auf ihren Listen, wir haben uns zufällig gestern Abend über ihn unterhalten. Ich muss die anderen holen! Ach, Scheiße, jetzt haut er ab!«

Mit kräftigen Flügelschlägen flog der Vogel auf den Vollmond zu, der gerade riesengroß über Feuerland aufging.

»Das war genau das, was ich jetzt brauchte«, seufzte Sven wohlig und zufrieden. »Diese Sandburg wird mir so schnell keiner kaputtmachen! Und da ich keine Zeit hatte, den anderen Bescheid zu sagen, hat ihn außer mir niemand auf der Liste …«

Auf dem Deck unter uns stellten sich zwei Menschen an die Reling. Ich beugte mich nach vorn. Es waren Pelle und Carola Spanderman. Sie standen eng nebeneinander, und ihre Körpersprache verriet mir, dass sie die zweite Phase der Paarung erreicht hatten. Carola zeigte auf den Mond, der mittlerweile ein etwas kleinerer weißer Fleck hoch oben am Himmel war.

»Schade, dass sie den Aufgang des Mondes verpasst haben«, sagte ich.

»Ich glaube, das ist ihnen im Moment gleichgültig«, erwiderte Sven. »Der ist für Leute wie dich und mich da, die ihn zu schätzen wissen. Im Übrigen geht der Mond immer auf, in jedem Augenblick irgendwo auf der Erde. Sie werden noch viele Gelegenheiten haben, das zu beobachten.«

»… im Gegensatz zu uns«, fügte ich hinzu. »Wahrscheinlich genießen wir es deshalb umso mehr.«

Vom Fenster der Bar zwei Decks tiefer war Gesang zu hören. Einige sangen Seemannslieder, während sich andere im Freien wohler fühlten. Plötzlich hätte ich die ganze Welt umarmen können, aber möglicherweise sprach da auch nur der Gin aus mir.

Sven drehte sich zu mir um. Seine Augen leuchteten im Mondschein.

»Sollen wir eine Runde in die Sauna gehen, meine Liebe?«, fragte er mich augenzwinkernd. »Sie dürfte jetzt leer sein.«

Tomas

Als Wilma nicht zum Abendessen kam, wurde ich erstaunlich nervös. Ich war schließlich so ein netter Mensch geworden, und nun konnte ich nicht nett zu ihr sein, weil sie nicht da war. Ich kapierte überhaupt nicht, warum sie so wütend war. Schließlich erzählte ich Alba alles. Sie starrte mich fassungslos an.

»Mann, bist du von allen guten Geistern verlassen? Hast du ihr etwa angeboten, sie zu pflegen? Willst du vielleicht ein kleines weißes Häubchen tragen? Das Mädel ist doch so in dich verknallt, dass sie es kaum aushält, vor allem weil sie es noch nicht weiß. Dass du ihr mit kühlen Fingern über die Stirn streichst und ihre Kissen aufschüttelst, ist das Letzte, was sie sich erträumt!«

»Was soll ich denn jetzt machen?«, murmelte ich.

Sie schnaubte.

»Wenn du das nicht selbst weißt, hast du sie auch nicht verdient! Aber ich an deiner Stelle würde mich der zuverlässigsten Intelligenz bedienen, die dem Menschen zur Verfügung steht. Ich meine deine Gefühle. Find heraus, was du von ihr willst! Wenn du eigentlich nicht ihr Krankenpfleger sein möchtest, bitte sie um Entschuldigung und erkläre ihr, wie du es gemeint hast. Dann könnt ihr

Freunde werden. Und falls du ihre Gefühle tatsächlich erwidern solltest, hör auf, zu reden und zu planen, sondern zeig ihr, was du fühlst. Möglicherweise bringt das nichts, man ist ja nicht immer auf einer Wellenlänge, aber dann kannst du ja jederzeit wieder versuchen, dich umzubringen.«

Sie klopfte mir lächelnd auf den Kopf.

Ich sah sie erst wieder, nachdem ich einige Stunden vergeblich versucht hatte zu schlafen. Schließlich schlich ich zur Sauna, um mich ein bisschen zu entspannen und meinen Körper müde zu machen. Sie war eingeschaltet, obwohl es schon ein Uhr morgens war. Mit einem Ruck öffnete ich die schwergängige Tür. Drinnen waren Alba und Sven. Das Gerücht, dass man bis ins hohe Alter ein aktives Liebesleben führen kann, entspricht den Tatsachen.

Am Ende schlief ich vor Erschöpfung ein. Am Morgen danach, dem letzten Tag an Bord, war ich so müde, dass ich überhaupt nicht denken konnte, und das war wohl auch besser so. Nach dem Frühstück fand ich Wilma im anderen Speisesaal. Ich nahm sie am Arm, und sie ließ sich wortlos aufs Vordeck führen. Das Wetter war herrlich, Vögel flatterten ums Schiff, Delphine tummelten sich im Bugschaum, und das alles war uns piepegal.

Ich setzte mich auf eine Bank, öffnete meine dicke orangefarbene Jacke und machte Wilma ein Zeichen. Sie setzte sich ohne Umschweife auf meinen Schoß, und ich machte die Jacke wieder zu. Eine Weile saßen wir schweigend da und genossen die Wärme des anderen.

»Das mit der Bulldoggenschnauze habe ich nicht so gemeint. Ich sehe einen verspielten kleinen Boxer in dir.

Das sind meine Lieblingshunde; wir hatten einen, als ich klein war.«

Sie lächelte.

»Wie du weißt, hat man uns in den Kabinen auch Spiegel zur Verfügung gestellt, und ich habe tatsächlich mal einen Blick hinein riskiert. Mein Unterbiss ist so, wie er ist, da gibt es nichts zu beschönigen. Aber es ist nett von dir, dass du es wenigstens versucht hast.«

»Er hieß Rudolf. Ich habe ihn geliebt.«

Das wollte ich eigentlich gar nicht sagen, aber ich wusste nicht, wie ich anfangen sollte.

»Das kann ich verstehen. Bei Boxerwelpen sind Unterbisse echt niedlich.«

»Hast du nicht erwähnt, dass dich deine Eltern nach dieser erstklassigen Sprinterin Wilma Rudolph benannt haben? Siehst du? Wilma – wunderbarer Rudolf. Wir zwei gehören irgendwie zusammen.«

Sie prustete los und tätschelte mir mit dem Handschuh das Kinn.

»Das hast du aber schön gesagt! Hast du lange gebraucht, um es dir auszudenken?«

Allmählich strömten die Vogelgucker an Deck. Sie sahen uns etwas verwundert an, nahmen aber mit den Ferngläsern ihre gewohnten Posten an der Reling ein. Wir waren von überall gut zu sehen, sogar von der Kommandobrücke, aber das war uns vollkommen egal. Irgendetwas war jetzt anders, aber es schien gar nicht nötig zu sein, ein großes Brimborium darum zu machen. Ich beugte mich nach vorn und küsste sie auf die Wange.

»Du weißt doch, dass nicht der Unterkiefer darüber entscheidet, was man für einen Menschen empfindet, oder? Selbst wenn du ein Kinn wie eine Baggerschaufel hättest, wärst du noch du selbst. Du bist nämlich ein optimistischer, einfühlsamer und freundlicher Mensch, den alle sofort mögen. Ich wusste es schon die ganze Zeit, bin aber ein bisschen stolz darauf, dass du ausgerechnet mit mir so viel Zeit verbracht hast, obwohl jeder von dir angezogen ist.«

»Ich bin ziemlich sozial«, sagte sie wehmütig. »Aber für die Zukunft erwarte ich mir keine übermäßige Beliebtheit. Dann werde ich nämlich zittern, meistens niedergeschlagen sein und nicht mehr gehen können.«

»Deprimierte Menschen können anstrengend sein«, stimmte ich ihr zu. »Wie hast du bloß mein Gejammer und meine Gemeinheiten ausgehalten?«

»Das habe ich doch gar nicht. Manchmal habe ich dir so kräftig auf die Schnauze gehauen, dass ich fürchtete, du würdest dich über Bord werfen. Witzig, es kommt mir vor, als wäre das längst Vergangenheit.«

»Stimmt. Ich weiß nicht, warum, aber Sven sagte, das komme hin und wieder vor. Eine Depression kann ganz plötzlich abklingen, und dann hat man das Gefühl, wieder bei sich selbst anzukommen. Eigentlich bin ich gar nicht der Typ, der sich die Hucke vollsäuft und sein letztes Schwätzchen mit einem Pinguin hält, ohne an die Kinder zu denken … aber genug davon. Darüber unterhalten wir uns nicht vor Mittsommer. Jetzt will ich über dich reden. Aber kein Wort über Rollstuhlrampen!«

Sie hob den Kopf und sah mich fragend an.

»Was passiert, wenn du wieder zu Hause bist?«

»Ich werde so lange weiterarbeiten, wie ich kann. Wenn es nicht mehr geht und ich Gedächtnislücken bekomme, gehe ich mit Papas altem Jagdgewehr in den Wald.«

»Mein Gott, Wilma, jetzt spielst du aber die Drama Queen! Wo ist die alte Pollyanna geblieben?«

»Erzähl mir erst mal, wer das überhaupt ist. Eine Ex von dir?«

Ich fing an zu erzählen. Sie lachte und legte mir den Kopf auf die Schulter.

»Das ist wirklich eine naturgetreue Beschreibung von mir. Du hast jedoch keine Ahnung, wie anstrengend es ist. Außerdem hatte sie nicht Parkinson, damit ist wirklich nicht zu spaßen.«

»Was ist mit Shackleton? Warst du nicht diejenige, die eine unerschrockene neue Umweltgruppe gründen wollte, die weiterkämpft, obwohl es keine Hoffnung mehr gibt? Woher willst du wissen, ob die Stammzellenforschung nicht plötzlich ein Mittel gegen Parkinson entdeckt? Wer hätte je geglaubt, dass man irgendwann Syphilis, die Pest oder Pocken heilen könnte? Drück dir selbst die zittrigen Daumen, dass es nicht zu spät sein wird, denn eines Tages wird es mit Sicherheit passieren.«

Sie seufzte.

»Die Zellen, die jetzt schon zerfallen, kommen nie zurück.«

»... when all hope is gone, get down on your knees and pray for Shackleton!«, zitierte ich. »Aber das wollte ich eigentlich gar nicht sagen. Ich mache dir einen neuen Vorschlag. Von Drama Queen zu Drama Queen.«

Ich drückte sie noch fester an mich, und sie bohrte ihre Nase in meinen Hals. Ein wunderschönes Gefühl.

»Du und deine Vorschläge«, sagte sie. »Weißt du

eigentlich, dass deine Idee von gestern ganz schrecklich war? Vielleicht liegt es auch nur daran, dass ich die Realität verdränge. Was willst du überhaupt? Soll ich dein nächstes Projekt sein?«

Ich stand auf und zog sie zu mir hoch. Dann küsste ich ihren warmen, weichen Unterbiss, und es war herrlich. Es war ein bisschen wie in einem Hollywoodfilm, es kam zu einer kleinen Verschiebung, aber daran werde ich mich schnell gewöhnen, und das, was ich über meinen geliebten Rudolf gesagt habe, war die Wahrheit. Ich stehe wirklich auf Unterbisse!

Dann unterbreitete ich ihr meine neue Idee.

Kabine 412, Alvenberg, Mona – Alvenberg, Göran

Es war der letzte Abend an Bord der Orlowskij, Captain's Dinner mit wunderbarem Essen und Sekt an der Bar und einer Zusammenfassung der ganzen Reise mit den Guides. Wir übergaben ihnen ein Geschenk und sangen Loblieder. Die Leute gingen von einem Tisch zum anderen und tauschten Adressen aus. Göran sagte allerdings, für seinen Geschmack wäre das überflüssig, er finde es schlimm genug, dass die Reiseleiter unsere E-Mail-Adressen gesammelt und eine Liste erstellt hatten. Unsere Adresse, goran.alvenberg@telia.se, stand auch darauf, weil ich sie ihnen gegeben hatte, aber er wollte, dass sie wieder gestrichen würde, und dann hätte man mich auch nicht erreichen können, weil ich keine eigene E-Mail-Adresse habe. Eigentlich kein Wunder, es ist schließlich sein Computer, aber ich könnte ja auch an meiner Arbeitsstelle ins Internet gehen.

Göran sagte, ihm liege wenig an der falschen Herzlichkeit, die bei solchen Gruppenreisen aufkomme, und er habe auch keine Zeit, den Müll von fünfzig Fremden aus seinem Posteingang zu löschen. Ihm waren nicht viele seiner Mitreisenden sympathisch, und nachdem ich angefangen hatte, mich mit den anderen zu unterhalten, kamen von ihm noch mehr kritische Kommentare als gewöhnlich. Normalerweise finde ich ihn ganz unterhaltsam, wenn er so lästert, Göran ist schlagfertig und sprachbegabt, aber irgendwie fand ich ihn diesmal nicht so witzig. Er bezeichnete Sven als See-Elefanten, Wilma als Bulldogge und Pelle als »sneaky fucker« – nur weil er Carola Avancen macht. Ich glaube, er hatte sich für jeden, mit dem ich geredet hatte, einen Tiernamen ausgedacht. Ich lachte, weil er ja sonst sauer wird, aber eigentlich hätte ich ganz gern mit den anderen übers Internet Fotos ausgetauscht und so. Göran und ich hatten nicht viele Fotos gemacht, und ich glaube, ich selbst bin auf keinem einzigen. »In einer Woche hast du die alle vergessen«, sagt Göran, »das ist bei Gruppenreisen immer so. Egal wie viele Adressen man sich aufgeschrieben hat.«

Nun aber zurück zum letzten Abend. Ulla und Margareta wollten unbedingt, dass wir mit ihnen und einigen von diesen alleinreisenden Herren am Tisch saßen, deren Namen ich gar nicht genau weiß. Wir waren mindestens acht Leute am Tisch und tranken ein Glas nach dem anderen, weil jeder eine Runde ausgeben wollte. Ich gab auch einen aus, obwohl mir Göran unterm Tisch ziemlich fest ans Schienbein trat.

»Das wird wohl meine letzte Fernreise gewesen sein«, sagte Verner, ein Biologielehrer aus Eskilstuna, der sich mit allem Möglichen auskennt. »Man sollte nicht verdrängen, wie viel Kohlendioxid durch den weiten Flug ausgestoßen wurde. Ich möchte nicht dazu beitragen, dass der Krill verschwindet und der ganze Kontinent schmilzt. In Zukunft verreise ich nur noch mit dem Zug.«

Am Tisch wurde aus Protest gejault und geschnalzt. Alle waren beim dritten Glas und trugen ihr Herz auf der Zunge.

»Meine Güte, was bist denn du für ein Moralapostel«, krakeelte Margareta. »Sollen wir uns etwa alle in die Ecke stellen und schämen?«

Es entspann sich eine heftige Diskussion. Einige hielten zu

Verner, andere waren auf Margaretas Seite. Göran schwieg, räusperte sich jedoch nach einer Weile. Da das meistens bedeutet, dass er seine Meinung zu äußern gedenkt, bekam ich ein bisschen Angst. Göran macht das immer so: Er hört sich die Argumente beider Seiten an, fasst das Ganze zusammen, zieht eine Art Schlussfolgerung und erklärt, wie es sich in Wirklichkeit verhält. So etwas kommt manchmal nicht gut an. In dieser Gruppe fand er jedoch nicht leicht Gehör, weil niemand sein Hüsteln beachtete. Die Leute lachten und brüllten einfach weiter. Schließlich war er gezwungen, zu seinem lehrmeisterlichsten Ton zu greifen.

»Deswegen brauchen wir uns noch lange keine Sorgen zu machen, Verner!«, sagte er. »Es wird in den kommenden Jahren ein wenig turbulent zugehen, aber wenn wir erst die Kernkraft ordentlich ausgebaut haben, können wir auf reine Energie zugreifen, und wenn diese ganzen Träumer mit den Blumen im Haar nicht dauernd Sand ins Getriebe streuen würden, könnten wir das jetzt schon. Die sind doch schuld, wenn der Meeresspiegel um einen Meter steigt.«

Es ist nicht so, dass ich ihn diese Meinung zum ersten Mal zum Besten geben hörte. Er äußert diesen Standpunkt in unterschiedlichen Varianten, seit ich mich einmal in der Anti-Atomkraft-Bewegung engagierte. Er brachte mich damals dazu, wieder auszusteigen, und seitdem habe ich ihm in dieser Frage nie mehr widersprochen. Dem häuslichen Frieden zuliebe muss man einiges hinunterschlucken.

Vielleicht lag es an den vielen Runden und dem Wein zum Essen und dem Sekt in der Bar, dass ich mich plötzlich einmischte. Ich sah Göran in die Augen und sagte mit fester Stimme:

»Das ist leider nicht ganz richtig, Göran. Die Kernkraft deckt nur drei Prozent des Energiebedarfs auf der Welt ab, und

wir müssten mindestens dreimal so viele Reaktoren bauen, wie es heute gibt, damit es überhaupt etwas bringt. Beim Bau entsteht natürlich massenhaft Kohlendioxid, aber auch beim Spalten und Anreichern von Uran, ganz zu schweigen vom Transport der Abfallprodukte … Kernkraftwerke produzieren nur dann kein Kohlendioxid, wenn sie laufen …«

Ich sage zwar Göran gegenüber selten meine Meinung, aber deswegen habe ich nicht aufgehört, mich zu informieren.

Er starrte mich so perplex an, als wären die Chips aus seinem Schälchen in die Luft gesprungen und hätten ihn in die Nase gebissen. Sein Kiefergelenk arbeitete.

»Außerdem ist ja nicht das Kohlendioxid an sich das Problem«, sagte Verner, »sondern die Erwärmung der Erdatmosphäre, und Kernkraftwerke erwärmen die Meere und enorme Wassermengen, ohne dass es einen Nutzen hätte. Allmählich fehlen die Flüsse für das Kühlwasser, Frankreich und Spanien haben bereits letzten Sommer in die Röhre geguckt und mussten ihre Kraftwerke abschalten. Kernkraft ist wahnsinnig ineffektiv, zwei Drittel der Energie werden als Wärme abgegeben, und das ist das Letzte, was unsere Atmosphäre gebrauchen kann …«

Göran erhob sich ruckartig. Ich wollte ihm die Hand auf den Arm legen, aber er schüttelte sie ab.

»Ich ziehe mich jetzt lieber zurück«, sagte er. »Meine nicht mehr ganz nüchterne Frau wird Ihnen ungeheuer dankbar sein, wenn einer der Herren sie später zur Kabine 412 verfrachten könnte.«

Er entfernte sich mit langen Schritten, und ich senkte den Blick. Alle schwiegen.

»So eine Arschgeige!«, hickste Margareta, die auch nicht mehr nüchtern war. »Wie hältst du das bloß aus, Mona?«

Ich antwortete nicht. Ringsherum lebte die Diskussion wie-

der auf, und Worte wie »Endlagerung« und »Atomwaffen« flogen kreuz und quer über den Tisch. Es tröstete mich ein wenig, dass die meisten Leute meine Meinung in der Kernkraftfrage teilten. Die andere Frage hing allerdings noch in der Luft, und ich begriff plötzlich, dass ich Stellung dazu beziehen musste. Es war, als hätte jemand einen Vorhang weggezogen.

Wie hielt ich das eigentlich aus? Und warum?

Als ich eine Stunde später in unsere Kabine ging, begann er natürlich sofort mit seinen Rezensionen. Er arbeitet als Kritiker für einige Regionalzeitungen und brüstet sich gern damit, für seine »Schärfe« bekannt zu sein. Ich finde ihn verächtlich und gemein. Er bekrittelt Kleinigkeiten, findet überall Fehler und erhebt sich auf diese Weise über die Autoren – als könnte er es besser, dabei hat er es nicht einmal versucht. In seinem Weltbild gilt Begeisterung als lächerlich, aber sein Spott lässt ihn seriös und klug erscheinen ... Das Schlimmste ist jedoch, dass er die Angewohnheit hat, auf die gleiche spöttische Art auch unsere Bekannten zu rezensieren. Immer im Nachhinein, so dass die Leute sich nicht verteidigen können. Mit dieser Unart von ihm komme ich am wenigsten zurecht. Oft höre ich ihm gar nicht richtig zu und denke mir, da rein und da wieder raus, aber an diesem Abend widmete er sich Verner, »dem rührenden Biologen mit dem Wischmopp auf dem Kopf, der sich plötzlich als Blumenkind entpuppte ...«

Plötzlich fiel ich ihm ins Wort. »Und wofür hältst du dich selbst?«

Er war so perplex, dass er die Frage beantwortete, er griff allerdings sicherheitshalber zu einem scherzhaften Ton. Offenbar hatte ich ihm einen kleinen Schreck eingejagt.

»Ich glaube, ich habe die Weisheit eines Pinguins entwickelt und meine Flügel geopfert, um in die Tiefe vorzustoßen ...«

»Bist du sicher, dass du dich nicht einfach eingegraben hast, weil du nicht mehr fliegen kannst?«, hörte ich mich selbst sagen. »Vielleicht ist das eine Berufskrankheit. Weißt du, was Sibelius mal gesagt hat? Einem Kritiker ist noch nie ein Denkmal gesetzt worden.«

Göran fiel der Unterkiefer hinunter. Ich stieg in die obere Koje und zog den Vorhang zu.

Wilma

Hier hast du mein Leben, ich habe keine Verwendung mehr dafür, hatte er unten im Krankenzimmer zu mir gesagt. Es klang wie eine Beleidigung. Zwischen diesem Augenblick, dem entzückenden Angebot, mich zu pflegen, und seinem neuesten Vorschlag lag eine irre Veränderung. Irgendwie war er gar nicht mehr derselbe. Dabei war es ja im Prinzip dieselbe Idee.

Noch nie habe ich mich in der unmittelbaren Nähe eines anderen Menschen so wohl gefühlt wie bei Tomas auf dem Schoß. Niemand von uns musste lange überlegen, es ergab sich einfach. Ich hätte mich wundern sollen, denn es ist mir schon zu oft passiert, dass ich plötzlich der Kumpel von Männern wurde, in die ich mich verliebt hatte. Einer, der mich sogar einmal in Bergslagen besuchte, hatte geseufzt: »Wilma, ich kenne Schwule, die weiblicher sind als du.« Allerdings sagte er das erst nachdem er gemerkt hatte, dass ich besser schießen konnte als er. Therese, meine erste Liebe, zwinkerte immer ganz langsam mit dem einen Auge und sagte, es mache gar nicht so einen großen Unterschied, ob man Sex mit einem Mann oder einer Frau habe, wie die Leute immer dächten, und sie musste es schließlich wissen.

Allerdings sieht Tomas mit Sicherheit keinen schwulen Kumpel in mir. Sein Kuss ging mir durch Mark und Bein, sogar bis in die Zehenspitzen, und das ist bei uns beiden ein weiter Weg. Wir schnüffelten aneinander, prüften wie Tiere den Geruch des anderen, und offensichtlich gefiel uns, was wir entdeckten. Kein Zweifel. Freunde waren wir ja schon.

Wieso muss ich mich immer schlechtmachen und hebe ständig meinen Unterbiss und die Streichholzbeine hervor? Ich hasse es doch, wenn andere Frauen das tun. Manche stehen vorm Spiegel, sehen schön aus und beklagen sich über ihre Brüste oder Wimpern … Ich weiß doch, dass Äußerlichkeiten nicht alles sind und dass es gemein ist, Tomas zu unterstellen, er würde sich angewidert von jeder Frau abwenden, die keine Silikontitten, Kollagenlippen und Haare aus Zuckerwatte hat.

Ich glaube wirklich, dass Tomas und ich mit der Zeit ein Paar werden könnten. Aber er kann nicht mit Frau Parkinson zusammen sein, das wurde mir auf knallharte und unbarmherzige Weise sofort klar, als er mit seinem abartigen Vorschlag ankam.

»Für mich gibt es kein Zurück mehr«, sagte er. »All meinen Besitz habe ich verkauft, sogar mein Haus. Ich bin nirgendwo angestellt, und die Kinder, der Rest meiner Familie, sind in Kalifornien, aber das weißt du ja. Nie zuvor war ich so frei. Ich kann wohnen und arbeiten, wo ich will. Das Einzige, was ich brauche, ist ein Grund zum Weiterleben.«

Er verstummte und sah mich erwartungsvoll an. Ich gebe zu, ich hatte nicht die geringste Ahnung, was nun kommen würde.

»Irgendeinen Sinn«, sagte er.

Langsam begann es mir zu dämmern.

»Was willst du mir damit sagen?«

»Ich will zu dir ziehen! Es ist doch völlig egal, wo ich wohne. Meistens arbeite und reise ich, aber dazwischen will ich mit dir zusammenleben. Wie das genau aussehen soll, ist mir scheißegal, das kannst du entscheiden. Falls du in irgendeiner Kirche Rosenblüten verstreuen möchtest …«

»Puh, mach mal STOPP!«, schrie ich. »Wie kommst du bloß so schnell von null auf Rosen? Was meinst du überhaupt damit? Ich kann mit niemandem zusammenleben, höchstens mit einer Krankenschwester. Sven hat dir doch erklärt, wie es um mich steht. Ich werde immer ungelenker werden, und das kann ganz schnell gehen. Zwing mich nicht, dir noch mehr über Zittern, Depressionen und frühzeitige Demenz zu erzählen, darüber will ich nämlich selbst gar nicht nachdenken. Hör auf, Tomas, und mach nicht schon wieder einen wunderschönen Tag kaputt.«

»Glaubst du mir nicht, dass ich es ernst meine? Natürlich habe ich darüber nachgedacht! Ich wollte dich auf höchst schändliche Weise ausnutzen – weil du immer schwächer wirst –, nur um meinem eigenen Leben einen Sinn zu verleihen, indem ich den netten Mann spiele, der für dich da ist. Wenn du willst, kannst du es so sehen.«

»Das tu ich auch. Ich glaube dir ja, dass du es ernst meinst, jedenfalls jetzt, in einer manischen Phase nach einem Selbstmordversuch, nach einer schmerzhaften Trennung und in Ermangelung von Alternativen. Ich verzeihe dir. Aber nun wollen wir nicht mehr darüber reden, denn sonst sind wir bald keine Freunde mehr.«

»Deine Krankheit wird eine harte Nuss«, sagte er ruhig. »Aber wenn ich nur darauf aus wäre, jemanden zu beschützen und mir nobel vorzukommen, könnte ich doch ins nächste Pflegeheim spazieren und mir jemanden suchen. Du weißt genau, dass es nicht darum geht. Mit dir geht es mir so gut wie noch nie. Du bist für mich ein absoluter Glücksfall – egal ob als Partnerin oder was immer du dir vorstellen kannst: Frau, Geliebte, Freundin mit eigener Wohnung, Lebensgefährtin, Adoptivschwester – Cousine, mein Gott, ich würde alles nehmen! Ich will nämlich mit dir zusammen sein. Vergiss nicht, du bist diejenige, die sich meiner erbarmt, und nicht umgekehrt.«

»Geliebte …«, murmelte ich verträumt. »Willst du mich vielleicht als Sexspielzeug? Ich werde in Zukunft tüchtig vibrieren!«

Wir mussten beide lachen.

»So etwas kannst nur du sagen, Wilma.« Er küsste mich auf die Wange. So zart, dass ich am liebsten losgeheult hätte. Irgendwie musste ich aus der Sache raus.

»Parkinson ist nicht erblich«, sagte er.

Familie, Kinder – das ganze Paket? O nein!

»Hör jetzt auf«, sagte ich. »Das ist nicht verhandelbar. Du kannst gerne in meine Nähe ziehen, denn wie du vielleicht gemerkt hast, möchte ich dich auch nicht verlieren. Brauchst du vielleicht eine Pflegerin?«

»Liebe Wilma, wenn du nicht wärst, würde ich mich jetzt im Magen eines See-Elefanten befinden oder wäre von etwas Geflügeltem in Stücke gerissen worden. Ich habe alles zu gewinnen, und ich bin voller Vorfreude. Was hast du zu verlieren? Wenn die Stammzellenforschung zu langsam vorankommt, haben wir vielleicht nur noch wenige Jahre. Aber wäre es das nicht wert? Wovor hast du Angst?«

Ich dachte nach, aber das machte mich bloß nervös. Mein ganzer Kopf fühlte sich wieder wie ein Flughafen unterm Kontrollturm an. Ich sagte es ihm, aber ich merkte selbst, dass ich mich wie eine biedere Jungfrau aus dem neunzehnten Jahrhundert anhörte. Jemanden zu lieben, mit dem man bereits befreundet war? Ihm so nah zu kommen? War das nicht beängstigend?

Als er mich zu sich hochzog und mich küsste, war es wie im Kino. Fragt sich nur, ob es eine Komödie (Traumschiff Surprise!) oder ein morbider Dokumentarfilm war.

Er war klug genug, mich danach in Ruhe zu lassen. Verträumt packte ich meine Tasche und ließ die Hälfte meines viel zu großen Gepäcks in der Kajüte zurück. Eigentlich braucht man nicht viel, und Irina freute sich über die Shampooflaschen, die Sonnencremes und die Extrapullis.

In der letzten Nacht erzählte ich Alba alles.

»Na klar!«, sagte sie. »Klingt nach einem guten Deal, finde ich. Ein schönes Erlebnis sollte man sich unter keinen Umständen entgehen lassen … sofern man damit niemandem schadet«, fügte sie hastig hinzu, »aber das würdet ihr ja nicht tun.«

»Und was ist, wenn man mich im Bett umdrehen und meine Bettpfanne hinaustragen muss?«

»Bis dahin ist noch viel Zeit. Möglicherweise kommt

es in deinem Fall gar nicht so weit, hat Sven gesagt. Die Forschung entdeckt ständig neue Zusammenhänge. An deiner Stelle würde ich Tomas einen Vertrag unterzeichnen lassen, in dem steht, dass er dich sofort verlässt, wenn du ihm zur Last fällst. Dazu wird es natürlich nie kommen, aber für dich wird es dadurch leichter. Vergiss nicht, dass die Liebe unendlich viele Gesichter hat. Man kann sie nicht mit einem Röntgengerät abbilden. Es gibt perfekte Rosenblütenpaare, die sich schon ein Jahr nach … der romantischen kirchlichen Hochzeit … scheiden lassen …«

Sie sprach immer langsamer, atmete schwerer und war bald eingeschlafen. Genau wie ich.

Vielleicht lag es an diesem merkwürdigen Pioniergeist in der Stadt Ushuaia, dass es mir überhaupt nicht komisch vorkam, Tomas' Vorschlag immer wieder zu durchdenken. Wir sollten nur einen Tag dort verbringen und hatten nicht vor, auch nur eine Minute davon zu verpassen.

Ushuaia, die südlichste Stadt der Welt. Umgeben von hohen schneebedeckten Bergen, gegründet als Strafkolonie für die schlimmsten Schurken Argentiniens. Nachdem sie aus dem Gefängnis entlassen worden waren, bauten sie sich ringsherum allmählich ein neues Leben auf. Aus Bäumen, die sie selbst gefällt hatten, entstanden Häuser in allen Formen und Farben und der *Tren del Fin del Mundo*, die Eisenbahn, die bis ans Ende der Welt fährt. Es war genau die richtige Stadt, um zu neuen Erkenntnissen zu kommen und Entscheidungen zu fällen, denn diese Stadt verkörperte die Hoffnung in der Aussichtslosigkeit.

»Eine Stadt mit viel Shackleton«, sagte Tomas. »Noch etwas! Denk daran, dass von hier aus ständig Boote zu allen Häfen der Welt fahren. Und das Gefängnis ist abgerissen worden!«

Kabine 311, Båvén, Ulla – Knutsson, Margareta

Es hätte richtig schlimm enden können. Wären wir fünfundzwanzig Jahre jünger, würde zwischen Maggie und mir jetzt wahrscheinlich komplette Funkstille herrschen, aber mit fünfzig setzt man eben andere Prioritäten als mit fünfundzwanzig. Jedenfalls wir beide.

Ich verlor plötzlich das Interesse an Lasse und entwickelte eine Schwäche für Verner. Wir vier verstanden uns prima. Meistens aßen wir zusammen mit anderen aus der Vogelgruppe und hockten abends gemeinsam in der Bar. Maggie und ich haben an unzähligen Gruppenreisen teilgenommen und wissen genau, wie und vor allem wann man dafür sorgt, dass man auf Wanderungen, in Museen und in Bars neben einer bestimmten Person landet. Bis jetzt hatten also immer Lasse und ich zusammengehört.

Aber ich fand ihn immer anstrengender. Die Scheidenschnäbel und Sturmvögel waren nicht das Problem, sondern seine Frau. Seine verstorbene Frau. Sie hieß Ulla, genau wie ich! Er entdeckte eine Ähnlichkeit nach der anderen zwischen uns, Gemeinsamkeiten, von denen ich gar nichts wissen wollte. Seine Frau Ulla war mitfühlend und leicht verwirrt gewesen, ein sogenanntes zartes Wesen, das sich überhaupt nicht für Vögel interessierte. Genau wie ich, meinte er. Als er das sagte, standen wir an der Reling. Ich starrte hinunter in die Gischt und dachte, wenn du wüsstest, Lasse, ich bin eine eiserne Lady und nicht verwirrter als die Börsennachrichten! Das mit den Vögeln stimmte natürlich. Von diesem Moment an gab ich mir keine Mühe mehr. Es schien ihn glücklich zu machen, wenn ich einen Fehler machte und er mich korrigieren konnte. Auf mich hatte es auch nicht den Eindruck, als wäre Frau Ulla mitfühlend gewesen, sondern eher sentimental – sie hatte Mitleid mit ausgesetzten Katzen und hungrigen Gimpeln gehabt, aber Obdachlose waren ihrer Ansicht nach selbst schuld an ihrer Misere! Lasses eigene Meinung bekam man irgendwie nicht zu fassen.

Verner ist viel interessanter. Er kennt sich auf vielen Gebieten aus, engagiert sich, und seine Frau ist weder tot noch eine Heilige, sie wird gar nicht erwähnt. Außerdem hat er kräftige, graumelierte Locken und viel Humor!

Lasse hat keinen Humor, er erzählt Witze.

Ich bin mir selbst gegenüber nicht besonders zartfühlend. Wenn ich herausfinden will, wo ich eigentlich stehe, kann ich mich richtig hart anpacken. Bald war mir klar, dass sich mir allein beim Gedanken, Lasse könnte mit seinen Esszimmermöbeln in mein hübsches kleines Reihenhaus ziehen, der Magen umdrehte. Nein, bitte nicht!

Allerdings hatte ich gar nicht gemerkt, wie sehr ich mich für Verner interessierte, bis Maggie mich darauf ansprach. Wir waren uns nie zuvor in die Quere gekommen und haben normalerweise einen ganz unterschiedlichen Geschmack, aber plötzlich knallte sie mir vor den Latz, wenn ich mich weiter so hemmungslos an Verner ranschmeißen würde, hätten wir in Zukunft nicht mehr viel Kontakt miteinander. Fassungslos starrte ich sie an. Maggie und ich sind seit unseren ersten Ehen befreundet. Unsere Männer waren damals Kollegen, wir haben unzählige Abendeinladungen miteinander erlebt, und unsere Kinder wurden ebenfalls Freunde. Die Kerle haben keinen Kontakt mehr miteinander, soweit ich weiß, aber Maggie und ich sind seitdem befreundet. Ich bin ihr Therapeutensofa und sie ist meins. Wir telefonieren mindestens einmal am Tag. Ein Leben ohne sie kann ich mir nicht vorstellen.

Ich hörte sofort auf, mit Verner zu flirten, schließlich konnte ich Maggie nicht für einen Kerl opfern, den ich kaum kannte – vielleicht hatte er unerträgliche Eigenschaften, spielte nachts Flöte oder hatte seine Exfrau misshandelt. Selbst wenn er genauso nett und gemütlich gewesen wäre, wie es den Anschein hatte, wäre es das nicht wert gewesen. Es ist anders, wenn man die Zeit der Kinderaufzucht hinter sich gelassen hat. Man braucht die Männer immer noch, aber für andere Dinge. Man kommt sozusagen auch alleine klar. Es ist angenehm, wenn sie kleine Reparaturen im Haushalt machen können oder sich mit Computern auskennen, aber Gespräche führt man eigentlich vor allem mit seinen Freundinnen. Die Männer genießen es, wenn wir sie betüddeln und ihnen zuhören bis in alle Ewigkeit. Ältere Männer können ziemliche Quasselstrippen sein, vor allem wenn sie pensioniert sind und niemanden mehr herumkommandieren dürfen. Im Grunde kommen wir wohl alle ganz gut alleine zurecht. Wenn es klappt, ist es erfreulich, aber man ist nicht mehr darauf angewiesen. Ich seufzte. Mit Lasse aus Västerås hätte ich nicht viel zu lachen gehabt, das spürte ich, und nun war es zu spät, für eins der anderen Sammlerstücke zu sparen. Wir hatten gerade das antarktische Festland hinter uns gelassen und fuhren durch die Drakepassage. Das ist das unruhigste Gewässer auf diesem Erdball, und ich wollte nur noch sterben. Dabei hatte ich auf dieser Reise bislang keine Probleme gehabt! Maggie war diejenige, die mir half.

Die ganze Geschichte fand ein unerwartetes und ein wenig schnödes Ende. Als wir schließlich das Schiff verließen und in der südlichsten Stadt der Welt, Ushuaia, an Land gingen, sahen Maggie und ich es alle beide.

Mona, die mit diesem Ekelpaket von Deck vier verheiratet war, ging nicht mit ihrem Gatten an Land, sondern mit Verner. Die beiden unterhielten sich angeregt, nickten, warfen sich Blicke zu, reichten einander Broschüren, lachten und bildeten eine Einheit. Das Ekelpaket stapfte mit zwei Taschen hintendrein und versuchte, sich nichts anmerken zu lassen. Ab und zu rief er nach ihr, aber sie hörte oder beachtete ihn gar nicht.

Maggie und ich sahen uns achselzuckend an.

So eine teure Reise – und außer einigen Fotos von See-Elefanten und je einer Pinguinkappe keine bleibenden Erinnerungen …

Alba

Es wurde Zeit, dass ich das Notizbuch »Über die Entstehung der Unarten« wieder loswurde.

Dies war meine letzte Eintragung:

Über die Entstehung der Unarten

Es ist ein weitverbreiteter Irrtum, dass es nur eine Sorte von Pinguinen beziehungsweise Menschen gibt. Sie können groß, stolz, bedächtig, mutig oder klein, zornig, neugierig und ängstlich sein, und zwar in jeder denkbaren Kombination. Sie stehlen und lieben, sie sind treu oder untreu, aber sie haben fast alle eine Gemeinsamkeit: Sie sorgen für den Fortbestand ihrer Art. Im Gegensatz zu allen anderen Tierarten stechen die menschlichen Männchen dadurch hervor, dass sie die eigenen Weibchen mitunter misshandeln oder sogar töten. Daher ist der Satz »Männer sind Schweine« für Letztere eine Beleidigung.

Die MS Orlowskij lief gerade in den Hafen von Ushuaia ein. Es war ungefähr zehn Uhr am Vormittag, wir hatten unser letztes Frühstück vom Büfett an Bord verspeist und uns vom Personal verabschiedet. Ich stellte mich ganz hinten aufs Schiff und riss eine Seite nach der anderen aus den Unarten. Dann gab ich dem Einband einen zarten Kuss und ließ auch ihn ins Kielwasser trudeln. Das Spiel mit dem Vergleich der Verhaltensweisen war langweilig geworden, aber es hatte meine Beobachtungsgabe geschärft. Das Buch hatte seinen Zweck erfüllt. Außerdem passte meine wichtigste Beobachtung irgendwie nicht hinein.

Alle Menschen sind Eisberge. Man darf nie vergessen, dass sich neun Zehntel unserer Persönlichkeit unter der Oberfläche befinden. Das macht das Leben so interessant.

Ich mache es übrigens immer so. Für jedes Abenteuer suche ich mir einen neuen Blickwinkel und führe so lange Buch über meine Beobachtungen, bis es mir keinen Spaß mehr macht. Die Notizbücher bewahre ich nie auf, denn wer sollte einen Nutzen von ihnen haben? Ich habe meine »Gebrauchsanweisungen für tote Sprachen«, »Seitenblicke« und »Abzählreime für Geschiedene« weggeschmissen, um nur einige meiner Werke zu nennen. Bald wird es Zeit, ein neues zu beginnen.

Wir gingen an Land und stiegen in den Bus zum Nationalpark Tierra del Fuego. Wasserfälle, Wälder, Berge, Gletscher und Tiere: Guanako, Fuchs und Biber, Kondor und Kaninchen. Wir sahen die Spuren der Biber, sie waren hierherverpflanzt worden und hatten großen Schaden angerichtet, berichtete Bengt.

Linda Borkmeyer ging hinter mir. Sie rümpfte die Nase. »Was sind schon einige gefällte Bäume gegen den herrlichen Pelz.«

Klein Krill ging zwanzig Meter hinter ihr. Nicht einmal im Bus saßen sie nebeneinander.

Tomas und Wilma standen vor einem riesigen Schild, auf dem stand, dass hier der Panamerican Highway begann, der von Feuerland nach Alaska führt.

»Mach bitte ein Foto von uns!« Tomas reichte mir Wilmas Kamera. Ich glaube, ich weiß, was ihm durch den Kopf ging. Sie haben einen weiten Weg vor sich und werden ihr Ziel möglicherweise nie erreichen, aber sie werden unterwegs viele schöne Aussichtspunkte entdecken.

Das Flugzeug nach Buenos Aires sollte erst am Abend starten. Wir fuhren zurück nach Ushuaia und hatten den Tag in dieser lebendigen kleinen Stadt zur freien Verfügung. Wir verteilten uns auf die kleinen Restaurants und die Souvenirläden. Wilma packte Tomas am Arm und schleifte ihn in einen Telefonladen, also so einen, wo man telefonieren kann.

»In Kalifornien ist es jetzt elf Uhr vormittags, und es ist Sonntag, die Kinder sind bestimmt zu Hause«, sagte sie.

»Ich wette, der Hulk hat sie in irgendeine Kreationistengemeinde geschleppt, wo sie Darwin verleugnen …«, murmelte er, leistete jedoch keinen Widerstand.

Sven und ich besuchten das kleine Museum über die Geschichte Feuerlands. Dort erfuhren wir von der schrecklichen, aber faszinierenden Geschichte von den Indianern, die an der gesamten Küste die Feuer in Gang hielten, um sich gegen die Kälte zu schützen, weil sie trotz des kalten Klimas nackt herumliefen. Sogar in den Kanus hatten sie auf kleinen Sandbetten ein Feuer dabei.

Die Frauen befestigten die Kanus an langen Schlingpflanzen und tauchten nach Muscheln, die sie wahnsinnig gern aßen. Zwischen ihren Hütten sammelten sich riesige Haufen aus Muschelschalen an. Draußen auf dem Wasser lagen die Eroberer, der Portugiese Magellan und andere, blickten zum Strand des Landes, das sie Feuerland nannten, und dachten, die Indianer lägen zwischen den Feuern im Hinterhalt. Nachdem die Eroberer an Land gekommen waren und die meisten Beutetiere der Indianer erlegt hatten, begannen die Indianer, die Schafe der neuen Siedler zu jagen – woraufhin sie selbst gejagt wurden. Für wohlhabende Leute aus Buenos Aires wurden regelrechte Indianersafaris organisiert …

»Ich bin froh, dass ich damals nicht gelebt habe«, sagte Sven. »Es wäre durchaus möglich, dass ich auch einer dieser fröhlichen Jäger aus Buenos Aires gewesen wäre, die sich einredeten, Indianer seien Schädlinge.«

»Ich hätte gern zu der Zeit gelebt. Es wäre doch schön, nackt zwischen den Feuern zu leben und mit einem glühenden Kanu hinauszupaddeln und nach Muscheln zu tauchen, wenn man Hunger bekommt«, erwiderte ich. »Hin und wieder hätte ich meinen Körper mit Streifen bemalt und im Mondschein getanzt.«

»Das würde ich auch gerne mal machen!«, kicherte eine vertraute Stimme hinter mir. Die gute Brittmarie und ihr wachsamer Lennart hatten das Museum ebenfalls entdeckt. Sie schlang die Arme um sich selbst, summte irgendeine feurige südamerikanische Melodie und tanzte durch den Raum. Vergeblich zerrte Lennart an ihrem Arm.

Wir ließen die beiden allein und spazierten eine

Weile am Kai entlang. Große weiße Schiffe liefen ein und aus. Wir trafen Margareta und Ulla, die große Tüten voller Souvenirs schleppten und ausnahmsweise ohne ihren Hof von Robbenjungs unterwegs waren. Die trafen wir später im Pub, wo sie glücklich vor riesigen Bierkrügen saßen.

Der Tag war sonnig und warm geworden. Ein Restaurant in der Hauptstraße hatte eine Kapelle engagiert, die mit Quetschkommode und Trompete Tango spielte. Einige professionelle Tänzer führten einen eleganten Tango auf, hoben die Knie bis zum Schritt des anderen, beugten sich gegenseitig zurück, bis die Haare über den Asphalt fegten, machten plötzlich auf dem Absatz kehrt und tanzten in die andere Richtung. Seidenkleider glänzten, Augen blitzten, Nasenspitzen berührten sich und der Schweiß tropfte. Es war sehr schön anzusehen.

Auf der anderen Straßenseite standen Tomas und Wilma und sahen ihnen zu. Er flüsterte ihr etwas ins Ohr. Sie schüttelte den Kopf, aber er zog sie über die Straße, legte die Arme um sie und tanzte Tango mit ihr, und ganz offensichtlich machte er das nicht zum ersten Mal! Die Leute ringsherum klatschten lachend Beifall. Wilma lächelte schüchtern, aber ich sah, dass sie Probleme mit dem Gleichgewicht hatte. Wenn sie wackelte, stützte er sie so diskret, dass es beinahe aussah, als würde sie schweben. Mit unsichtbaren Flügeln.

Plötzlich fiel mir der Titel meines nächsten Notizbuchs ein. Ich glaube, es wird von allen möglichen Fundstücken handeln, die man im Leben manchmal gerade dann entdeckt, wenn man nicht nach ihnen sucht. Ich will über Dinge schreiben, die es wert sind, aufgehoben zu werden, weil sie einem in einem ganz anderen Zusammenhang vielleicht zugutekommen.

Engelsflügel und andere Fundsachen.

Dinaw Mengestu
Zum Wiedersehen der Sterne

Roman. www.list-taschenbuch.de
ISBN 978-3-548-60983-6

Auch nach Jahren ist Sepha Stephanos in den USA nicht ganz angekommen. Zwischen Erinnerungen an seine alte Heimat Äthiopien und einer vagen Sehnsucht nach einem anderen Leben treibt er durch seinen Alltag. Doch der ewige Traum dieses Landes vom dauerhaften Glück lebt auch in ihm, er erwacht durch die Liebe zu einer Frau und die Freundschaft mit einem kleinen Mädchen. Ein wunderbares Buch, berührend und hoffnungsvoll.

»Ich halte dieses Buch für eine große Entdeckung.«
Iris Radisch

»Eine reiche, poetische Geschichte über Heimatverlust und Einsamkeit, die mich tief bewegt hat.«
Khaled Hosseini

List Taschenbuch

L402

Francesc Miralles
Samuel und die Liebe zu den kleinen Dingen

Roman. www.list-taschenbuch.de
ISBN 978-3-548-60936-2

Der Literaturdozent Samuel hat es sich in seiner Einsamkeit bequem gemacht – bis ihm eine junge Katze zuläuft und ihn aus seiner Lethargie zurück ins Leben holt. Schritt für Schritt öffnet sich Samuel für das kleine Glück des Alltags, für Begegnungen, Freundschaften und schließlich für die Liebe. Eine hinreißende Geschichte über das, was im Leben wirklich zählt.

»Ein poetischer Roman über die Macht des Zufalls«
Jolie

»Ein wunderbares Buch über das Leben« *Woman*

Andrea Camilleri
Die drei Leben des Michele Sparacino

96 Seiten mit vierfarbigen Illustrationen
Deutsche Erstausgabe. www.list-taschenbuch.de
ISBN 978-3-548-60985-0

Michele Sparacino wird Schlag Mitternacht im Januar des Jahres 1898 in einem kleinen Ort auf Sizilien geboren. Als sein Vater am nächsten Tag die Geburt des Sohnes melden möchte, löst die Frage nach der genauen Uhrzeit einen handfesten Skandal aus, der für die Menschen im Ort, besonders aber für das Leben des kleinen Michele ungeahnte Folgen haben soll.
Die Geschichte eines kleinen Jungen, der unfreiwillig zur Legende wurde – ein Meisterwerk des Autors.

Einzigartig illustriert von Roberto Innocenti

»Andrea Camilleri – ein großer Fabulierer und begnadeter Erzähler« *Focus*